I0833169

LES
METAMORPHOSES
D'OVIDE,

MISES EN VERS FRANÇOIS

Par T. CORNEILLE *de l'Academie Françoise.*

TOME II.

A PARIS,
Chez BARTHELEMY GIRIN, à l'entrée du Quay des Augustins, du costé du Pont Saint Michel, à la Prudence.

M. DC. XCVII.
AVEC PRIVILEGE DU ROY.

TABLE
DES FABLES
CONTENUËS DANS LE SECOND TOME.

LIVRE VI.

LIVRE VII.

LIVRE VIII.

LIVRE IX.

LIVRE X.

Extrait du Privilege du Roy.

PAR Grace & Privilege du Roy, donné à Saint Germain en Laye en datte du 12. jour d'Aoust 1668. Signé BOCTOIS : Il est permis au Sieur CORNEILLE, de faire imprimer, vendre & debiter par tout le Royaume un Livre intitulé *Les Metamorphoses d'Ovide traduites en Vers François*, pendant le temps & espace de dix années entieres & consecutives, à compter du jour que ledit Livre aura esté achevé d'imprimer pour la premiere fois : Et défenses sont faites à toutes personnes de quelque qualité & condition qu'elles soient de contrefaire ledit Ouvrage ou d'en vendre de contrefaits sous quelque pretexte que ce soit, à peine de confiscation des Exemplaires, & autres peines portées par les Lettres de Privilege.

Registré sur le Livre de la Communauté des Libraires & Imprimeurs de Paris le 22. de Novembre 1668.

ANDRÉ SOUBRON, *Syndic.*

Les neuf derniers Livres des Metamorphoses d'Ovide en Vers François ont esté achevez d'imprimer pour la premiere fois en vertu du present Privilege, le 15. de Mars 1697.

LIVRE VI.

DISPUTE DE NEPTUNE ET DE PALLAS;

FABLE I.

ALLIOPE se taist, & Pallas qui se
leve
Reprenant la parole au moment qu'-
elle acheve,
Vers les neuf Sœurs tournée, approuve hautement
Ce que s'étoit permis leur juste emportement.

S'en étant séparée, & sur cette avanture
Reglant ce qu'elle croit avoir receu d'injure;
L'exemple est beau, dit-elle, & quand d'un fier mépris
Un sort plein de rigueur devient le digne prix,
C'est peu de l'approuver; d'une pareille offence
Aux yeux de l'Univers il faut tirer vangeance.
Arachné qui cent fois dans mes secrets eut part,
Se vante insolemment de me vaincre en mon Art.
Montrons un cœur sensible à tant d'ingratitude.
Pallas poursuit sa route avec inquiétude.
Cette Arachné pour Pere avoit le sage Idmon,
Qui dénué de biens, & né dans Colophon,
Ne luy donnoit pas lieu d'avoir l'ame trop vaine
Du profit qu'il faisoit à teindre de la laine,
C'étoit là son employ. Sa Mere ainsi que luy
Sortoit d'un sang trop bas pour luy servir d'appuy,
Et mesme depuis peu sa mort l'avoit réduite
A vivre abandonnée à sa propre conduite;
Mais quoy que sa naissance, & vile & sans support,
Au travail de l'aiguille assujetist son sort,
Le bruit qu'elle faisoit par ses charmans ouvrages
Luy donnoit chaque jour de si grands avantages,

Qu'en toute la Lydie un glorieux renom
Faiſoit valoir ſon Art, & connoiſtre ſon nom.
Ainſi l'obſcure Hypépe, où vivant ſatisfaite,
Elle laiſſa d'abord ignorer ſa retraite,
Devint bien-toſt par elle un ſi fameux ſejour,
Qu'on euſt dit d'une Reine au milieu de ſa Cour.
Tantoſt du Mont Tmolus les Nymphes les plus di-
gnes
Quittoient, pour y venir, leurs vergers & leurs vi-
gnes;
Tantoſt pour contempler ſes merveilleux travaux
Les Nymphes du Pactole abandonnoient leurs eaux.
Quoy qu'elle euſt entrepris, c'étoit avec juſtice
Qu'à l'envy tout le monde en loüoit l'artifice.
Il n'étoit point beſoin que ce qu'elle avoit fait
Fuſt, pour eſtre admiré, dans un état parfait.
Les plus informes traits que cette adroite Fille
Sur ſon métier tendu traçoit avec l'aiguille,
Offroient je ne ſçay quoy de ſi brillant aux yeux,
Que ſes moindres eſſais charmoient les curieux.
Ainſi ſoit que d'abord du deſſein incertaine,
Pour choiſir les couleurs, elle étendiſt ſa laine;
Soit qu'en la ſecouant pour la mieux demeſler,
En forme de nuage elle la fiſt voler;

Soit que ſa main agile, aprés l'avoir filée,
Groſſiſſant le fuſeau l'y laiſſaſt voir roulée,
Tout ſe faiſoit d'un air à convaincre les yeux
Que Pallas pour l'inſtruire avoit quitté les Cieux.
Arachné le nioit, & prenant pour outrage
Qu'on cruſt que la Déeſſe euſt eu cet avantage ;
C'eſt en juger trop mal, diſoit-elle, & Pallas
Ne peut m'avoir appris ce qu'elle ne ſçait pas.
Qu'elle vienne, & s'il faut qu'avec meſme juſteſſe
Sa main dans quelque ouvrage égale mon adreſſe,
Je me ſoumets à tout, & veux bien à ſon choix
Subir de ſon couroux les plus ſévéres loix.

Du défi d'Arachné la Déeſſe avertie
Jure d'en rendre enfin l'audace démentie.
Elle vient dans Hypépe, & concertant ſon ton,
Marche en Vieille, & l'aborde à l'aide d'un baſton.
Quoy qu'un front ridé choque & n'ait rien d'agrea-
ble,
La vieilleſſe n'eſt pas tout-à-fait mépriſable,
Luy dit-elle, & des ans on tire au moins ce fruit
Que ſouvent la prudence eſt un don qui les ſuit.
Ainſi par une triſte & longue expérience
Je connois quels malheurs fait naiſtre l'arrogan-
ce;

Et si de mes avis vous voulez profiter, (ter.
Vous serez dans vôtre Art moins prompte à vous fla-
Je sçay qu'auprés de vous il n'est point de Mortelle
Qui doive conserver quelque estime pour elle,
Faites-en vanité; mais ne murmurez pas
D'en voir donner la gloire aux leçons de Pallas.
Ce sentiment trop fier vous fait tort, & l'offence,
Et vous devez enfin redouter sa vangeance,
Si vos soûmissions ne tâchent d'obtenir
Le pardon d'un orgueil qu'elle pourroit punir.
A ce mot de pardon Arachné l'envisage,
Et quittant de dépit & l'aiguille & l'ouvrage,
Peu s'en faut que sa main ne vange au mesme instant
Ce que pour sa fierté l'affront a d'éclatant.
Son visage s'enflame, & d'un regard sévére
Luy marquant un mépris où régne la colére;
Certes l'avis, dit-elle, est rare & fort nouveau,
Vieille folle, à qui l'âge a brouillé le cerveau;
Et dont si librement le foible esprit s'ingére
De donner des leçons à qui n'en a que faire.
Puisque la remontrance a de quoy te flater,
Va chercher qui te veuille ou te doive écouter.
Tu trouveras sans doute en ta propre famille
Quelque Bru ridicule, ou quelque sote Fille.

Porte leur ces leçons, mais ne te mesle pas
De prendre contre moy l'intérest de Pallas.
Quoy que je n'aye encor ny cheveux gris ny rides,
J'ay sur ce que je vaux des lumiéres solides,
Et tu prétens en vain par tes raisonnemens
Me faire là-dessus changer de sentimens.
Si ma présomption offence ta Déesse,
Que ne vient-elle icy m'étaler son adresse?
J'opposerois la mienne, & nous verrions des deux
Qui montreroit pour vaincre un talent plus heureux.

C'est trop de patience, il faut le voir, dit-elle;
Voicy cette Pallas que ton orgueil appelle.
Alors, se revétant de ses divins appas,
Elle détruit la Vieille, & découvre Pallas.
Les Nymphes d'alentour qui se trouvent presentes
Donnent de leur respect des marques éclatantes,
Révérent la Déesse, & par des vœux soûmis
Cherchent grace à l'orgueil qu'Arachné s'est permis.
L'arrogante s'en moque, & toûjours obstinée,
Avant que de ceder, veut estre condamnée.
Elle rougit pourtant, & d'un défi si prompt
Une honte secrete éclate sur son front;

Mais de cette rougeur qui vient de sa surprise,
Par l'espoir du triomphe elle est bientost remise.
C'est ainsi que le Ciel par l'Aurore vermeil,
Perd ce rouge, & blanchit au lever du Soleil.
Pallas qui par pitié retenoit sa vangeance
A peine à concevoir cet excés d'insolence,
Et sans plus differer, resoluë à l'éclat,
Elle en jure la peine, & s'apprește au combat.
A soûtenir l'assaut Arachné se prépare,
Et de son cœur hautain tant de fierté s'empare,
Que dans la folle ardeur de surmonter Pallas,
Elle court à sa perte, & ne le connoit pas.
Déja pour ce défi, la robe retroussée,
En differents endroits chacune s'est placée.
Deux métiers sont tendus, & l'on voit à la fois
Agir des deux côtez l'adresse de leurs doigts.
Parmi les fils ouverts la navette qui passe
Faisant courir la trame avec eux l'entrelasse.
Ces fils à peine aux yeux ont paru se hausser
Qu'avec mesme vîtesse on les voit s'abaisser.
Le peigne qui les frape assemble une tissure
Qui surpasse en éclat la plus noble peinture.
L'une & l'autre se haste, & tant d'activité
De leurs adroites mains soûtient l'agilité,

Que loin que le travail les fatigue ou les gêne,
Il leur paroit un jeu bien plûtost qu'une peine.
Ainsi le temps s'écoule, & l'ouvrage avancé
Fait voir avec quel art le projet est tracé.
L'union des couleurs éclatantes & sombres
Y forme l'agrément & des jours & des ombres.
    Figurez-vous cet Arc en beauté sans pareil
Qu'en dardant ses rayons imprime le Soleil,
Lors qu'après une pluye aux beaux jours survenuë
Il les fait tout-à-coup reflechir sur la nuë.
Des plus vives couleurs l'amas industrieux
Par ses divers brillans est le charme des yeux.
Mais en les contemplant c'est en vain qu'on s'obstine
A chercher par où l'une en l'autre se termine,
Tant tout ce qui se touche, encor que different,
Paroist estre le mesme aux regards qu'il surprend.
L'ardeur qui fait agir ces doctes Ouvrieres
Prescrit à leur travail les plus nobles matiéres ;
L'or se mesle à la soye, & fait briller aux yeux
Ce qu'eurent d'éclatant les actions des Dieux.
    Pallas d'abord s'applique à peindre en son Ouvra-(ge
Ce qu'un celebre Arrest luy donna d'avantage,
Lors que Neptune un jour luy voulant disputer
Un droit que sans partage elle crut mériter,

Rendant de son Rival les espérances vaines,
Elle obtint la victoire, & nomma seule Athénes.
Douze Dieux d'un auguste & redoutable aspect
Assis de part & d'autre impriment du respect.
Ils ont tous quelque marque, & s'y font recõnoistre.
Jupiter au milieu soûtient le rang de Maistre.
L'air en est fier & grave, & ne fait que trop voir
Qu'il a sur tout le reste un absolu pouvoir. (vre,
Neptune est peint debout ; un Rocher qu'on décou-
Frapé de son Trident, obeït & s'entr'ouvre.
Il en sort une mer dont ce Dieu s'aplaudit,
Pour vaincre sa Rivale il croit qu'elle suffit,
Comme s'il prétendoit, par cet essay facile,
Que qui fend un Rocher dust nommer une Ville.
Assez proche de luy la guerriére Pallas
Se peint le casque en teste, & l'écu sur le bras.
L'Egide avec la lance acheve son armure,
Et tel est de son Art la charmante imposture,
Qu'on diroit que la terre a tout-à-coup produit
Un Olivier chargé de feuilles & de fruit.
Sa lance qui la touche a causé ce prodige,
Les Dieux en sont surpris, Neptune s'en afflige,
Et le travail finit par l'honneur qu'eut Pallas
D'avoir en triomphant terminé ces debats.

RHODOPE ET ÆMUS CHANGEZ EN MONTAGNES.

FABLE II.

Cependant ſur l'eſpoir de toucher par l'exemple,
Afin que dans une autre Arachné ſe contemple,
La Déeſſe en petit étale tout exprés
Le ſuplice qui ſuit les orgueilleux projets.

Ainsi par des couleurs aux crimes assorties
On voit aux quatre coins d'ambitieux Impies,
Qui de leur vanité punis séverement,
Font craindre à leurs pareils un pareil châtiment.
Dans l'un est peint Æmus, ce fameux Roy de
Thrace,
Dont Rhodope sa femme osa suivre l'audace.
Ils sont changez en Monts pour avoir pris le nom,
L'un du grand Jupiter, & l'autre de Junon.

PYGAS CHANGE'E EN GRUE.

FABLE III.

DANS l'autre, de Pygas la funeste avanture
Fait voir combien le Ciel est sensible à l'injure.
Cette femme Pygmée eut la témérité
De prétendre aux honneurs de la Divinité,
Les exigea du Peuple, & dans son arrogance
Alla contre Iunon jusques à l'insolence.

Ce Peuple se révolte, & lors qu'en combatant
Elle croit le forcer aux respects qu'elle attend,
Junon obtient qu'en Gruë elle soit transformée.
Quoy qu'Oiseau, sans relâche elle en veut au Pygmée,
Et dans l'aversion qu'entr'eux le Ciel a mis,
Encor aujourd'huy mesme on les voit ennemis.

ANTIGONE
CHANGÉE EN CIGOGNE.

FABLE IV.

DANS l'un des autres coins Antigone eſt dépeinte.
De la meſme fierté ſon ame fut atteinte,
Et s'étant de Junon attiré le couroux,
De la meſme diſgrace elle ſentit les coups.

Le Roy Laomedon dont le Ciel la fit naiſtre,
Soûtenoit fiérement la ſplendeur de ſon eſtre,
Il poſſedoit dans Troye un deſtin glorieux,
Et pour bâtir ſes murs s'étoit ſervi des Dieux.
Mais tout ce grand pouvoir qui ſuit l'éclat du Trône
Ne put à ſon malheur dérober Antigone,
Elle devint Cigogne, & par ce changement
De ſa préſomption receut le châtiment.

LES FILLES DE CINYRAS CHANGÉES EN DEGREZ D'UN TEMPLE.

FABLE V.

INYRE au dernier coin de ce fameux
Ouvrage
Offre d'un vif ennuy la plus ſenſible
image.
Ses Filles autrefois eurent quelque renom,
Et ne pouvant ſouffrir qu'on adoraſt Iunon,

Par

Par une impieté qui n'eut jamais d'exemple
Elles se saisissoient des portes de son Temple ;
Où chacune à l'envy par des termes pressans
Du culte accoûtumé détournoit les Passans.
D'opprobre par le Peuple & de honte chargées ;
En degrez de ce Temple elles furent changées.
Ce Pere infortuné qui les vient embrasser
Succombe à la douleur dont il se sent presser ;
Se couche sur la pierre, & d'une ame abatuë
Semble estre prest luy-mesme à devenir Statuë.
C'est ainsi que Pallas du travail entrepris
Ménage la conduite, & dispute le prix.
L'Arbre qu'elle chérit en forme la bordure.
Il étale une aimable & riante verdure,
Et l'on voit tout autour par un art singulier
Des nœuds entrelassez de branches d'Olivier.

JUPITER CHANGÉ EN DIVERSES FORMES.

FABLE VI.

Rachne d'autre part applique son adresse
A vaincre, s'il se peut, la jalouse Déesse,
Et peint de Jupiter l'impatiente ardeur
Lors qu'enlevant Europe il vainquit sa pudeur.

Tel est de chaque trait l'artifice admirable
Que l'œil trompé croit voir une mer véritable;
Et qu'au travers des flots s'ouvrant un seur chemin,
Un vray Taureau qui nage enleve son butin.
Il semble que de loin, la Princesse interdite
Regarde en soupirant la terre qu'elle quitte,
Et qu'implorant de l'aide en ce triste embarras,
Elle hausse les pieds pour ne les mouiller pas.
Ce mesme Jupiter par la mesme industrie
Epris d'un autre amour vient à bout d'Astérie,
On le voit peint en Aigle, elle veut resister,
Mais il la tient, la serre, & paroist l'emporter.
Ce Dieu prend à côté le plumage d'un Cygne.
Des regards de Leda sa blancheur le rend digne.
La Belle s'en approche, & d'un esprit content
Vient s'offrir elle-mesme aux aîles qu'il luy tend.
Plus bas il est Satyre, & sous cette figure
Cherche avec Antiope une douce avanture,
Amphion & Zéthus venus par elle au jour
Furent le fruit heureux qui suivit cet amour.
Icy d'Amphitryon il a la ressemblance.
Alcméne qui l'attend s'abuse à l'apparence,
Et d'un air enjoué, le croyant son Epoux,
S'étudie à luy faire un accueil des plus doux.

Là, paroissant en feu, l'ardeur qui le domine
Luy fait de cette flame envelopper Egine,
Et dans cet endroit mesme on voit comme rampant
Auprés de Proserpine il se coule en Serpent.
Danaé par sa Tour se fait ailleurs connoistre,
Ce Dieu se change en Or pour s'en rendre le maistre,
Et pour derniere forme, il se laisse engager
A suivre Mnemosyne en habit de Berger.

NEPTUNE
CHANGÉ EN DIVERSES FORMES.
FABLE VII.

MAis c'est peu qu'Arachné par des couleurs brillantes
Peigne de Jupiter les amours differentes,
De quelques autres Dieux les divers changemens
Meslent à ce travail leurs embellissemens.

De la fameuse Arné la beauté peu commune
Fit jadis soûpirer le sensible Neptune,
Et n'osant comme Dieu tâcher d'en estre aimé,
Il la cherche, & la suit en Taureau transformé.
Iphimedie en est également trompée.
Pour elle il se fait Fleuve, & devient Enipée,
Et lors que cette jeune & charmante Beauté,
Aßise sur ses bords, croit estre en seureté,
De ses eaux tout-à-coup vers elle débordées
Elle voit en tremblant ses rives inondées.
En vain pour fuir en haste elle veut se lever,
Elle sent qu'on l'entraîne, & ne se peut sauver.
Preste à se voir un jour d'un Amant outragée,
Théophane en Brebis avoit esté changée,
Neptune qui l'aimoit ne la put oublier.
Pour ne la quitter pas il se change en Belier,
Et cet air emprunté trompant sa défiance
Triomphe de sa crainte & de son innocence.
Un autre changement à Cerés est fatal.
Il prend pour l'éblouïr la forme de Cheval;
Et charmé des cheveux de la belle Méduse,
Sous cette mesme forme il la voit & l'abuse.
Comme elle Melantho ne peut fuir son destin.
Afin de la surprendre il se change en Dauphin.

Un je ne sçay quel air fait aisément connoistre
Quelles sont ces Beautez, & quel sang les fit naî-
tre,
Et mesme à leurs habits on remarque d'abord
En quels lieux la fortune avoit fixé leur sort.

APOLLON
CHANGÉ EN BERGER.
FABLE VIII.

N suite, d'Apollon la disgrace est dépeinte.

Du plus profond chagrin il paroist l'ame atteinte,

Son habit est rustique, & *l'on voit dans ses yeux*

Qu'il réve au déplaisir d'estre banny des Cieux.

Plus

Plus loin s'abandonnant à l'ardeur qui le presse
Il vole en Eprevier, & trompe une Maîtresse.

Sur le point de ceder aux poursuites d'un Ours
Une jeune Dryade imploroit du secours.
Il se change en Lion, *& l'ayant garantie*
Du péril évident qui menaçoit sa vie,
Il montre ce qu'il est, & par d'heureux efforts
Rend son cœur favorable à ses brûlans transports.

La belle Issé pour elle aux mesmes soins l'engage,
Elle aime les Bergers; il en prend l'équipage,
S'arme d'une houlette, & plus beau que le jour,
La joignant sous un chesne, il luy parle d'amour.

BACCHUS
CHANGE' EN GRAPE DE RAISIN.
FABLE IX.

BAcchus pour abuſer Erigone qu'il aime
Se ſert de ſon côté d'un rare ſtratagême.
La Belle en vandangeant ſuccombe à ſon deſtin,
Il la voit, & ſe change en Grape de raiſin.

D'un pourpre ſi brillant la Grape eſt embellie
Qu'elle eſt par Erigone avidement cueillie,
Elle la tient, l'admire, & ſon cœur enflamé
Sent ainſi le pouvoir du Dieu qu'elle a charmé.

SATURNE
CHANGÉ EN CHEVAL.
FABLE X.

POUR Phylira Saturne use aussi de surprise.
Touché de ses appas il se rend, se déguise,
Et devenu Cheval, conduit sa passion
Jusques à donner l'estre au Centaure Chiron.

De tant d'évenemens le ſubtil aſſemblage
Compoſe d'Arachné l'ingenieux Ouvrage.
Les bords qu'elle enrichit des plus vives couleurs,
Sont parſemez d'un lierre entrelaſſé de fleurs.
Ce travail eſt parfait, & l'Envie elle-meſme,
Y découvrant par-tout une juſteſſe extrême,
Obligée en ſecret d'admirer ce qu'il vaut,
Ne pourroit que ſe taire à le voir ſans défaut.

ARACHNE' CHANGE'E EN ARAIGNE'E

FABLE XI.

'EST en vain que Pallas qui reſiſte
à ſe rendre ,
Tâche en l'examinant d'y trouver à
reprendre.
Le dépit d'un ſuccés qu'elle n'attendoit pas
La fait rêver un temps , & ſoûpirer tout bas.

Ce qu'elle voit l'étonne, & se sentant réduite
A n'en oser blâmer ny l'art ny la conduite,
Pour colorer l'éclat de son emportement,
Vn motif éloigné luy sert de fondement.
Si ce rare tissu mérite qu'on l'estime,
La matiére du moins doit tenir lieu de crime.
C'est trop d'impieté que d'exposer aux yeux
La foiblesse où l'Amour a fait tomber les Dieux.
Ainsi pour ne plus voir ce qui ne peut luy plaire,
Sous l'intérest du Ciel déguisant sa colére,
Elle rompt cet Ouvrage, & d'un cœur interdit,
Le mettant par morceaux, satisfait son dépit;
Puis s'abandonnant toute à sa jalouse envie,
De ce mesme instrument dont elle s'est servie,
Pour vaincre en ce combat par la gloire ordonné,
Par trois & quatre fois elle frape Arachné.
Arachné qui ressent tout ce qu'un noir outrage
Sceut jamais inspirer de douleur & de rage,
Trouvant la vie à charge aprés un tel affront,
Cherche pour en sortir le moyen le plus prompt.
Point de retardement; son desespoir extrême
Fait que dans son transport elle se pend soy-mesme.
Pallas qui la regarde empesche son dessein,
Et pour la soûlever ayant prété la main;

Vy, luy dit-elle, vy pour transmettre à ta race
Le honteux souvenir de ta coupable audace.
Le suplice qu'on doit à ta témérité
Passera d'âge en âge à ta posterité;
Tu l'as choisi toy-mesme, & dans l'air suspenduë
Tu feras toûjours voir ta fierté confonduë.
Pallas donne l'arrest, & son chagrin jaloux
Luy fait, pour mieux remplir son aveugle couroux,
Repandre sur le corps de cette Infortunée
Le redoutable suc d'une herbe empoisonnée,
Dont la triste vertu, par des efforts secrets,
Soudain de son visage aneantit les traits.
On la voit sans cheveux aprés ce coup funeste,
Une petite teste est tout ce qui luy reste.
Une espéce de doigts, & longs & déliez,
Porte son petit corps, & luy tient lieu de pieds.
Ce n'est ailleurs qu'un ventre, & comme en Araignée,
Toûjours du mesme instinct elle est accompagnée,
Ce ventre étant fort large, elle en tire de quoy
Fournir à s'éxercer dans son premier employ.

NIOBE
CHANGÉE EN ROCHER.

FABLE XII.

E son orgueil puny la nouvelle semée
Ne tient pas seulement la Lydie alarmée.
Elle passe en Phrygie, & de cent bruits divers
Fait sur ce châtiment retentir l'Univers.

Chacun touché de crainte avec respect implore
Le secours de Pallas, la révere, l'adore.
Niobe, en qui trop d'heur au nom de Reine est joint,
Voit ce terrible exemple, & n'en profite point.
Tandis que Fille encor chez Tantale son Pere
Elle craignoit les Dieux, & cherchoit à leur plaire,
Arachné, qui par-tout se faisoit estimer,
Luy rendit tant de soins qu'elle s'en fit aimer.
Mais plus cette Niobe, aprés tant d'habitude,
Doit du sort d'Arachné prendre d'inquiétude,
Plus par de fiers discours flatant sa vanité
Elle a contre le Ciel un esprit révolté.
Aussi tout conspiroit à nourrir dans son ame
Tout l'orgueil qui jamais ait surpris une femme.
Amphion son Epoux, paisible en ses Etats,
Se faisoit redouter des plus fiers Potentats.
Un grand peuple soûmis à son obeïssance,
Aux yeux de ses Voisins étaloit sa puissance,
Et ce qui leur estoit encor plus glorieux
Tous deux sortoiēt du sang du Souverain des Dieux.
Mais quoy que dans son cœur ces divers avantages
Eussent de quoy tracer d'orgueilleuses images,
Rien n'éblouïssoit tant sa crédule fierté
Que le rare bonheur de sa fécondité.

Sept Filles & ſept Fils, nez de ſon Himenée,
L'euſſent renduë illuſtre, & Mere fortunée,
Si toûjours pour les Dieux continuant ſes ſoins,
Heureuſe ſur toute autre, elle euſt cru l'eſtre moins.

La celebre Manto, Fille de Tiréſie,
D'un eſprit prophétique à l'impourveu ſaiſie,
Se déclarant un jour l'interpréte des Cieux,
Niobe étale enfin ſon cœur audacieux.
Cette ſçavante Fille, à qui comme à ſon Pere
Les Dieux ſur l'avenir aiment à ne rien taire,
Court par toute la Ville, & d'un ton éclatant ;
Suivez-moy tous en foule où le Ciel vous attend,
Dit-elle au Peuple. Et vous, ô pieuſes Thebaines,
Si jamais d'un beau feu vos ames furent pleines,
De feuilles de Laurier couronnant vos cheveux,
A trois Divinitez venez offrir des vœux.
Apollon & Diane, & Latone leur Mere,
Dans leur temple aujourd'huy veulent qu'on les révére,
Portez-y vôtre encens, cet ordre eſt une loy.
C'eſt Latone qui parle, & s'explique par moy.

On ne reſiſte point, & le Laurier en teſte
A ce pieux devoir chaque Dame s'apreſte.

Avec tous les honneurs qu'on rend aux Immortels,
Déja l'encens par-tout fumoit sur les Autels,
Lors que d'une ample suite en Reine accompagnée
Niobe dans le Temple entre toute indignée.
D'un habit de drap d'or la riche propreté
Du haut rang qu'elle tient marque la majesté;
Mais à voir ses cheveux rejettez en arriére
Tomber sur chaque épaule, & la rendre plus fiére,
On devine aussi-tost qu'un violent dépit,
Quelle qu'en soit la cause, agite son esprit.
Il est peint dans ses yeux, mais malgré sa colére
Elle est belle, & n'a rien qui ne doive encor plaire.
On se leve, elle avance; alors de toutes parts
Jettant avec dédain de superbes regards,
D'un air plein du transport à qui sa raison cede;
Quelle aveugle fureur, dit-elle, vous possede,
Et vous fait lâchement préferer à mes yeux
Aux Dieux que vous voyez vos invisibles Dieux?
Latone, dont on sçait l'impuissante foiblesse,
Est servie avec pompe, & traitée en Déesse,
Et moy, qui suis pour vous une Divinité,
Je n'auray point l'encens tant de fois mérité?
D'où vient qu'à me l'offrir vôtre zéle différe?
Tout est auguste en moy, j'ay Tantale pour pére,

Luy qui seul des mortels par un sort glorieux
S'est veu jamais assis à la table des Dieux.
Les Pleïades qu'en vain attaqueroit l'Envie
Ont pour Sœur Taïgéte à qui je dois la vie.
Ainsi le grand Atlas, ce noble appuy des Cieux,
Du côté de ma Mere est l'un de mes Ayeux,
Et ce qui rend sur-tout ma gloire sans égale,
Epouse d'Amphion, & Fille de Tantale,
Qui du grand Jupiter sont tous deux descendus,
Quels honneurs assez grands peuvent m'estre rendus,
Puisqu'à ce Dieu des Dieux à tel point je suis chére
Qu'il s'est fait mon Ayeul ensemble & mon Beau-
pére?
La Phrygie où le Ciel m'a laissé voir le jour
Me garde encor autant de respect que d'amour.
Je régne aux mesmes lieux où trouvant mille obsta-
cles
Cadmus ne se fit Roy qu'à force de miracles,
Et Thébes, dont les murs de la terre sortis
Par le luth d'Amphion viennent d'estre bâtis,
Au joug qu'elle a receu s'accoûtumant sans peine
Le recõnoit pour Maistre, & moy pour Souveraine.
Par-tout, dans mon Palais, où je jette les yeux,
Ce ne sont que tresors, que meubles prétieux,

Rien n'en peut ſurpaſſer l'abondante richeſſe.
D'ailleurs, n'ay-je pas l'air, le port d'une Déeſſe?
Conſidérez mes traits, n'y remarque-t'on pas
Le meſme éclat qui brille en Junon, en Pallas?
Joignez à tant de biens qu'il n'eſt point de familles
Qui m'égalent en nombre & de Fils & de Filles.
De combien mes honneurs paroîtront-ils accrus
Quand ils m'auront donné ſept Gendres & ſept Brus!
Sur ces grands fondemens qui ſoûtiennent ma gloire
Prétendre des Autels eſt-ce m'en faire accroire,
Et n'ay-je pas ſujet de voir d'un œil jaloux
Les hõneurs qu'aujourd'huy Latone obtient de vous?
Elle qui par vous ſeuls entre les Dieux placée
Eſt du ſang des Titans, & la Fille de Cée?
Elle pour qui la Terre eut de ſi forts mépris
Qu'en ſon accouchement inſenſible à ſes cris,
Il ne fut ny Foreſt, ny Montagne, ny Plaine,
Qu'elle luy laiſſaſt libre à ſoulager ſa peine?
Le Ciel, qui de la Terre imita les refus,
Envers le Dieu des eaux vit ſes vœux ſuperflus.
Ainſi par-tout chaſſée, & de ſes pleurs nourrie,
Elle euſt couru toûjours ſans ſa Sœur Aſtérie,
Qui de Fille d'abord transformée en Oiſeau,
Et depuis en Rocher errant au gré de l'eau,

Sur les bords de la mer la voyant vagabonde ;
Vous errez ſur la terre ainſi que moy ſur l'onde,
Luy dit-elle ; *& ſoudain ſa pitié la portant*
A luy donner ſur elle un aſyle flotant,
Ce charitable ſoin de luy preſter retraite
Parut aux Dieux l'effet d'une amitié parfaite,
Et mérita que ferme, & reſiſtant aux flots,
Cette Sœur devinſt Iſle, & ſe nommaſt Délos.
C'eſt là que deux Jumeaux, aprés tant de miſére,
Vinrent enfin au jour, & la rendirent Mére.
Mais borner là l'eſpoir de ſa poſtérité,
N'eſt-ce pas demeurer dans la ſtérilité ?
La grace qu'à ſon feu Lucine a departie
N'eſt de ſes dons pour moy qu'une foible partie.
Plus féconde ſept fois, j'ay de quoy l'emporter
Sur tout ce que jamais elle a pû mériter.
Ainſi, je ſuis heureuſe, & perſonne n'en doute.
Pour finir mon bonheur qu'eſt-ce que je redoute ?
Jamais on n'en verra le terme limité ;
L'abondance par-tout me met en ſeureté,
Et d'honneurs en honneurs je me vois élevée
Au ſommet d'une gloire à tel point achevée,
Que la Fortune en vain traverſant mes ſouhaits,
Prétendroit juſqu'à moy faire monter ſes traits.

Son inconſtante humeur me donne peu de crainte.
Mes biens ſont au deſſus de ſa plus rude atteinte,
Et quoy que m'en euſt pû retrancher ſa rigueur,
La plus heureuſe encor envieroit mon bonheur.
Mais je veux que la Parque aveuglément ſévére
Faſſe ſur mes Enfans éclater ſa colére.
Ses coups les plus cruels & les plus hazardeux
Pourroient-ils me réduire au ſeul nombre de deux?
Ceſſez donc d'établir vos ſacriléges Feſtes.
Mettez bas le Laurier qui couronne vos teſtes,
Et ne profanez plus par un ſi vil employ
Les hommages ſacrez qui ne ſont deus qu'à moy.
Cet ordre eſt abſolu; chacun, quoy qu'avec peine,
Défere aux ſentimens de l'orgueilleuſe Reine,
Et n'oſant rien de plus, voue un culte ſecret
A la Divinité qu'il offence à regret.
Latone que ſurprend cette impie arrogance,
Piquée au dernier point, en jure la vangeance,
Va ſur le mont de Cynthe, où ſa juſte douleur
Tâchant d'intéreſſer Apollon & ſa Sœur;
Aprés l'indigne affront que l'on vient de me faire,
Me voudrez-vous encor reconnoiſtre pour Mére,
Leur dit-elle, & ſonger que pour vous mettre au jour
Jupiter m'honora de ſon plus tendre amour?

Ce

Ce que ce choix m'acquit de grandeurs légitimes
Me fait tenir au Ciel un rang des plus ſublimes,
Et meſle tant de gloire à l'éclat de mon nom,
Qu'on ne m'y voit céder qu'à la ſeule Junon.
Cependant ſur la terre une fiére Princeſſe
Doute ſi l'on me doit le titre de Déeſſe,
Et ſi vous n'agiſſez, bientoſt chez les Mortels
Par ſon impieté je n'auray plus d'autels.
Mais cet intéreſt ſeul n'eſt pas ce qui m'anime.
Niobe à ſon mépris ajoûte un autre crime.
Ces Enfans dont le nombre attira tous ſes vœux,
Elle vous les préfere, & vous bravant tous deux,
Comme ſi vous n'étiez qu'une race inutile,
Elle oſe hautement me traiter de ſtérile.
Si les ſecrets des Dieux lâchement violez
Par l'inſolent Tantale ont eſté révélez,
Niobe, qu'éblouït un orgueil téméraire,
Nous fait bien voir qu'elle a la langue de ſon Pére.
Mais puiſſent tant de maux tout-à-coup l'accabler,
Que Mere ſans Enfans elle ait lieu de trembler.

Au recit des forfaits de cette Reine altiére
Latone s'apprêtoit à joindre la priére,
Lors que l'interrompant, c'eſt trop, n'achevez pas,
Je cours, dit Apollon, punir ces attentats,

Et perdre plus de temps à parler de l'offence,
Ce n'eſt qu'en retarder la trop juſte vangeance.
Diane s'en explique avec meſme chaleur,
Et voulant de Latone adoucir la douleur,
D'un vol précipité, ſous un épais nuage,
L'un & l'autre fend l'air, & s'y faiſant paſſage,
Vers Thebes deſcendus, ils courent promptement
Où l'éclat eſt facile à leur reſſentiment.

Aſſez proche des murs qui ceignent cette Ville,
Eſt un champ ſpatieux où la Jeuneſſe agile
Invente chaque jour quelques moyens nouveaux
De bien conduire un char, & pouſſer des chevaux.
Là des Fils d'Amphion les nobles exercices,
Charmant tout un grand Peuple, en faiſoient les délices.
Deux d'entr'eux, à la courſe animez de leur choix,
Sont veûs ſur des chevaux qu'enorgueillit leur poids,
Et qui par mille bonds quittant cent fois la terre,
Semblent vouloir en l'air commencer cette guerre.
Outre leurs rênes d'or, parmy les curieux
Leur houſſe en broderie attache bien des yeux.
Le plus âgé de tous, l'adroit & fier Iſméne,
Eſtoit l'un de ces deux qui couroient dans la plaine,

Et lors qu'aprés sa course, aussi dispos que prompt,
Il tourne son cheval, & le ramene en rond,
Il pousse un cry plaintif qui de son sort décide ;
Puis d'une main mourante ayant lâché la bride,
Succombant à l'effort du dard qui l'a percé,
Du côté droit par terre il tombe renversé.
Sipyle qui le suit, quoy que rempli d'audace,
Oyant sifler dans l'air le trait qui le menace,
Fuit à bride abatuë, & veut se garantir
Du coup que son effroy luy fait déja sentir.
Ainsi le Nautonnier qui voit venir l'orage
Met dans le mesme instant les voiles en usage ;
Et recueillant le vent qui s'éleve d'abord,
Abandonne sa route, & cingle vers le port.
Mais ce Prince a beau fuir, un vain espoir le flate ;
C'est d'un Dieu contre luy que le couroux éclate.
Pour s'en mettre à couvert quoy qu'il puisse tenter,
Le dard qui le poursuit ne se peut éviter.
Par le haut de la teste il l'atteint, il le perce,
S'enfonce dans son col, l'entr'ouvre, le traverse.
Ainsi ce malheureux que la peur de mourir
Avoit fait se pancher afin de mieux courir,
Courbé comme il étoit, tombe en cette posture
Sur le crin du cheval qui fuit à l'avanture,

Et par ce coup fatal dans ſes jambes coulé
Meurt, & fait voir ſon ſang à la terre mêlé.
L'infortuné Phedime, & Tantale ſon Frére,
Qu'on avoit honoré du nom de ſon grand pére,
Aprés s'eſtre à l'envy quelque temps exercez,
Du travail des chevaux s'étoient enfin laſſez,
Et la bouillante ardeur qu'inſpire la jeuneſſe
Leur faiſoit à la Lute étaler leur adreſſe.
Déja joints l'un à l'autre, & ſerrez corps à corps,
Ils venoient pour s'abatre aux plus ruſez efforts,
Lors qu'un trait décoché par un bras qui ſe cache,
Les traverſant tous deux, enſemble les attache.
Tous deux en meſme temps gémiſſent de leur ſort;
Tous deux roulent des yeux dont s'empare la mort,
Et dans le même inſtant tombez tous deux par terre,
En expirant enſemble, ils terminent leur guerre.
Alphénor qui les voit, croyant les ſecourir,
Surpris de leur malheur s'empreſſe d'accourir,
Mais ce pieux devoir, encor que légitime,
Semble envers Apollon luy tenir lieu de crime.
Un dard vole, & ce dard à le punir trop prompt,
Enfoncé vivement porte un coup ſi profond
Qu'en penſant l'arracher pour luy ſauver la vie,
De ſes poumons enſemble on tire une partie;

Ils y sont attachez, & son sang qui les suit
Accompagne en sortant son ame qui s'enfuit.
Damasicton a part à leur triste avanture,
Mais il ne périt pas d'une seule blessure.
Atteint sur le genouil d'un premier dard lancé,
Pour l'en tirer de force à peine il s'est baissé,
Qu'en luy perçant la gorge au moment qu'il se leve,
Ce qu'avoit manqué l'autre un second dard l'acheve.
Il n'a pour l'arracher besoin d'aucun effort,
Son sang prompt à sortir le repousse d'abord,
Et rejallit en l'air avec tant d'abondance,
Qu'on diroit à le voir d'un jet d'eau qui s'élance.
Le jeune Ilionée aprés ces tristes coups
Craignoit mesme infortune, & restoit seul de tous.
Il tend les bras au Ciel, & d'une voix timide;
O vous Dieux, dont par-tout la puissance préside,
Si des vœux pleins d'ardeur vous toucherent jamais,
Daignez me faire grace, & retenez vos traits.
Sa crainte un peu trop loin étendoit sa priére.
Il en perdit le fruit en la faisant entiére,
Et loin qu'à tous les Dieux il deust se confier,
C'étoit Apollon seul qu'il avoit à prier.
A ses vœux toutefois ce Dieu rendu sensible
Eust retenu le coup s'il eust esté possible.

Mais il n'étoit plus temps ; le dard trop-toſt lancé
Au cœur d'Ilionée avoit déja paſſé.
Il ne pénétra pas ; une foible ouverture
Ne faiſant qu'entamer fut toute ſa bleſſure,
Mais elle étoit mortelle, & par là de ſes jours
La Parque ſans pitié trancha le triſte cours.

Le Peuple épouvanté, toute la Cour en larmes
Mettent la Ville en trouble, & Niobe en alarmes.
Un mêlange confus de lamentables cris
Ne l'inſtruit que trop-toſt de la mort de ſes Fils,
Et pour derniere image à ſa douleur offerte,
Elle apprend qu'Amphion, trop touché de leur per(te,
En a fui le ſuplice, & de ſa propre main
S'eſt mis pour l'éviter un poignard dans le ſein.
A cette ſurprenante & funeſte nouvelle,
Surpriſe que les Dieux euſſent pû tant contre elle,
Plus indignée encor qu'ils euſſent tant oſé,
Elle veut voir le mal que leur haine a cauſé.

Ah, que cette Niobe eſt alors differente
De celle qui portant ſon humeur inſolente
Juſqu'à vouloir un temple & ſe faire adorer,
Prétendoit qu'à Latone on duſt la préferer.
Ce n'eſt plus cette Reine impérieuſe, altiére,
Qui par le train pompeux qui ſuivoit ſa litiére,

Bleſſant les yeux du Peuple, & s'en faiſant haïr,
A ſa ſeule fierté ſe plaiſoit d'obeïr.
Stupide, échevelée, interdite, abatuë,
Elle court, & l'excez de l'ennuy qui la tuë
Sur ſon cœur accablé s'eſt déja tant permis,
Qu'elle feroit pitié meſme à ſes Ennemis.
Elle pleure ſes Fils étendus ſur la place,
Se jette ſur leurs corps, les baiſe, les embraſſe,
De l'un revient à l'autre, & d'un air furieux,
Levant & ſes regards & ſes mains vers les Cieux;
Repais-toy, ſaoule-toy, Latone trop vangée,
Du barbare plaiſir de me voir affligée,
Dit-elle; je ſuccombe à mes vives douleurs,
Et c'eſt tout à la fois de ſept morts que je meurs.
A me percer le cœur ta haine ingénieuſe
De mes plus fiers tranſports te rend victorieuſe.
Sa dureté m'a miſe au point où tu me veux,
Tu l'emportes enfin, brave-moy, tu le peux.
Toy l'emporter! Tu vois juſqu'où le ſort m'accable.
Malgré tout ce que m'ôte un revers déplorable,
Il me reſte encor plus dans ce deſtin borné
Que ton plus haut bonheur ne t'a jamais donné,
Et quoy que ſept Fils morts déchirent mes entrailles,
Je triomphe au milieu de tant de funerailles.

Elle achevoit ces mots, quand par un bras caché
Dans le milieu des airs un trait est décoché.
A l'entendre siffler quel cœur ne s'intimide ?
Tout le monde s'étonne, elle est seule intrépide.
Ses maux à son orgueil donnent tant de soûtien,
Qu'à force de souffrir elle ne craint plus rien.
Ses Filles que pressoit une douleur mortelle
L'avoient accompagnée, & pleuroient avec elle.
L'une auprés d'Alphenor est frapée, & soudain
Surprise de sa playe, elle y porte la main,
Mais la force luy manque, elle nomme sa Mere,
Et tombe en expirant sur le corps de son Frere.

Une autre, qui n'osoit regarder tant de morts,
A consoler Niobe employoit ses efforts.
Dans ce fatal instant une fléche qui vole
D'un coup inopiné luy tranche la parole,
Et luy fermant la bouche en se faisant sentir,
Laisse à peine à son ame un passage à sortir.
La troisiéme qui fuit va chercher un asyle;
Mais elle rend par là sa perte plus facile.
Vers elle un trait fend l'air plus vîte que le vent,
Et pensant l'éviter elle court au devant.
Une autre, qu'à son aide en tombant elle appelle,
La voulant secourir, tombe morte sur elle.

Celle-cy

Celle-cy, par le ſoin qu'elle a de ſe cacher,
Au deſtin de ſes Sœurs croit en vain s'arracher.
Diane la découvre, & cette autre qui tremble
De voir en un ſeul jour tant de malheurs enſemble,
Dans la frayeur qu'elle a ne pouvant faire un pas,
Se prépare à la mort qu'elle n'évite pas.

Six d'entr'elles déja par la meſme infortune
Avoient fini leur ſort; il n'en reſtoit plus qu'une.
Sa Mere qui n'eſt plus en état de braver,
La couvre de ſa robe afin de la ſauver.
C'eſt trop, laiſſe-la moy, Déeſſe impitoyable.
Cõme elle eſt la plus jeune elle eſt la moins coupable,
Dit-elle, ton couroux doit eſtre ſatisfait.
Sept Filles m'aſſeuroient l'honneur le plus parfait,
J'en viens de perdre ſix; de tant que tu me coûtes
Je n'en demande qu'une, & la moindre de toutes.

Elle parle, & tandis que du Ciel irrité
Son orgueil démenti combat la dureté,
Celle dont le péril rallentit ſon audace
Tombe à ſes pieds mourante, & comble ſa diſgrace.

Quelle devient Niobe à voir de toutes parts
Tant de ſanglants Objets effrayer ſes regards!
Icy ſon Mary mort, là ſes Enfans ſans vie
Luy reprochent l'orgueil qui la tint aſſervie,

Et comme les grands maux à force de rigueur,
Quand ils vont dans l'excés, endurcissent le cœur,
L'insensibilité que son malheur luy donne
Passe de son esprit dans toute sa personne.
L'aigu soufle du vent a beau se déployer,
Il touche ses cheveux sans les faire ondoyer,
Le sang ne paroit plus colorer son visage ;
Ses yeux sans mouvement en ont perdu l'usage,
Et son corps, ce beau corps admiré si souvent,
Est comme une Statuë, & n'a rien de vivant.
Tout n'est en luy que pierre, & le couroux celeste
Porte jusqu'au dedans ce changement funeste.
Ses entrailles déja pleines de dureté
De l'humeur qui les glace ont pris la qualité.
Sa langue s'endurcit, tendons, veines, artéres,
Tout se change, & du Sort suit les decrets sévéres.
Son col est immobile aussi-bien que ses bras.
Ses pieds fixes comme eux ne sçauroient faire un pas.
Mais dans ce dur revers qui détruit tant de charmes,
Toute pierre qu'elle est, elle verse des larmes.
Un tourbillon de vent qui l'enleve aussi-tost
Sur le sommet d'un mont la met comme en dépost.

Là transformée en marbre, elle eſt dans ſa Patrie,
Où pleine d'une humeur qui n'eſt jamais tarie,
Elle ſemble toûjours rappeller par ſes pleurs
Le cruel ſouvenir de ſes triſtes malheurs.

PAYSANS DE LYCIE
CHANGEZ EN GRENOUILLES

FABLE XIII.

D'UN si coupable orgueil le ſuplice exemplaire
Fait révérer Latone, & craindre ſa colére.
Chacun pour l'adoucir, par des vœux ſolemnels
Luy jure un pur hommage au pied de ſes Autels.

Niobe est détestée, & comme sa disgrace
Fait long-temps en tous lieux parler de son audace,
Et qu'un malheur present, quand il frape l'esprit,
D'autres malheurs passez attire le recit;
Entre plusieurs Thébains qui parloient avec zele
Du respect que l'on doit à la Troupe Immortelle,
L'un pour se faire entendre ayant haussé la voix,
Thébes voit ce qu'a veu la Lycie autrefois,
Leur dit-il; d'un refus mêlé de violence
Ses premiers Habitans expiérent l'offence,
Et par un châtiment dont chacun est surpris,
Sceurent combien Latone est sensible au mépris.
Les Coupables étant & sans nom & sans gloire
Ont laissé du suplice obscurcir la mémoire,
Mais le prodige est rare, & de mes propres yeux
J'ay veu l'Etang fatal, & passé par les lieux.
Mon Pere chargé d'ans, & se voyant d'un âge
Qui le rendoit mal-propre à faire aucun voyage,
M'en remet la fatigue, & rejette sur moy
Les plus pénibles soins qu'éxigeoit son employ.
Ainsi pour la Lycie, où plus qu'en lieu du monde
On sçait communément que le Bétail abonde,
Il résout mon depart, l'ordonne. J'obeïs,
Et prens pour me guider un homme du Païs,

Nous visitons d'abord les meilleurs pâturages ;
Et comme nous cherchions d'herbages en herbages,
Passant au bord d'un lac, parmy quelques roseaux.
Je découvre un Autel au milieu de ses eaux.
Il étoit tout noircy de l'épaisse fumée
Que produit de l'encens la vapeur enflamée.
Là mon Guide s'arréte, & d'un zele pieux ;
Sois propice au dessein qui nous mene en ces lieux,
Dit-il. Avec respect, & d'une voix timide
Je fais mesme priére, & j'imite mon Guide.
A quelques pas de là m'étant tourné vers luy ;
Apprenez-moy de qui j'ay demandé l'appuy,
L'Autel est ancien, & je me persuade
Qu'il est de quelque Faune, ou de quelque Naïade,
Luy dis-je, si ce n'est que le Ciel en ce lieu
Fasse de la Lycie adorer quelque Dieu.
Non, me répond mon Guide ; en cet endroit sauvage
Aux Dieux que vous nommez on ne rend point hommage.
Cet Autel qui vous tient l'esprit embarassé,
En l'honneur de Latone autrefois fut dressé.
Vous sçavez que Junon, *de colére animée*
De voir que Iupiter l'avoit assez aimée

Pour faire vanité de ses feux découverts,
La voulut sans pitié bannir de l'Univers.
En vain de tous côtez, vagabonde, inquiete,
Dans les bois, sur les monts, elle chercha retraite.
La Terre qui la vit dédaigna ses sanglots,
Tout fut sourd à ses cris hors l'Isle de Délos,
Qui flotant sur la mer sous le nom d'Ortigie,
Par l'ordre exprés du Ciel fut depuis affermie.
C'est-là sous un Palmier qu'en dépit de Junon,
De Mere, en accouchãt, elle acquiert l'heureux nom,
Et que de deux Jumeaux la célébre naissance
De tant de maux soufferts devient la récompense.
De sa fecondité l'avantage éclatant
Met un nouvel obstacle au repos qu'elle attend.
Avec plus de rigueur de Junon poursuivie
Elle fuit, se dérobe à sa jalouse envie,
S'éloigne de Délos, court la nuit & le jour,
Et porte dans ses bras les fruits de son amour.
  Aprés qu'en divers lieux, malgré sa lassitude,
Elle a de ses erreurs traîné l'inquiétude,
Elle arrive en Lycie, où de ses longs travaux
La fatigue l'expose à des tourmens nouveaux.
Outre que les chaleurs étoient alors cruelles,
Ses Enfans achevoient d'épuiser ses mamelles.

Ainſi de ſoif preſſée, elle cherche des yeux
Si pour la ſoulager rien ne s'offre en ces lieux.
Un Lac, qu'elle découvre au fonds d'une vallée,
Flate d'un doux eſpoir ſon ame deſolée.
Elle y court; par hazard de chétifs Païſans
Venoient couper les Joncs qu'il produit tous les ans,
Et comme ſur le bord la Déeſſe panchée
Croit enfin à ſon gré voir ſa ſoif étanchée,
Que déja vers l'Etang elle avance la main,
Cette Troupe Ruſtique empeſche ſon deſſein.
Que faites vous, dit-elle, & qui le pourroit croire?
Les Etrangers icy n'ont-ils pas droit de boire?
Voyez l'air, le Soleil; ils ſont communs à tous,
Faits pour moy, pour tout autre auſſi-bien que pour vous.
La Nature de meſme, auſſi bonne que ſage,
Ayant fait l'eau commune, en laiſſe un libre uſage,
Et quand j'en veux puiſer, le bras qui me retient
Me prive injuſtement de ce qui m'appartient.
Je veux bien toutefois vous demander par grace
Que vous daigniez ſouffrir que je me ſatisfaſſe.
Qu'un autre en ſe baignant ſoulage ſes travaux,
Je ne veux qu'arroſer ma bouche de vos eaux.

Je puis parler à peine, & tant de secheresse
Mêle son amertume à la soif qui me presse,
Qu'un peu d'eau me sera bien plus que pour les Dieux
N'est au Ciel le Nectar le plus delicieux.
Par ce qu'à m'accorder la pitié vous convie
J'avouëray que de vous j'auray receu la vie.
Que si le dur excés de ma triste langueur
N'a rien d'assez pressant pour toucher vôtre cœur,
Qu'au moins de ces Jumeaux l'innocente priére
Puisse vous émouvoir en faveur de leur Mere.
Voyez qu'à vous fléchir secondant mes efforts,
Ils vous tendent les bras (ils les tendoient alors.)
Quel courage si dur, quel cœur si peu fléxible
Dans cette occasion n'eust pas esté sensible!
Cependant la Déesse a beau prier, presser,
Ils portent leur refus jusques à menacer,
Et si du bord du Lac elle ne se retire,
C'est peu que de sa soif ils ne fassent que rire,
Ils useront de force, & luy feront sentir
De sa plainte importune un cuisant repentir.
L'injure à la menace est encor ajoûtée.
D'insolente & de folle elle est par eux traitée;

Leur malice contre elle enfin va jusqu'au bout,
Et des pieds & des mains ils troublent l'eau par-tout,
Et du fonds jusqu'en haut, par un sale mélange,
Pour la rendre bourbeuse, ils font monter la fange.
Latone s'en irrite, & déja dans son cœur
L'ardeur de se vanger suspend toute autre ardeur.
Sa soif est oubliée, & la juste colere
Où la met le refus d'une grace legere,
Par un soudain retour fait qu'elle se souvient,
Et du nom de Déesse, & du rang qu'elle tient.
Ainsi sans plus songer à prier qui l'offence,
Levant les mains au Ciel pour demander vangeance;
Infames, qui cherchez à voir croître mes maux,
Puissiez-vous à jamais demeurer dans ces eaux,
Dit-elle. Le succés répond à son envie;
D'un effet surprenant sa priére est suivie.
Ces Rustiques Mutins tout-à-coup dispersez,
Se jettant dans l'Etang, s'y tiennent enfoncez.
Ils y changent de forme, & dans ce nouvel estre
Leur teste hors du Lac commence de paroistre.
Puis comme pour donner un spectacle nouveau,
Découvrant tout le corps, ils nagent tous sur l'eau.
Quelquefois sur le bord ils aiment à se rendre,
Et dés le moindre bruit qu'on fait de loin entendre,

Ils s'élancent dans l'onde, & leur agilité
Leur fait entre les Joncs trouver leur seureté.
Mais quoy qu'ils soient sous l'eau, leur insolent murmure
Fait encor retentir l'invective & l'injure,
Et par toute l'aigreur que l'audace fournit,
Ils tâchent d'outrager celle qui les punit.
Leur voix en devient rauque, & de tant de malice
L'enfleure de leur gorge est le premier suplice.
C'est en vain qu'à se taire il doit les convier,
Leur bouche s'élargit à force de crier;
Leur teste jointe au dos, dont la couleur est verte,
Du col qu'on ne voit plus répare en eux la perte,
Leur ventre toûjours blanc fait presque tout leur corps.
Leurs cuisses pour sauter ont de secrets ressorts,
Et dans ces eaux enfin, à peine alors connuës,
Au lieu de Païsans des Grenouilles sont veuës.
Chacun de ce prodige eut l'esprit alarmé;
Il fit bruit, & l'Etang en devint renommé.
Le Peuple sur ses bords par des vœux pleins de zele
Traita sans différer Latone d'Immortelle,
Et pour se l'acquérir, connoissant son pouvoir,
On luy dressa l'Autel que vous venez de voir.

Voilà ce qu'en marchant me raconta mon Guide.
L'exemple est remarquable, il touche, il intimide,
Et nous fait assez voir que les audacieux
Jamais impunément ne méprisent les Dieux.

MARSYAS
E'CORCHE' PAR APOLLON.
FABLE XIV.

PRE'S que le Thébain eut parlé de la-sorte ;
Le sort de Marsyas sur tout autre l'emporte,
Dit un autre aussi-tost ; tant de témerité
De ce Satyre enfin suivit la vanité,

Que comme par ſa flûte il s'acquit l'avantage
D'un nom aſſez fameux pour paſſer d'âge en âge,
Défiant Apollon, il crut qu'avec éclat
Il luy feroit ceder la gloire du combat.
Il fut vaincu pourtant, & de ſa fiére audace
Son tremblant repentir eut beau demander grace,
A l'écorcher tout vif Apollon réſolu,
Dans ce qu'il ordonna ſe fit voir abſolu.
Quel ſuplice, crioit ce malheureux Satyre ! (re?
Mon crime eſt-il ſi grãd ? d'où vient qu'on me déchi-
C'en eſt fait, plus de flûte, elle coûte trop cher.
Un Dieu par la pitié ne ſe peut-il toucher ?
Je reconnois ma faute, helas ! qu'il me pardonne.
Tandis que de ſes cris l'air tout-autour réſonne,
Dépouillé de ſa peau par l'ordre du Vainqueur,
Du ſort le plus funeſte il ſouffre la rigueur.
Il voudroit s'échaper, mais en vain il l'eſſaye :
Tout ſon corps déchiré n'eſt qu'une large playe.
Son ſang qui par ruiſſeaux coule de toutes parts
Des Arbitres choiſis étonne les regards.
Déja du haut en bas rien ne manque à ſa peine,
On voit à découvert chaque nerf, chaque veine,
De ſes vives douleurs tout parle en meſme temps,
Fibres, muſcles, tendons, inteſtins palpitans,

On les pourroit compter, tant sa peau qu'on arrache
Fait un spectacle affreux de tout ce qu'elle cache.
Les Faunes, les Sylvains, Dieux des monts & des bois,
Que le son de sa flûte avoit charmez cent fois,
Les Nymphes, les Bergers, les Satyres ses Fréres
Traitent d'injuste excés des peines si sévéres,
Et livrez par sa mort aux plus vives douleurs,
A l'envy l'un de l'autre ils luy donnent des pleurs.
De ces pleurs répandus dans toute la Contrée
La Terre en peu de temps se trouve pénétrée,
On l'en voit regorger, & ce grand amas d'eaux
S'étant aux environs écoulé par ruisseaux,
Forme un Fleuve dont l'onde arrosant la Phrygie
Fait voir le prix que coûte une si chere vie.
Ce Fleuve la dérobe à l'oubly du trépas,
Et du nom du Satyre est nommé Marsyas.

EPAULE D'YVOIRE
DE PELOPS.
FABLE XV.

Es exemples ont beau passer de bouche en bouche,
Chacun revient toûjours à celuy qui le touche.
Amphion, qui jamais n'eut d'injustes desirs,
Des Thébains affligez attire les soûpirs.

On

On déplore & sa perte & sa famille éteinte ;
Mais on trouve Niobe indigne d'estre plainte ;
Et quoy que rien ne puisse égaler son malheur ;
Le seul Pélops son Frére en a de la douleur.
Ce Prince infortuné n'ayant pû se défendre
D'avoir pour cette Sœur l'amitié la plus tendre,
Pleura son infortune, & poussant de hauts cris,
Pour se meurtrir le sein, déchira ses habits.
Trop plein de ce trãsport dont sa douleur fit gloire,
Il laissa voir, dit-on, son épaule d'yvoire ;
Non qu'il l'eust de la sorte apportée en naissant.
Toûjours envers le Ciel il fut reconnoissant.
Aussi le Ciel se plut par un soin exemplaire
A luy rendre le jour que luy ravit son Pére,
Quand pour hôtes en terre ayant receu les Dieux
Dans un repas funeste il crut tromper leurs yeux.
Les membres de ce Fils qu'il fit servir à table
Furent de ce repas le mets épouvantable.
Son apprest déguisé mit Cerés en erreur,
Tous les autres d'abord furent saisis d'horreur ;
Et comme de Pélops la disgrace fatale
Leur fit prendre interest à confondre Tantale ;
Mercure qui par-tout a des sentiers ouverts
Fit soudain revenir son ame des Enfers.

De ſon corps cependant les diverſes parties
Dans leur rang de nouveau l'une à l'autre aſſorties,
Rétablirent ce tout qu'un coupable projet
Des fureurs de Tantale avoit rendu l'objet.
Une épaule y manquoit ; *par trop d'impatience*
Cerés de la manger avoit eu l'imprudence.
Par une autre d'yvoire appliquée auſſi-toſt
Une ſubtile main répara ce defaut.

PHILOMELE CHANGÉE EN ROSSIGNOL, PROGNÉ EN HIRONDELLE, ET TERÉE EN HUPE.

FABLE XVI.

C'EST *ainsi que des Dieux la bonté singuliere*
En faveur de Pélops éclata toute entiére:
Heureux si pour Niobe un peu moins d'amitié
Eust plus tranquillement exercé sa pitié.

Pour ſoulager l'ennuy qu'à ſon ame étonnée
Cauſe de cette Sœur la triſte deſtinée,
Tous les Etats voiſins par leurs Ambaſſadeurs
Mêlerent à l'envy leurs regrets à ſes pleurs.
Mycénes, Calydon, Sparte, Pyle, Orchoméne,
Et Treſene, & Cleone, & Corinthe, & Meſſéne,
Patres, Argos, enfin ce qu'entre ſes deux mers
L'Iſtme enferme, ou de loin voit de peuples divers,
Tous par de prompts devoirs cherchérẽt à luy rẽdre
Ce qu'en de tels malheurs le Trône fait attendre,
Et Pélops en receut tout l'adouciſſement
Que put de ſa douleur ſouffrir l'emportement.
Athénes (qui d'abord croira cette injuſtice ?)
Athénes manqua ſeule à ce pieux office.
La guerre y mit obſtacle, & d'épais eſcadrons
Eſtoient maiſtres alors de tous ſes environs.
Un barbare Ennemy plein d'une fiére audace,
Ayant paſſé les mers, aſſiégeoit cette Place,
Et le peuple effrayé des differents aſſauts
Qui l'expoſoient ſans ceſſe à des périls nouveaux,
Tenoit ſa liberté déja deſeſpérée,
Lors que pour la défendre il voit venir Térée,
Qui forçant l'Ennemy d'abandonner ces lieux
S'acquiert par ſa défaite un renom glorieux.

La Thrace qu'à ses loix le Ciel avoit soûmise,
Sa valeur qui par-tout causoit de la surprise,
Son courage intrépide au milieu des hazards,
L'honneur d'estre sorti du noble sang de Mars,
Tout porta Pandion, qui régnoit dans Athénes,
A vouloir couronner ses travaux & ses peines.
Sa Fille en fut le prix, la charmante Progné,
Et par cette alliance il se crut fortuné.
Mais de ces nœuds serrez sous de mauvais auspices
Ny l'Hymen ny Junon ne furent les complices.
Les Graces qui par-tout accompagnent leurs pas,
Les voyant s'éloigner, ne s'y trouverent pas.
La Discorde, la Rage, & les noires Furies
Versérent dans leurs cœurs toutes leurs barbaries,
Et pour les éclairer, dans l'horreur d'un tombeau
Tisiphone courut allumer son flambeau.
Des malheurs qui devoient suivre cet assemblage
Un menaçant Hibou fut le triste présage.
Pendant qu'on en faisoit les somptueux apprests,
Il fit ouïr ses cris sur les tours du Palais.
Ce fut sous ce funeste & détestable augure
Que Progné pour Epoux receut ce Roy parjure,
Et qu'aprés quelque temps, leurs feux mal assortis
Pour fruit de cet hymen produisirent Itys.

La Thrace cependant voyant venir sa Reine,
Pour la bien recevoir, n'épargna soin ni peine,
Le Roy de sa conqueste encor tout glorieux
En fit publiquement rendre graces aux Dieux,
Et voulut, pour montrer combien il tenoit chére
La gloire des doux noms & d'Epoux & de Pére,
Que les jours où pour luy ces noms furent acquis,
Celebrez tous les ans, en marquassent le prix,
Tant aux foibles Mortels une fausse apparence
De ce qui leur est propre ôte la connoissance.

Le Soleil parcourant ses diverses maisons
Avoit déja cinq fois partagé les saisons,
Quãd Progné; si jamais, dit-elle au Roy de Thrace,
Mon amour a de vous mérité quelque grace,
Ne me refusez point la sensible douceur
De revoir ma Patrie, & d'embrasser ma Sœur.
Vous sçavez à quel point Philoméle m'est chére.
Rien n'efface du sang le tendre caractére,
Et malgré la rigueur d'un long éloignement,
Son amitié toûjours me touche également.
Si vous craignez pour moy le voyage d'Athénes,
Qu'elle vienne en ces lieux diminuer mes peines.
Son absence me tuë, & me la faisant voir,
De mes vœux les plus doux vous comblerez l'espoir.

Pour vous le Roy mon Pére a tant de complaisance,
Que si d'un prompt retour il reçoit l'assurance,
Vous aurez peu de peine à me faire accorder
Ce qu'avec tant d'ardeur j'ose vous demander.
  A peine elle a parlé, que pour la satisfaire
Le Roy fait donner ordre à l'aprest nécessaire,
La saison favorable invitant à partir,
Progné veut voir sa Sœur, il faut y consentir,
Ce desir est trop juste. On fait voile, & Térée,
Aprés un court trajet, entre au port de Pirée.
Pandion le reçoit, & de son Trône en luy
Croit ne pouvoir assez reconnoistre l'appuy.
Il l'embrasse, & sa joye ayant sur son visage
Marqué ce qu'à le voir il trouve d'avantage,
Aprés quelque entretien luy parlant de Progné,
Il apprend le sujet qui l'avoit amené.
Pour obtenir l'aveu du voyage qu'il presse
Térée à la priére ajoûtant la promesse,
Juroit à Pandion que dans peu de retour
Philoméle seroit renduë à son amour,
Quand la voyant paroistre, il regarde, il admire,
Se perd dans ce qu'il pense, & n'a plus rien à dire;
Son habit étoit riche, & de ses ornemens
Toute autre eust pû tirer de pompeux agrémens,

Mais quel qu'en fust l'éclat, sa beauté naturelle,
Pour éblouïr les yeux, n'avoit besoin que d'elle,
Et propre à captiver tous les cœurs à son choix,
On l'eust cruë aisément quelque Nymphe des bois,
Si comme on nous les peint, de mille attraits pour-
veuës,
Dans le mesme appareil ces Nymphes étoient veuës.
Quoique Progné fust belle, il n'en faloit point tant
Pour enflamer Térée, & le rendre inconstant.
Cette charmante Sœur a pour luy tant de charmes,
Qu'embrasé tout à coup il céde, il rend les armes.
Des gerbes que le feu devore en un moment,
Pour séches qu'elles soient, brûlent moins promte-
ment.
La jeune Philoméle étoit sans doute aimable;
Mais outre sa beauté sur toute autre estimable,
Térée, impatient de luy-mesme en ses vœux,
Régnoit dans un païs où l'on naist amoureux,
Et joignoit, pour aimer avecque violence,
A son propre défaut celuy de sa naissance.
L'amour que Philoméle a fait naistre en son cœur
Ne souffre aucun relâche à sa brûlante ardeur.
Pressé de ses desirs, il n'est rien qu'il ne tente,
Il observe avec soin quelle est sa Confidente,
Ménage

Ménage ſon eſprit, & croit par ſon moyen
Trouver l'occaſion d'un ſecret entretien.
N'ayant pû réüſſir par ce lâche artifice,
Il met tout en uſage auprés de ſa Nourrice,
Et joignant l'intéreſt à des ſoins complaiſans,
Il prétend la corrompre à force de preſens.
Quoy qu'elle oſe exiger, ſa récompenſe eſt preſte,
Tout ſon Royaume eſt peu pour payer ſa conquête,
Il accordera tout. S'il ne peut l'émouvoir,
Enlever la Princeſſe eſt ſon dernier eſpoir.
Que pour la retirer on ravage ſes terres,
Qu'on y ſéme l'horreur des plus ſanglantes guerres,
Quelque image à ſes yeux qui vienne s'en offrir,
Plûtoſt que de la rendre il verra tout périr.
Il aime, & Philoméle a ſur luy tant d'empire
Qu'à peine à ſon amour tout ſon cœur peut ſuffire.
Cet amour ſeul luy plaiſt, & pour le couronner
Il n'eſt point d'attentats qui puiſſent l'étonner.
Flaté de ſa victoire, & plein de cette idée
Il ne peut plus ſouffrir qu'elle ſoit retardée,
Il preſſe, & différer ſi long-temps à partir
C'eſt accabler Progné qui n'y peut conſentir.

Pour peindre ſes ennuis il affecte un faux zéle,
Et parlant pour luy ſeul feint de parler pour elle.
Sa flame eſt éloquente, & pour perſuader,
Quand ſon tranſport l'agite, il n'a qu'à luy ceder.
S'il voit que quelquefois dans ſon impatience
Sa paſſion s'échape, & dit plus qu'il ne penſe,
Rejettant ſur Progné ſon inquiet ſoucy,
C'eſt elle qui l'engage à s'oublier ainſi.
Pour vaincre ſeurement il prend diverſes armes;
Il va juſqu'aux ſoûpirs, deſcend juſques aux larmes,
Et confus d'exprimer de trop vives douleurs;
Progné ſouffre, dit-il, & vous voyez ſes pleurs.

Dieux! que d'obſcurité! que de vapeurs groſſiéres
De nos foibles eſprits offuſquent les lumiéres,
Et que leur peu d'adreſſe à rien déveloper
Les rend par trop de foy ſujets à ſe tromper?
Les noirs préparatifs du plus énorme crime
Au parjure Térée acquiérent de l'eſtime,
Et de ſa trahiſon plus il hâte l'effet,
Plus ſa gloire augmentée aſſeure ſon forfait.
Funeſte aveuglement! Philoméle elle-meſme
Favoriſe Térée, aide à ſon ſtratagême,
Et d'un air engageant & remply de douceur
Elle aborde ſon Pere, & parle de ſa Sœur.

Le congé de partir qu'elle poursuit sans cesse
Luy fait par cent baisers surprendre sa tendresse,
Et s'il aime sa vie, il luy doit accorder
Ce que contre elle-mesme elle ose demander.
Térée en la voyant se sent arracher l'ame.
Un mouvement jaloux semble irriter sa flame,
Et de ces vains baisers qu'il a peine à souffrir
Sa brutale fureur prend dequoy se nourrir.
Il brûle, & chaque fois qu'elle embrasse son Pere,
Il voudroit auprés d'elle avoir ce caractére,
Ce nom favorisant son détestable amour
Au succez qu'il attend donneroit plus de jour.
C'est ainsi que tous deux, impatiens d'attendre,
Attaquent Pandion, le forcent à se rendre.
Philoméle triomphe, & ses remercimens
Sont confondus d'abord dans ses embrassemens.
L'ardeur d'aller en Thrace où l'amitié l'appelle
Luy fait nommer heureux pour sa Sœur & pour elle,
Ce qui par un succez trop remply de rigueur
Doit causer l'infortune & d'elle & de sa Sœur.
Déja de son depart la nouvelle est publique,
La nuit vient, on prépare un festin magnifique.
Au sortir du banquet, le Roy que chacun suit
Va donner au sommeil le reste de la nuit.

Mais la belle Princesse envain s'est retirée ;
Elle est toûjours presente aux regards de Térée.
L'image qu'il s'en fait le suivant en tous lieux,
Il la voit de l'esprit s'il ne le peut des yeux.
Point de repos pour luy ; son ardeur inquiéte
Luy montre à tous momens cette beauté parfaite,
Il se peint tous ces traits qui l'ont frapé d'abord,
Cette bouche, ce teint, cette taille, ce port,
Repasse en soûpirant jusqu'à son moindre geste,
Et sur ce qu'il a veu se figurant le reste,
Luy-mesme il entretient la force du poison
Qui s'emparant du cœur infecte sa raison.
Le jour vient, Pandion ne peut plus s'en défendre,
Pour la derniére fois il embrasse son Gendre,
Luy parle avec tendresse, & devant cent témoins
Recommande en pleurant Philoméle à ses soins.
Les deux Sœurs l'ont voulu, vous le voulez vous mesme,
Luy dit-il, il me faut priver de ce que j'aime,
Souffrir qu'on me l'enleve, & ne plus resister
A ce que l'amitié pouvoit seule emporter.
Elle veut ce voyage; allez, mon cher Térée,
Et si nôtre alliance est par vous révérée,

Si les Dieux ont jamais ſecondé vos deſſeins,
Conſervez le depoſt que je mets en vos mains.
Philoméle à mon cœur a toûjours eſté chére,
Ayez-en ſoin de grace, & luy ſervez de Pére,
Et comme vous ſçavez qu'elle ſeule aujourd'huy
Conſole ma vieilleſſe, en adoucit l'ennuy,
Ne donnez pas ſujet à mon impatience
De m'abandonner trop aux chagrins de l'abſence.
Vous, ma Fille, ſongez en voyant vôtre Sœur
Que ſa perte pour moy n'a que trop de rigueur,
Et ſi ce que par là vous ſçavez que j'endure
Vous peût rendre ſenſible aux droits de la nature,
Quelques charmes pour vous qui s'offrent dans ſa Cour,
N'oubliez pas qu'un Pere attend vôtre retour.
En luy donnant cet ordre il la baiſe, il l'embraſſe,
Et ſemble par ſes pleurs préſager ſa diſgrace.
Pour affermir l'eſpoir dont il ſe flate envain,
Et de l'un & de l'autre il demande la main,
Les mêle dans la ſienne, & les prenant pour gage
Des ſermens qui luy font permettre ce voyage,
Pour Progné, pour Itys il les fait tour à tour
Se charger en ſon nom de cent marques d'amour.

Mais enfin il a beau ſe faire violence ;
Preſt à s'en ſéparer il manque de conſtance,
Le ſang en ce moment fait agir tous ſes droits,
Mille confus ſoûpirs entrecoupent ſa voix ;
Sa langue ſe refuſe à l'adieu qu'il veut dire,
Il les voit s'embarquer, les ſuit des yeux, ſoûpire,
Et d'un trouble inconnu ſenſiblement atteint,
Il s'étonne, il s'effraye, & ne ſçait ce qu'il craint.
  Le vent eſt favorable, & pouſſe avec vîteſſe
Le ſuperbe vaiſſeau qui porte la Princeſſe.
A peine avec ſa charge a-t'il quité le port,
Que de ſa paſſion écoutant le tranſport ;
La victoire eſt à moy, dit Térée en luy-meſme,
Tout rit à mon amour, j'emmene ce que j'aime,
Et Philoméle étant livrée à mes deſirs,
Je n'ay plus à pouſſer d'inutiles ſoûpirs.
Son front ne peut cacher le plaiſir de ſon ame,
Et tant d'aveuglement ſuit ſa brutale flame,
Qu'aux yeux même des Siens, dans ce même momẽt,
Peu s'en faut qu'il ne céde à ſon emportement.
Cependant à toute heure il parle à la Princeſſe,
Ses avides regards l'éxaminent ſans ceſſe,
Sans ceſſe il la contemple, & d'un Objet ſi cher,
Tant que durent les jours, rien ne peut l'arracher.

Ainsi l'Aigle en lieu seur ayant posé sa proye,
L'observe quelque temps, vole à côté, tournoye,
Et pour la voir d'enhaut s'élevant vers les Cieux,
Sans s'en saisir d'abord, la devore des yeux.

Enfin le jour arrive où finit le voyage,
On découvre la Thrace, on touche le rivage,
Et l'injuste Térée abusant de ses droits,
Emmene la Princesse au milieu d'un grand bois,
Où dans un vieux Château tout à coup enfermée
Elle céde aux frayeurs de son ame alarmée.
La surprise qu'elle a d'un si dur traitement
Luy donne de sa honte un noir pressentiment,
Et dans la défiance où ce soupçon la jette,
Elle frémit, pâlit, se trouble, s'inquiéte,
Pleure, & jettant par-tout un regard incertain,
Cherche sa Sœur des yeux & la demande en vain.
A voir son beau visage ainsi baigné de larmes,
Térée en elle encor trouve de nouveaux charmes,
Et sans estre touché de ses tendres soûpirs,
L'infame par la force explique ses desirs.
Elle resiste autant que le peut sa colére,
Appelle à son secours & sa Sœur & son Pére,
Sur-tout, si l'équité régne encor dans les Cieux,
Ses cris à la défendre intéressent les Dieux;

Mais dans sa résistance envain sa vertu brille,
Il faut qu'elle succombe, elle est seule, elle est Fille,
Et de ses longs efforts son lâche Ravisseur
Surmonte enfin l'obstacle, & demeure vainqueur.
En quel état la laisse une telle avanture !
N'osant bien voir encor la noirceur de l'injure,
Interdite & tremblante elle fait quelques pas,
Se cherche en elle-mesme, & ne se connoit pas.
Rien n'égale l'ennuy dont son ame est frapée.
Ainsi des dents du Loup la Brebis échapée,
Aprés qu'elle a veu fuir l'ennemy redouté,
A peine se croit estre encor en seureté.
Ainsi loin du Milan qui l'avoit arrétée,
La Colombe voyant son aîle ensanglantée,
Ne vole qu'avec crainte, & croit toûjours sentir
Les serres dont sa fuite a sceu la garantir.
Si-tost que Philoméle a dissipé son trouble,
Elle conçoit l'outrage, & sa peine redouble.
Son cœur trop accablé de ses vives douleurs
Laisse tarir d'abord la source de ses pleurs,
Et du boüillant transport qui saisit son courage
Ses cheveux arrachez sont le premier ouvrage.
Térée envain s'efforce à calmer sa fureur,
Elle ne peut l'oüir ny le voir sans horreur.

Ô barbare, dit-elle, ô le plus déteſtable
De tous ceux que jamais noircit un feu coupable ?
Aprés tant de bontez eſt-ce là cette foy
Que demanda mon Pere, & qu'il receut de toy !
Donc ſes triſtes adieux entremêlez de larmes,
Tes ſermens oppoſez à ſes juſtes alarmes,
L'intéreſt de ma Sœur, ta gloire, ton devoir
Pour t'arracher au crime ont manqué de pouvoir ?
A tes honteux projets ton ame abandonnée
Viole ſans remors les droits de l'Himénée,
Et quand de mon honneur le ſoin t'eſt confié,
Lâche, c'eſt par toy ſeul qu'il eſt ſacrifié.
Rien n'a pû retenir ta paſſion brutale.
De ma Sœur malgré moy je me vois la Rivale,
Et de l'une & de l'autre Epoux inceſtueux,
Tu m'as fait devenir complice de tes feux.
Plus d'innocence en moy ; coupable par ton crime
Je n'ay plus à la gloire aucun droit légitime.
Helas ! quel Ennemi juſtement irrité
Auroit pû ſe réſoudre à tant de cruauté ?
Pour rendre de tout point ta fureur aſſouvie,
Tu m'as ôté l'honneur, viens m'arracher la vie.
Que ne l'ay-je perduë avant que ma pudeur
Euſt ſervi de victime à ta laſcive ardeur.

Au moins dans les Enfers, puiſque rien ne s'y cache,
Mon Ombre infortunée euſt deſcendu ſans tache;
Mais enfin ſi les Dieux, dans leur juſte couroux,
Ou peuvent quelque choſe, ou prennent ſoin de nous,
S'ils connoiſſent l'horreur d'une action ſi noire,
Si tout ne périt pas lors que je pers ma gloire,
Leur foudre toſt ou tard ſur ta teſte lancé
Vangera par ta mort mon honneur offencé.
J'en hâteray le coup par l'éclat de mes plaintes,
Et banniſſant la honte & ſes triſtes contraintes,
J'iray, j'iray moy-meſme, aprés ce dur revers,
Etaler ton inceſte aux yeux de l'univers.
Que ſi ta lâcheté me retient priſonniere,
Mes cris à t'accuſer auront plus de matiére,
Et les Rochers peut-eſtre au milieu de ces bois,
Touchez de ma douleur, répondront à ma voix.
Par eux ta trahiſon ſera par-tout connuë,
On te déteſtera, chacun fuira ta veuë,
Et le Ciel favorable à mon reſſentiment
Voudra de ton forfait preſſer le châtiment.
La fureur du Tyran s'émeut par ces menaces.
Il voit combien ſon crime entraîne de diſgraces,

Et des maux qu'il doit craindre ayãt conçû l'horreur,
Sa crainte au mesme instant égale sa fureur.
De ces deux mouvemens écoutant la bassesse,
Par les cheveux d'abord il saisit la Princesse,
Luy fait lier les bras en arriére, & soudain
Contre elle sans pitié met l'épée à la main.
A ce terrible objet l'innocente Victime
Croit qu'il va par sa mort mettre fin à son crime,
Et ce flateur espoir pour elle a tant d'appas,
Qu'elle luy tend la gorge, & ne résiste pas.
Ce n'est point ce que veut le barbare Térée;
S'il la laisse parler sa perte est asseurée;
Pour luy faire en tous lieux de puissants ennemis
Son juste desespoir se croira tout permis,
Elle découvrira son malheur à son Pére,
Demandera vangeance; & pour la faire taire,
Son premier attentat servant à l'enhardir,
Il luy coupe la langue, & s'en ose applaudir.
La moitié que le fer dans sa bouche a laissée
Fait par un son confus entendre sa pensée,
Tandis que s'éloignant des pieds de son bourreau
L'autre cherche à luy faire un reproche nouveau.
On la voit qui par terre & remuë & palpite.
D'un Serpent par morceaux la queuë ainsi s'agite,

Et par ce mouvement ſemble encor eſpérer
De ſe rejoindre au tout qu'on vient de ſéparer.
Aprés une action ſi honteuſe & ſi noire,
On dit que de nouveau (mais qui le pourra croire?)
Ce Prince abominable eut la brutalité
D'aſſouvir de ſes feux l'infame avidité.
Cet amas de forfaits redouble ſon audace;
Il ſe montre à Progné qui le reçoit, l'embraſſe,
Et ne voyant que luy, d'un ton tremblant & bas
Demande ſi ſa Sœur ne l'accompagne pas.
Le perfide ſoûpire, & trop inſtruit à feindre
De la rigueur du Ciel il commence à ſe plaindre,
Et dit, que delicate & peu faite aux travaux,
Philoméle en dix jours a péri ſur les eaux.
Ses larmes appuyant ſa coupable impoſture
Dans le cœur de Progné font agir la nature.
Cette Reine à ſa Sœur unie étroitement
Laiſſe aller ſes ennuis juſqu'à l'accablement.
Par l'indiſcrete ardeur de jouïr de ſa veuë
Elle a cauſé ſa perte, & c'eſt ce qui la tuë.
Toute ſa Cour en deüil partageant ſes douleurs
Autour d'un vain tombeau va répandre des pleurs.
Progné le fait dreſſer avec toute la pompe
Que demande à ſon zéle un malheur qui la trompe,

Et plaint de cette Sœur le déplorable sort,
Sans sçavoir qu'elle a plus à pleurer que sa mort.
Déja depuis un an Philoméle enfermée
Des plus mortels ennuis se sentoit consumée,
Sans qu'elle eust pû trouver par où faire sçavoir
Le sujet de sa honte, & de son desespoir.
Quel effort, quel éclat faut-il qu'elle hazarde ?
Térée en la quittant l'a mise en seure garde,
Et quand à l'observer on s'empresseroit moins,
En vain l'ardeur de fuir occuperoit ses soins.
Les murs de sa prison, quoy qu'elle puisse faire,
Sõt trop hauts,trop épais pour souffrir qu'elle espére,
Et si son desespoir cherche à tout révéler,
Elle n'a plus de langue, & ne sçauroit parler.
Mais quand on doit du sang à sa gloire flétrie,
L'ardeur de se vanger donne de l'industrie,
Et pour ouvrir l'esprit, aprés de longs efforts,
La douleur quelquefois a de puissants ressorts.
Sous couleur de chercher à divertir sa peine,
Philoméle se fait apporter de la laine,
Et sur du canevas trace la trahison
Que suivent les rigueurs d'une étroite prison.
Elle acheve l'ouvrage, & l'envelope en sorte
Qu'il ne peut estre veu de celuy qui le porte.

Parmi ceux que Térée à sa garde a commis,
Le voulant confier, elle a fait des amis,
Et ses signes divers la font si bien entendre
Qu'à la Reine l'un d'eux se charge de le rendre.
Progné le considére, en distingue les traits,
Et de son lâche Epoux aprenant les forfaits,
Dans la confuse horreur de tout ce qu'elle pense,
Elle est presque stupide, & garde le silence,
Tant saisie à la fois de rage & de douleur
Elle sent vivement l'excés de son malheur.
Quand la peur d'un éclat qu'il n'est pas temps de faire
Ne seroit pas pour elle un motif de se taire,
De son ressentiment les violents transports
N'ont point à s'expliquer de termes assez forts.
Elle rêve, & ses maux sont au dessus des larmes;
Ce n'est que dans le sang qu'ils trouveront des charmes,
Et jamais son couroux ne sera satisfait
A moins que la vangeance égale le forfait.
Quelle qu'en soit la voye, injuste ou legitime,
Il n'est rien qu'elle épargne, elle ira jusqu'au crime,
Et se flatant déja d'un suplice étonnant,
Elle en prévient la joye en se l'imaginant.

C'étoit au temps fatal que les Femmes de Thrace,
Des ombres de la nuit appuyant leur audace,
Célébrent cette Feste, où mille cris confus
De trois ans en trois ans font révérer Bacchus.
Cette funeste nuit commençant à paroistre,
La fureur de ce Dieu dans toutes semble naistre.
Déja le mont Rhodope & tous les lieux voisins
Retentissent du bruit des chaudrons, des bassins;
La Reine, pour finir l'ennuy qui la tourmente,
Se méle dans la Troupe en habit de Bacchante,
Marche sans aucun ordre, & le Thyrse à la main,
Dans les champs, dans les bois, court au son de l'airain.
Sa teste est couronnée & de vigne & de lierre,
Et d'une peau de cerf qui luy pend jusqu'à terre
Retroussant sous le bras le sauvage ornement,
Elle vole où sa Sœur languit injustement.
C'est là sur-tout, c'est là que de rage emportée,
Comme si de Bacchus elle étoit agitée,
De ses Femmes suivie elle hurle, & d'abord
D'un affreux Evohé prétexte son transport.
Sa douleur luy prétant des armes assez fortes,
Des prisons de sa Sœur elle enfonce les portes,

L'en arrache, & de peur que ſon perfide Epoux
Prévienne, s'il la voit, l'éclat de ſon couroux,
La cachant ſous du lierre étendu ſur ſa teſte,
Elle rentre au Palais, & termine la Feſte.

La triſte Philoméle inſtruite par ſa Sœur
Ne peut voir ce Palais ſans en frémir d'horreur,
C'eſt là qu'eſt ſon Tyran ; cette cruelle Image
Etonnant ſa raiſon fait pâlir ſon viſage.
Progné l'a miſe à peine en lieu de ſeureté,
Que du plus tendre amour ſon cœur eſt transporté,
Elle quitte auſſi-toſt l'ornement de Bacchante,
Abandonne le Thyrſe, & contre ſon attente
Revoyant cette Sœur qui n'oſe s'avancer,
D'abord ſans luy rien dire elle court l'embraſſer.
A ces embraſſemens qui ſemblent la confondre
Philoméle ſe croit indigne de répondre,
Et comme ſi Progné luy pouvoit imputer
D'avoir flaté des vœux qu'elle euſt dû rejetter,
Troublée, & de raiſon peu s'en faut dépourveuë,
De honte & de douleur elle baiſſe la veuë.
Dans ce triſte deſordre elle voudroit du moins
Pouvoir prendre & la Terre & le Ciel pour témoins,
Que d'un lâche Tyran l'indigne violence
A malgré ſes efforts ſouillé ſon innocence,

Mais

Mais n'ayant plus par où s'expliquer à son choix,
Sa main la fait entendre, & luy tient lieu de voix.
  Atteinte jusqu'au vif par ce muet langage
Progné ne sçauroit plus dissimuler sa rage.
C'est l'avoir trop long-temps renfermée en son cœur,
Elle éclate, & blâmant les larmes de sa Sœur;
Ce n'est point par les pleurs, c'est par le fer, dit-elle;
Qu'il faut contre un Tyran prendre vôtre querelle,
Et si pour le punir de ses feux insensez
Tout ce que peut le fer, ne sçauroit estre assez,
Mon bras est prest, parlez, vous estes absoluë,
Aux plus sanglants effets me voila résoluë,
Contre luy tout est juste. Ou de sa trahison
Le Palais mis en feu me va faire raison,
Et riant de ses cris je verray cet infame
Etoufer son amour au milieu de la flame;
Où sa perfide langue, & ses yeux arrachez
Instruiront l'Univers de ses crimes cachez;
Ou déchirant son corps, ma haine impitoyable
Chassera lentement son ame détestable.
Enfin j'ignore encor, ma Sœur, ce que je veux,
Mais ce que j'oseray n'aura rien que d'affreux.
  A ces fiers mouvemens sa raison l'abandonne,
Et quand de sa fureur elle-mesme s'étonne,

Itys, le jeune Itys, qu'elle aimoit tendrement,
Entre pour son malheur dans son appartement.
Instruite en le voyant de ce qu'elle peut faire;
Ah, que les Dieux t'ont fait ressembler à ton Pére,
Dit-elle en luy jettant un regard furieux!
Soudain sur ce qu'il est elle ferme les yeux,
Et s'aprête au forfait le plus abominable
Dont on ait veu jamais une Mére capable.
Elle n'en peut pourtant concevoir le dessein
Sans que ce mesme Itys fasse trembler sa main.
Il s'approche, & d'un air qui confond sa colére,
Luy donnant le bon-jour qu'un Fils doit à sa Mére,
Au moment qu'en arriére elle fait quelques pas,
Il l'arrête, soûrit, luy tend ses petits bras,
Et joint à ses baisers tout ce qu'ont de tendresses
D'un Enfant qu'on chérit les flatteuses carresses.
Progné s'en trouve émeuë, & le sang dans son cœur
De ce qu'elle resout combatant la fureur,
Contre un si rude assaut déja presque sans armes,
En dépit qu'elle en ait elle verse des larmes.
Sa foiblesse l'étonne, & sur le point d'agir,
C'est une lâcheté dont elle doit rougir.
Honteuse qu'un Enfant puisse attendrir son ame,
Elle se rend entiére au couroux qui l'enflame,

Perd tout ce que le sang a de tendres égards ?
De ce malheureux Fils détourne ses regards,
Les jette sur sa Sœur, & pour presser sa rage
Des plus noires couleurs se peignant son outrage;
Pourquoy par ses baisers l'un vient-il m'ébranler,
Quand l'autre auprés de moy ne sçauroit me parler ?
Quel destin pour jamais la réduit à se taire,
Dit-elle, & lors qu'Itys me peut nommer sa Mere;
D'où vient qu'à Philoméle on ôte la douceur
De me pouvoir encor donner le nom de Sœur ?
Quoy, Progné, trembles-tu ? pour affermir ton ame
Songe de qui le Ciel t'a voulu rendre Femme
Et quoy que la Nature oppose à ton couroux,
Pour oublier le Fils souviens-toy de l'Epoux.
Suy sans plus balancer la fureur qui t'anime.
La pitié qui t'arréte icy tient lieu de crime,
Et quand contre un Tyran il faut armer son bras,
C'est vertu que d'oser les plus grands attentats.
Alors prenant Itys, telle qu'une Tigresse
Qui n'ayant pour objet que la faim qui la presse,
Enleve un fan de biche, & pour le devorer
Dans le plus creux d'un bois cherche à se retirer;
Progné qu'en sa fureur Philoméle seconde,
Trouvant un lieu secret se cache aux yeux du monde,

Et là, quoy qu'en pleurant, comme ſeur de ſa mort,
Itys pour l'adoucir faſſe un dernier effort,
Qu'il tâche à l'embraſſer, & contre ſa colére
Appelle à ſon ſecours le tendre nom de Mére,
Infléxible, & toûjours le poignard à la main,
Elle hauſſe le bras, & luy perce le ſein.
De tant de dureté ſon ame eſt prévenuë,
Qu'elle porte le coup ſans détourner la veuë.
Il n'en faloit pas plus, & de ſes triſtes jours
Ce premier coup ſans doute auroit tranché le cours;
Mais Philoméle acheve, & ſon impatience,
En luy coupant la gorge, aſſouvit ſa vangeance.
Il meurt, elle triomphe, & dans le meſme temps
Déchire par morceaux ſes membres palpitans.
Ils perdent auſſi-toſt leur crudité ſanglante,
Les uns par le feu ſeul, d'autres par l'eau bouillante.
Ce ſpectacle inhumain que ſe fait leur fureur,
Pour les faire trembler n'a point aſſez d'horreur.
L'heure approche, & déja la table eſt préparée.
Ces déteſtables mets ſont ſervis à Térée.
Progné de ſa Patrie allégue les Statuts,
Et feint que dans les jours conſacrez à Bacchus,
Chez les Athéniens un Roy pour fuir le blame,
Doit eſtre ſeul à table, & ſervy par ſa Femme.

Térée à ses desirs ravy de consentir,
A sa Suite aussi-tost fait signe de sortir.
Il reste seul, il mange, & fait dans ses entrailles
De son Fils immolé les tristes funerailles.
C'est-là qu'il le renferme, & le bucher affreux
Que pour honneur funébre obtient ce malheureux.
Aprés que par ce noir & cruel stratagême
Ce trop aveugle Roy s'est devoré luy-mesme,
Que de son propre sang il s'est assez repeu;
J'ay résisté, dit-il, autant que je l'ay pû,
Mais enfin à ma joye Itys est nécessaire,
C'est d'un Fils trop long-temps vouloir priver un Pére.
Ordonnez que sur l'heure il me soit amené,
En seray-je moins seul? Ces mots charment Progné,
Et ne pouvant cacher sa détestable joye,
Un soûrire affecté sur son front la déploye.
C'est alors, que son cœur pleinement satisfait
S'aplaudit sans remords du meurtre qu'elle a fait,
Et comme c'est pour elle une douceur extrême,
Aprés l'avoir commis, de le dire elle-mesme,
Jettant un fier regard sur son parjure Epoux;
Ce que vous demandez vous l'avez avec vous,

Dit-elle. Il se retourne, & ne voyant personne
Presse encor pour Itys, veut qu'il vienne, l'ordonne.
Alors échevelée, & marquant dans ses yeux
Ce qu'a de plus funeste un transport furieux,
Philoméle se montre, & comme triomphante
Jette aux pieds de Térée une teste sanglante.
D'horreur à ce spectacle il a les sens saisis,
Et la connoit d'abord pour celle de son Fils.

Quel desespoir pour luy! quel doux charme pour
De le voir accablé d'une douleur mortelle! (elle
Avec avidité jusqu'au fonds de son cœur
Ses pénétrans regards cherchent cette douleur.
Elle y voit ce qu'il souffre, & depuis que son crime
Pour s'en faire raison, luy rend tout légitime,
Jamais elle n'a mieux connu qu'en ce moment
Combien estre sans voix est un fâcheux tourment.
Le plaisir de pouvoir luy bien peindre sa joye,
De luy dire cent fois ce qu'il faut qu'il en croye,
D'insulter à sa peine aprés tant de forfaits
Seroit pour elle un bien à combler ses souhaits.

Cependant que devient ce Pere déplorable!
Il s'emporte, il s'écrie, il renverse la table,
Et ne voyant pour luy qu'horreur de tous côtez
Invoque le secours des noires Deïtez.

L'Enfer à sa douleur se doit montrer sensible.
Il se meurtrit, s'arrache, & s'il étoit possible,
En s'ouvrant l'estomac, on l'en verroit tirer
Ce Fils qui ne sert plus qu'à le desespérer.
Son sang, son propre sang receu pour nourriture
Passe tout ce qui peut effrayer la Nature.
Il pleure, & si d'Itys il n'est pas le bourreau,
Par ce fatal repas il s'en voit le tombeau.
Ce tendre mouvement à la fureur fait place.
D'un forfait qui le tuë il veut punir l'audace,
Et l'épée à la main se fait quelque douceur
De pouvoir s'immoler & l'une & l'autre Sœur.
Mais quelque fier transport qui hâte sa poursuite,
Avec tant de vîtesse elles prennent la fuite,
Qu'un Oiseau qui fend l'air avec rapidité
Semble avoir dans son vol moins de legereté.
Aussi le juste Ciel s'intéressant pour elles
Consent dans leur disgrace à leur préter des aîles.
Philoméle aussi-tost s'envolant dans les bois,
Changée en Rossignol y charme par sa voix.
Progné sur les maisons, devenuë Hirondelle,
Fait ouïr chaque jour quelque plainte nouvelle,
Et son gazouillement n'a point depuis cessé
De déplorer le sang que son bras a versé.

Les taches qu'on en voit ſur ſon divers plumage
Encor aujourd'huy meſme en rendent témoignage,
Et feront conſerver au plus long Avenir
Des ces évenemens le triſte ſouvenir.
　Preſſé par ſa douleur, l'impatient Térée
Des deux Sœurs qu'il pourſuit tient la perte aſſurée,
Il tâche à les atteindre, & ceſſant de parler,
Il eſt Oiſeau luy-meſme, & commence à voler.
Il s'éleve auſſi-toſt ſur le haut de ſa teſte,
En forme de pennache, une eſpece de creſte.
A voir comme d'un caſque il ſemble s'eſtre armé,
On connoit la fureur dont il eſt animé.
S'il trouve à ſe vanger du coup qui l'aſſaſſine
Un long bec au beſoin luy ſert de Javeline,
Il prend le nom de Hupe, & par un heureux ſort
Itys devient Faiſan, & vit aprés ſa mort.

ENLEVEMENT D'ORITHIE.

FABLE XVII.

E tant d'impiétez les nouvelles certaines
Se répandent par-tout, & courent dans Athénes.
Pandion, accablé d'un si pressant malheur,
Avant le temps fatal expire de douleur.

Le fameux Eriсtée au Trône luy succéde,
Et dans le noble amas des vertus qu'il posséde,
Pour faire bruit un jour chez la postérité
Sa valeur le dispute à son intégrité.
Huit Enfans, tous formez sur un si grand Modéle,
Ajoûtoient à sa gloire une gloire nouvelle.
Quatre de chaque sexe accordez à ses vœux
Ne laissoient voir ny Roy ny Pere plus heureux.
Deux des Filles sur-tout eurent pour leur partage
De l'extrême beauté le superbe avantage.
Céphale Fils d'Eole aima l'une, & Procris
Fut de sa passion & l'objet & le prix.
Orithie estoit l'autre, aussi fiére que belle.
Borée en fut épris, & n'eut d'yeux que pour elle.
Ce Vent, de tous les Vents le plus impétueux,
Fit d'abord gloire d'estre Amant respectueux;
Mais il estoit de Thrace, & comme dans Athénes
Les malheurs de Progné réveilloient mille haines,
Sa naissance & Térée estoient de jour en jour
L'obstacle injurieux que trouvoit son amour.
Ainsi tant qu'il voulut auprés de la Princesse
Employer le secours de sa seule tendresse,
De ses vœux empressez l'officieuse ardeur,
Quelques soins qu'il rendist ne toucha point son cœur.

Enfin las de prier, & sa juste colére
Ayant renouvelé sa fureur ordinaire ;
Elle a raison, dit-il ; si je suis mal-traité,
Je m'en plaindrois à tort, je l'ay bien merité.
Quand j'aspire à me voir possesseur de ses charmes ;
Pourquoy venir icy sans mes traits, sans mes armes,
Et n'accompagner pas les offres de ma foy
De cet air menaçant qui doit parler pour moy ?
A quoy bon, pour fléchir une Princesse altiére,
Oubliant qui je suis, descendre à la priére ?
L'usage m'en sied mal, & je devrois rougir
De ce honteux respect que j'ay trop fait agir.
Plus de soûmission ; la seule violence
A droit de soûtenir l'honneur de ma naissance ;
Par elle je puis tout. De mon soufle frapé
Le plus sombre nuage est soudain dissipé.
Redoutable en tout temps, j'ay seul le privilége,
Et de lancer la gresle, & d'endurcir la nége.
Les Chesnes les plus vieux par moy sont renversez,
Je tiens, quand il me plaist, les flots bouleversez,
Et parcourant les airs, si quelquefois mes fréres
Jaloux de mon pouvoir m'osent estre contraires,
Dans ce champ de bataille ouvert à nos debats,
Peuvent-ils se flater de ne succomber pas ?

Avec tant de fureur j'entre contr'eux en lice,
Que c'eſt peu que du coup tout le Ciel retentiſſe;
Les nuages en feu l'un par l'autre heurtez,
Pendant ce rude choc, s'ouvrent de tous côtez.
Quel redoutable éclat lors que je me reſſerre
Dans les concavitez que renferme la terre!
M'y faiſant pour ſortir cent paſſages divers,
J'épouvante le Styx, fais trembler les Enfers,
Et ſur ſes fondemens, ma force ſans ſeconde
Ebranle avec effroy la machine du monde.
C'eſtoit, c'eſtoit ainſi, les armes à la main
Qu'il falloit de ma flame expliquer le deſſein.
Sans prier Erictée, il falloit le ſurprendre,
L'étonner, le contraindre à m'accepter pour Gendre,
Et ne pas m'expoſer par trop d'abaiſſement
Aux plus cruels mépris qu'ait à craindre un Amant.

Borée ayant ainſi quelque temps en luy-meſme
Conſulté ce qu'il doit à ſon amour extrême,
Se reſout par la force à repouſſer l'affront
Qu'un refus trop honteux imprime ſur ſon front.
Pour en ſauver ſa gloire il ſoufle, il bat des aîles.
La terre en eſt réduite à des frayeurs mortelles,
Et la mer, dont ce ſoufle a troublé le repos,
Eleve juſqu'au Ciel des montagnes de flots.

Luy qu'aux yeux d'Orithie un nuage dérobe,
Balayant tout-autour la terre avec sa robe,
Saisit cette Princesse, & fier de son destin
Enleve par les airs ce prétieux butin.
La douceur de pouvoir l'embrasser de ses aîles,
Fait que sa passion prend des forces nouvelles,
Et qu'en jettant sur elle un regard enflamé,
A mesure qu'il vole, il en est plus charmé.
Elle a beau s'écrier, gémir de sa disgrace,
Il ne s'arreste point qu'il n'ait atteint la Thrace,
Où sa main qu'il la force enfin de recevoir,
Sur ces païs glacez, luy donne plein pouvoir.
Ainsi Borée en paix jouït de sa Victoire.
Junon luy fut propice, & pour comble de gloire
Zethés & Calaïs, deux illustres Jumeaux,
Nez de ce grand Himen se virent sans égaux.
Ce fut peu que d'avoir les graces de leur Mere,
Le Ciel leur accorda les aîles de leur Pere.
Non qu'en venant au jour, ils eussent apporté
Un don si favorable à leur agilité.
Tant qu'ils furent enfans on les vit sans plumage;
Et tous les deux, dit-on, n'eurent cet avantage,
Dont avec tant d'éclat le bruit par-tout courut,
Que quand le premier poil sur leur menton parut.

A peine se sont-ils dégagez de l'enfance,
Que de leurs jeunes ans la noble impatience
Leur fait voir de la honte à souffrir que Jason
Entreprenne sans eux d'emporter la Toison.
A le suivre à Colchos l'un & l'autre s'apreste,
Et court à cette rare & fameuse conqueste
Dans le premier vaisseau, que l'art des Matelots
Ait jamais entrepris de confier aux flots.

Fin du sixiéme Livre.

LIVRE VII.

LES HARPIES.

FABLE I.

Ous ces jeunes Heros, que l'injuste Pelie
Fit avecque Jaſon partir de Theſſalie,
Sous cet Illuſtre Chef déja depuis long-temps
Sur une onde inconnuë erroient au gré des vents.

D'abord en Arcadie, où les pousse l'orage,
En faveur de Phinée ils montrent leur courage.
Ce Roy, dont la pitié ne put toucher le cœur,
Souffroit la peine deuë à son trop de rigueur.
Deux Fils qu'il avoit eus d'un premier hymenée
Déploroient chaque jour leur triste destinée.
Leur indigne Marastre, ardente à les haïr,
Sur un ordre cruel s'estoit fait obeïr.
Et leurs yeux arrachez pour contenter sa rage
Rendoient contre Phinée un sanglant témoignage.
Aussi le juste Ciel fut prompt à l'en punir.
L'éclat de ses remords ne put rien obtenir,
Et les Dieux irritez de voir que sur son ame
La Nature eust pû moins que l'amour d'une Femme,
Luy faisant partager le mesme aveuglement,
Voulurent au forfait égaler le tourment.
Ce fut peu; contre luy, comme autant de Furies,
Ce coupable Vieillard vit fondre les Harpies,
Qui souillant tous les mets qu'il se faisoit servir,
Iusqu'en sa bouche mesme accouroient les ravir.
Le supplice estoit grand, & par reconnoissance
Iason avec les siens embrassant sa défense,
De l'accueil qu'il reçoit tâche de s'acquitter
Par l'obligeant secours qu'il veut bien luy prester.

Ces Oiseaux, qui pourtant sont Filles de visage,
En s'élevant en l'air n'ont qu'un foible avantage.
Zethés & Calaïs, par leurs aîles fameux,
Prennent la mesme route, & volant aprés eux,
Montrent à les poursuivre une ame si hardie,
Qu'ils les forcent enfin de quitter l'Arcadie.
Ce succés fait attendre à ces jeunes Guerriers
Un plus noble triomphe, & de plus beaux lauriers.
Impatiens d'en voir leur teste couronnée,
Ils hastent leur depart sans en croire Phinée.
En vain pour les pouvoir retenir plus long-temps
Il leur peint la saison sujette à trop de vents.
L'espoir de la conqueste où l'honneur les engage
Leur fait compter pour rien les perils du voyage.
Ils bravent la tempeste, & surmontant les flots
Viennent au bord du Phase, & découvrent Colchos.

LA TOISON D'OR.

FABLE II.

SI-TOST qu'ils ont pris terre, ils vont
trouver Aëte.
Ce Roy, Fils du Soleil, à les voir
s'inquiete,
Et leur apprend combien entraîne de hazards
La Toison que Phryxus a consacrée à Mars.
Aucun d'eux ne s'étonne, & la seule Medée
D'une frayeur secrete a l'ame possedée.

Fille de ce vieux Roy qui s'oppose à leurs vœux,
Elle voit comme luy tout à craindre pour eux,
Et l'amour qui d'abord pour Jason l'a touchée
La tient à son destin toute entiere attachée.
Elle hait sa foiblesse, & par de longs combats
Tâche de cet amour à repousser l'appas;
Mais à sa violence il faut que son cœur cede.
Son orgueil ne peut rien, le mal est sans remede,
Et comme enfin le temps ne peut que l'augmenter;
En vain, dit-elle, en vain je voudrois resister.
Un Dieu dont le pouvoir agit avec surprise,
Plus fort que ma raison, l'abat, la tyrannise.
Elle a beau s'opposer au trouble de mes sens.
Sans sçavoir ce que c'est, j'aime ce que je sens;
Ce seul charme a pour moy tous les charmes ensẽble.
Ah, si ce n'est aimer, c'est ce qui luy ressemble.
N'en doutons point, Jason est maistre de mon cœur.
Sans cela, de son sort plaindrois-je la rigueur;
Et ces perils affreux où l'expose mon Pere,
Les croirois-je l'effet d'un arrest trop severe?
Dur arrest, puisqu'il faut que la mort de Jason
Suive le fol espoir d'emporter la Toison.
Mais à quels sentimens la pitié me convie?
Je ne l'ay veu qu'à peine, & je crains pour sa vie.

J'aime, il n'eſt que trop vray. De ton cœur, ſi tu peux,
Haſte-toy de chaſſer ces redoutables feux,
Amante infortunée. Ah, ſouhait temeraire !
J'aurois plus de repos ſi je le pouvois faire,
Mais le flatteur appas d'un doux je ne ſçay quoy,
Quand j'en prens le deſſein, m'entraîne malgré moy;
Et ſi de ma raiſon le conſeil favorable
Me porte à me tirer du trouble qui m'accable,
L'amour qui me ſeduit tient mes deſirs contraints
A faire mon bonheur du mal dont je me plains.
Triſte & fatal abus où cet amour me livre !
Je ne connois que trop le party qu'il faut ſuivre;
Je voy ce que ma gloire en doit tirer de fruit,
Et je cours en aveugle à tout ce qui me nuit.
Un Eſtranger me plaiſt. Quoy, peu fiere Princeſſe,
Ton cœur dans ſon deſtin lâchement s'intereſſe,
Et dans un autre monde il te peut eſtre doux
D'abaiſſer ton orgueil à choiſir un Epoux ?
Ce Pays que le Ciel a ſoûmis à ton Pere,
N'a-t'il rien qui ne ſoit indigne de te plaire,
Et parmy tant d'Amans que l'on t'y voit charmer,
N'eſt-il point de Heros que tu puiſſes aimer ?
Laiſſe faire les Dieux, leur ordre eſt ſeul à ſuivre.
C'eſt par eux que Jaſon doit ou mourir ou vivre.

Ils ſçavent là-deſſus ce qu'il faut arreſter,
Et ce n'eſt point à toy de t'en inquieter.
Qu'il vive toutefois, c'eſt ce que je ſouhaite.
Je n'en conſulte point ma paſſion ſecrete,
Et ſans aimer Jaſon peut-eſtre eſt-il permis
De demander au Ciel qu'il ait les Dieux amis,
Car enfin qu'a-t'il fait qui le rende coupable?
L'entrepriſe eſt hardie, & peut-eſtre blamable,
Mais lors qu'il s'y reſout, quelle ame de rocher
Verroit ſes jeunes ans ſans s'en laiſſer toucher?
Tout eſt illuſtre en luy, ſa vertu, ſa naiſſance,
Et quand nous n'en aurions aucune connoiſſance,
Eſt-il rien de ſemblable à cet air noble & grand,
Qui contraint à l'eſtime auſſi-toſt qu'il ſurprend?
Pour moy je l'avouëray, je m'y trouve ſenſible.
Cependant du Deſtin le decret eſt terrible,
Et ſi Jaſon de moy n'obtient un prompt ſecours,
Tout conſpire à ſa mort, & c'eſt fait de ſes jours.
S'il échape aux Taureaux dont la brûlante haleine
De qui veut approcher rend la perte certaine,
Renverſera-t'il ſeul ces eſcadrons armez
Que les dents du Serpent en ſuite auront formez;
Et ſi de ſa valeur les ſurprenans miracles,
Malgré le ſort jaloux, ſurmontent ces obſtacles,

Pourra-t'il assoupir l'effroyable Dragon
Qui sans cesse a les yeux ouverts sur la Toison?
Ah, si tu peux souffrir qu'aux dépens de sa vie
Il coure sans défense où l'honneur le convie,
Le sang d'une Tigresse en tes veines porté
T'en doit avoir transmis la sauvage fierté,
Et dans tout l'avenir un trop juste reproche
Fera voir que ton cœur fut d'acier ou de roche.
Que ne vas-tu, cruelle, au gré de tes desirs,
Assouvir tes regards de ses derniers soupirs,
De l'horreur de sa mort rendre tes yeux complices,
Et pour mieux contenter tes noires injustices,
Toy-mesme contre luy par tes cris exciter
La fureur des Taureaux qu'il luy faudra dompter,
Animer ces Soldats, qui sortant de la terre
S'armeront pour luy faire une sanglante guerre,
Et par cet art fameux que tu tiens du Soleil,
Empescher le Dragon de ceder au sommeil?
Contre tant d'ennemis, si fiers, si redoutables,
Dieux, veuillez à Jason vous montrer favorables,
Quoy qu'helas! si j'osois le prendre pour Epoux,
Il obtiendroit par moy ce que j'attens de vous.
Je n'ay qu'à l'appuyer, qu'aura-t'il de contraire?
Mais quoy? dois-je ébranler le Trône de mon Pere,

Des jours d'un Etranger me rendre le soutien,
Au destin qui l'entraîne abandonner le mien,
Afin que tenant tout de l'amour qui m'enflâme,
Il aille loin de moy chercher une autre Femme,
Qu'il me quitte pour elle, & me livre au tourment
Que cause le chagrin d'un honteux changement ?
Si de tant de bassesse il peut estre capable
Qu'un autre amour au mien luy semble préferable,
S'il ose jusque là porter sa lâcheté,
Qu'il perisse l'ingrat, il l'a trop merité.
Mais pourquoy cette crainte ? Ah, c'est luy faire injure.
Genereux, plein de cœur, a-t'il l'air d'un parjure ?
Non, non, trop de vertu me repond de Jason
Pour le pouvoir tenir suspect de trahison.
Faisons le triompher. Sans doute il fera gloire,
Tant qu'il respirera, d'en garder la memoire.
Avant qu'aucun secours luy soit donné par moy,
Pour ne rien hazarder, je recevray sa foy,
Et quand des nœuds secrets sur cette foy donnée
Auront à ce Heros uny ma destinée,
Les Dieux qui jugent seuls de pareils differends,
Témoins de nostre hymen, m'en seront les garands.
Balances-tu, Medée, avec cette asseurance ?
Le temps presse ; va, cours, suy ton impatience.

De l'amour qui te parle ose prendre la loy :
Ce Jason qui te plaist se devra tout à toy :
Sa main sera d'abord le prix de ta tendresse,
Il vivra pour toy seule, & dans toute la Grece
Les Meres de leurs Fils apprenant le retour,
Vanteront à l'envy ta gloire & ton amour.
On t'y regardera comme un Dieu tutelaire.
Mais quitter ton Pays, abandonner ton Pere,
Et confiant ta vie & ton bonheur aux flots
Trahir ton propre sang, & les Dieux de Colchos,
T'éloigner d'une Sœur qui t'a toûjours cherie,
D'un Frere en qui tu vois l'espoir de ta Patrie ?
D'où vient que ce scrupule arreste mon dessein ?
Ce Pere que je quitte est un Pere inhumain,
Et ne plus voir Colchos quand l'amour m'en separe,
Ce n'est qu'abandonner une terre barbare.
Si le destin d'Absyrte est trahi par mon feu,
D'un Frere encore enfant l'interest touche peu.
Chalciope ma Sœur approuve ma foiblesse,
Par là j'ouvre à ses Fils le chemin de la Grece,
Où par les droits du sang ils pourront demander
Ce que Phryxus leur Pere auroit deu posseder.
Un Dieu qui dans mon cœur regne avec plein empi(re,
M'a mise hors d'estat de m'en pouvoir dedire,
Et

Et d'une injuste mort rompant le triste coup,
J'abandonneray peu pour obtenir beaucoup ;
La Jeunesse des Grecs par mes soins conservée
Rendra mon nom illustre & ma gloire achevée ;
Et j'auray le plaisir de connoistre des lieux
Que du plus doux regard favorisent les Dieux.
Sous un Ciel plus benin je verray là des Villes ;
Superbes en Palais, en habitans fertiles,
Et dont la renommée a fait de toutes parts
Vanter la politesse & valoir les beaux Arts.
Enfin avec Jason je passeray ma vie,
Jason qui voit sa gloire au dessus de l'envie ;
Et qui seul touche plus mon cœur ambitieux
Que tout ce que la terre a de plus pretieux :
Sa main qu'avec le sien l'amour veut que j'espere,
Fera voir à quel point les Dieux me tiennent chere,
Puisqu'en me donnant lieu d'en faire mon Epoux,
Ils m'auront asseuré le destin le plus doux.
Je sçay qu'en le suivant, des rochers effroyables
A qui se fie aux flots sont presque inévitables ;
Qu'un naufrage évident menace les vaisseaux
Où Charybde engloutit & revomit ses eaux,
Et qu'auprés de Scylla les plus hardis s'étonnent
Entendant aboyer les Chiens qui l'environnent,

Mais les Vents en couroux n'ont point de trahiſon
Qui puiſſe m'alarmer dans les bras de Jaſon.
Avec luy mon amour bravera leur furie ;
Je verray cent écueils ſans craindre pour ma vie,
Ou ſi de quelque effroy je puis ſentir les coups,
Je craindray ſeulement pour celle d'un Epoux.
D'un Epoux ? Quel abus tient mon ame ſeduite ?
Puis-je appeller hymen ce qui cauſe ma fuite ?
Ouvre les yeux, Medée, & connois ton erreur.
Voy que ta paſſion a corrompu ton cœur,
Et qu'en vain, en donnant un beau nom à ta faute,
Tu penſes conſerver la gloire qu'elle t'oſte.
Ce qu'elle te conſeille eſt un lâche attentat,
Qui va de cette gloire aneantir l'éclat.
Prens-y garde, tandis que l'ardeur qui te preſſe
D'un reſte de raiſon te laiſſe encor maiſtreſſe,
Et dérobant ton ame aux piéges qu'on luy tend,
Epargne à ta vertu le remords qui l'attend.

Aprés que de ſa fuite elle a veu l'infamie,
Qu'à ſuivre ſon devoir elle s'eſt affermie,
Et que l'honneur, la gloire, agiſſant à leur tour
L'ont enfin dans ſon cœur emporté ſur l'amour,
S'applaudiſſant déja du repos qui la flate,
Sur d'anciens Autels où l'on revere Hecate,

Elle veut, pour marquer ses vœux reconnoissans,
Faire éclater son zele, & fumer de l'encens.
Ce Temple est au milieu d'un grand bois triste & sombre,
Où regne incessamment le silence avec l'ombre.
Medée en prend la route; elle resve, & son cœur
Armé contre sa flame en estoit le vainqueur,
Lors qu'à ses yeux Jason qui tout-à-coup se montre,
L'embarasse, & la fait rougir de sa rencontre.
Son visage se trouble, & ses feux mal éteints,
Rallumez de nouveau, renversent ses desseins.
C'est ainsi que souvent une foible étincelle
Prend en perçant la cendre une force nouvelle,
S'accroist au feu qui soufle, & cause en un moment
La desolante horreur d'un long embrasement.
L'interdite Medée en fait l'experience.
Sa passion renaist d'une aimable presence,
Et ce feu qu'en son cœur elle a cru languissant
Se prévaut contre luy du trouble qu'elle sent.
Par hazard, ce Jason dont l'aspect le rallume,
Avoit l'air ce jour-là plus doux que de coustume;
Et lors qu'en ses malheurs elle s'interessoit,
Qui n'eust pas excusé l'amour qui l'y forçoit?

Ses yeux qu'avidement sur les siens elle attache
Parlent avec transport du secret qu'elle cache.
En vain de sa raison le chancelant appuy
Modere les regards qu'elle jette sur luy.
Quoy que moins enflâmez ils ne sont point tranquil(les,
Et tant d'attention les y tient immobiles,
Qu'il semble, aprés le bruit des plus rares exploits,
Qu'elle voit ce Heros pour la premiere fois.
Tout luy paroist en luy si grand, si magnanime,
Qu'à son port, à sa taille, à sa vertu sublime,
Croyãt voir plus qu'un hõme envoyé par les Dieux,
Elle ne sçauroit plus en détourner les yeux.
Cependant Jason tâche à gagner sa tendresse.
Il attaque son cœur, luy parle de la Grece,
Et laissant & sa vie & sa mort à son choix,
Pour la conduire au Temple, il entre dans le bois.
C'est là que redoublant les sermens d'un pur zele,
Il luy promet, luy jure une amour éternelle,
Si contre les perils qui menacent ses jours
Elle peut se resoudre à luy donner secours.
L'asseurance la touche, elle en gouste les charmes,
Le regarde, soupire, & verse quelques larmes.
Vous l'emportez, dit-elle, & si pour vous sauver
Il n'est rien qu'aujourd'huy je veuille reserver,

Ce n'eſt pas que j'ignore à quel deſtin contraire
Mon crime va livrer & Colchos & mon Pere.
Je ſçay ce que je fais, je le voy; mais, Jaſon,
Je vous aime, & l'amour me tient lieu de raiſon.
La victoire eſt à vous, combattez ſans rien craindre;
Et ſi vos feux ſont tels que vous les ſçavez peindre,
Pour tout prix de mes ſoins, donnez moy voſtre foy,
Que tant que vous vivrez, vous vivrez tout à moy.
De Jaſon à ces mots la gratitude éclate.
Il ſe jette à ſes pieds, luy jure par Hecate,
Par tout ce qu'a ce bois d'autres Divinitez,
Qu'il veut juſqu'au trepas adorer ſes bontez,
Et pour dernier témoin d'une telle promeſſe
Appellant le Soleil, Ayeul de la Princeſſe.
Ce Soleil à qui rien ne peut eſtre caché,
Il la convainc d'un cœur du plus beau feu touché.
On l'aimoit, il fut cru. Des herbes enchantées
Par Medée auſſi-toſt luy furent preſentées.
Il en apprend l'uſage, & ſans plus differer
A tenter l'entrepriſe il va ſe preparer.

La nuit qui s'approchoit au jour ayant fait place,
Dans la Plaine de Mars un grand Peuple s'amaſſe,
Et c'eſt là qu'occupant les coſtaux d'alentour
Il voit venir Aëte avec toute ſa Cour.

Ce Roy que de Jason le projet épouvante
Prend au milieu des Siens une place éminente ;
Et plein de gravité, se montre en Souverain
La Couronne à la teste, & le Sceptre à la main.
A peine est-il assis, qu'un grand bruit fait connoistre
Que les Taureaux déja commencent à paroistre.
Ils ont les pieds d'airain, & leurs brûlans naseaux
De la plus vive flame ouvrent d'étroits canaux.
Les herbes que leur soufle une fois a touchées,
Brûlent en un moment, ou demeurent sechées.
Une ardente fournaise, où le feu resserré
Par sa propre fureur semble estre devoré,
Et la chaux que fend l'eau qu'on y vient de repãdre,
Font beaucoup moins de bruit, que n'en laissent entendre
Les petillans éclats des consumans brasiers,
Que ces fiers animaux roulent dans leurs gosiers.
Cependant Jason vient, & d'une ame intrepide
Paroist seul sur la foy de l'amour qui le guide.
Si-tost que dans la Plaine il est apperceu d'eux,
De loin, pour l'engloutir, ils lancent mille feux
Et baissent contre luy leurs redoutables testes,
Tiennent à le percer leurs cornes toutes prestes.

La pointe en eſt d'acier, & porte un ſeur trepas ;
Et vers leur Ennemi s'ils ne s'avancent pas,
L'ardeur qu'à les braver étale ſon audace,
Leur fait battre des pieds la terre avec menace.
La pouſſiere par là qui s'étend tout-autour,
A l'air qu'elle obſcurcit oſte preſque le jour.
Il s'y meſle auſſi-toſt une épaiſſe fumée
Qu'exhale à gros bouillons leur haleine enflamée.
De leurs mugiſſemens le tonnerre éclatant
Porte l'effroy par-tout où leur écho s'entend.
D'horreur chaque Argonaute en ſent ſon ame atteinte.
Tous trêblent pour Jaſon, Jaſon ſeul eſt ſans crainte,
Il marche d'un pas ferme, & tel eſt le pouvoir
Des herbes dont le charme anime ſon eſpoir,
Qu'approchant des Taureaux, lors que plus ils mugiſſent,
Il n'eſt point offenſé des flames qu'ils vomiſſent.
Fier d'une telle épreuve, & ſeur de réuſſir,
Il les touche, il les flate, & pour les adoucir,
Joignant à cette amorce une voix carreſſante,
Il leur fait recevoir le joug qu'il leur preſente,
Traîner une charruë, & d'un pas moderé
Fendre un champ que jamais on n'avoit labouré.

Ce succés, qui n'estoit attendu de personne,
Surprend tout ce grand Peuple, & tandis qu'il s'étonne,
Les Grecs, qui de leur Chef admirent l'heureux sort,
Par mille cris de joye expriment leur transport.
Ces cris dont l'air résonne échauffent son courage.
Il s'augmente, & brûlant d'achever son ouvrage,
Dans un grand Casque, aux yeux de ce Peuple confus,
Il prend soudain les Dents du Serpent de Cadmus,
Dont, l'ayant terrassé quand Thebes fut bastie,
Ce Prince reserva la meilleure partie,
Et que Mars & Pallas des mains de ce Heros
Envoyerent depuis au vieux Roy de Colchos.
Jason qui s'abandonne à son impatience,
Dans le champ labouré jette cette semence.
La terre auparavant couverte de poison,
N'ouvre son sein fecond que pour perdre Jason.
On la voit s'amollir, & de ces dents funestes
Dont il avoit semé les effroyables restes,
Il naist des Ennemis de sa gloire jaloux
Qui tous voudront sa mort s'il ne les détruit tous;
Mais comme dans un cours de grossesse ordinaire,
Un Enfant prend sa forme au ventre de sa Mere,

Et

Et qu'avant qu'il en ſorte il reçoit pleinement
Ce qui du corps humain fait l'accompliſſement ;
Ainſi ces Ennemis que dans ſes flancs reſſerre
Pendant quelques momens cette feconde terre,
Ne viennent point au jour qu'une pleine vigueur
N'ait mis en eux de l'homme & la force & le cœur ;
Et ce qui doit le plus ſurprendre en leur naiſſance,
Ils ont le caſque en teſte, à la main une lance,
Que par une honteuſe & lâche trahiſon
Chacun d'eux à l'envy tourne contre Jaſon.
Les Grecs baiſſant les yeux à ce triſte ſpectacle,
N'oſent en ſa faveur ſe flatter d'un miracle,
Et condamnent tout haut l'injuſtice du Sort,
D'employer tant de bras pour une ſeule mort.
Leur frayeur eſtoit juſte, & Medée elle-meſme
Dans un ſi grād peril tremblant pour ce qu'elle aime,
Quoy qu'en elle Jaſon trouvaſt un ſeur ſecours,
Ne ſe peut empeſcher de craindre pour ſes jours.
A voir tant d'Ennemis, dont l'aveugle furie
Le prend ſeul pour objet, & n'en veut qu'à ſa vie ;
Elle fremit, s'étonne, & changeant de couleur,
Semble annoncer ſa perte, & prévoir ſon malheur.
Dans ce preſſant ſujet & de trouble & d'alarmes,
Cherchant à redoubler la force de ſes charmes,

Sous des termes obſcurs elle invoque les Dieux,
Et fait agir ſon art le plus miſterieux.
C'étoit trop pour jetter tous ces Guerriers par terre.
Jaſon au milieu d'eux lance une groſſe pierre,
Et ſoudain on les voit, au lieu de l'attaquer,
A leur propre défaite eux-meſmes s'appliquer.
C'eſt contr'eux ſeulement que leurs armes agiſſent.
Par les mains l'un de l'autre ils tombent, ils periſſent,
Et de leur ſang verſé la ſurprenante horreur
D'une guerre civile imite la fureur.
Prodige ineſperé ! Les Grecs qui s'en étonnent,
Pour applaudir Jaſon s'approchent, l'environnent,
Et chacun tour-à-tour par ſes embraſſemens
Luy fait voir de ſon cœur les tendres ſentimens.
Leurs yeux marquent leur joye. Ah, que n'oſe Medée,
Dans l'empreſſé tranſport dont elle eſt poſſedée,
Aller, aprés l'éclat d'un ſuccés ſi fameux,
Prendre part à ſa gloire, & l'embraſſer comme eux !
Elle en brûle d'envie, & le feroit ſans doute,
Tant ſur ſon cœur épris peut l'amour qu'elle écoute ;
Mais du rang qu'elle tient la jalouſe fierté
De cet abbaiſſement combat l'indignité,

Et pour l'honneur du ſexe il faut qu'elle ſupprime
Les apparens dehors qui publieroient ſon crime.
Au moins l'ardent amour qui l'attache au Vainqueur
A la plus forte joye abandonne ſon cœur.
Fiére de tant de morts qui calment ſes alarmes,
Elle admire en ſecret le pouvoir de ſes charmes,
Triomphe en elle-meſme, & rend graces aux Dieux
Du talent qui conſerve un Heros glorieux.

Il ne luy falloit plus pour derniere merveille
Qu'aſſoupir un Dragon qui jamais ne ſommeille.
Trois langues, dont chacune eſt pleine de venin;
Des dents qui tranchent mieux que l'acier le plus fin;
Une haleine empeſtée; une creſte effroyable,
Rendent ſa ſeule veuë affreuſe & redoutable.
C'eſt luy qui garde l'arbre où pend la Toiſon d'or.
Il veille nuit & jour ſur ce riche treſor,
Et pour le conquerir quoy qu'on oſe entreprendre,
Le ſeul Monſtre endormi donne droit d'y pretendre.
Des herbes dont Medée avoit fait ſon appuy,
Jaſon preſſe le ſuc, & le répand ſur luy,
Et prononçant trois fois des mots pleins de miſtere
Qui des Vents tout-à-coup appaiſent la colere,
Adouciſſent les flots, rendent le calme aux Mers,
Arreſtent dans leur cours les Fleuves les plus fiers,

Dans les yeux du Dragon il fait couler sans peine
Un sommeil dont la force au plein repos le mene.
Le voyant succomber, l'impatient Jason
Court à l'arbre, en détache aussi-tost la Toison,
Et menant avec luy, comme une autre conqueste,
Celle qui de Lauriers vient de ceindre sa teste,
Pour jouïr en Vainqueur des fruits de son amour,
Vers ceux qui l'ont veu naistre il haste son retour.

ESON RAJEUNI.

FABLE III.

PEINE ce Heros touche la Thessalie,
Que du bruit de sa gloire elle est toute remplie.
Les Meres, de leurs Fils ramenez de Colchos,
Par des vœux solemnels consacrent le repos.
De bandes & de fleurs cent Victimes parées,
Faisant briller l'éclat de leurs cornes dorées,

Sont conduites au Temple, où d'un zele pieux
Chacun offre, & ſon cœur, & de l'encens aux Dieux.
Eſon, dont le long âge a trop blanchi la teſte,
Ne peut eſtre preſent à cette grande Feſte.
Il languit de vieilleſſe, & par un triſte ſort,
Arreſté dans un lit, n'attend plus que la mort.
Jaſon que tient reſveur cette funeſte idée,
Pour ſon Pere mourant s'adreſſant à Medée,
Je n'ay rien, luy dit-il d'un air paſſionné,
Qui ne vienne de vous, vous m'avez tout donné,
Et ce que vos bontez m'ont aſſeuré de gloire
Va dans un tel excés qu'on a peine à le croire.
Cependant tant de biens ſont pour moy ſuperflus,
Si je n'obtiens encor quelque choſe de plus.
Il faut, ſi vous pouvez, pour finir mes alarmes....
Mais que dis-je ? il n'eſt rien d'impoſſible à vos char-
Et m'ayant fait par eux conquerir la Toiſon, (mes,
Me refuſeriez - vous de conſerver Eſon ?
D'une extréme langueur ſa vieilleſſe eſt ſuivie.
Son ame preſte à fuir le va laiſſer ſans vie.
S'il faut la retenir par de nouveaux liens,
Retranchez de mes jours pour augmenter les ſiens.

Ses larmes à ces mots expriment ſa tendreſſe.
Medée en les voyant eſtime ſa foibleſſe,

Et tant de pieté luy met devant les yeux
De son Pere trahi le forfait odieux.
Elle affecte pourtant un visage tranquille
Qui déguise à Jason ce remords inutile,
Et luy faisant paroistre un obligeant couroux,
Qu'entens-je, répond-elle, & que me dites-vous?
Moy, prendre un interest qui soit contraire au vôtre?
Par vos jours accourcis prolonger ceux d'un autre:
Ah, si mon lâche cœur consent à ce dessein,
Descens en terre, Hecate, & me retiens la main.
Ne vous offensez point d'un refus legitime.
Répondre à vos souhaits seroit commettre un crime.
Cependant si du Ciel mes soins sont secondez,
Je vous donneray plus que vous ne demandez.
Ouy, Jason, puisqu'en moy vous avez confiance,
Vous me verrez pour vous prodiguer ma science,
L'étaler toute entiére, & pourveu que toûjours
Hecate à mes projets accorde son secours,
Sans changer contre vous l'ordre des Destinées,
Je puis du vieil Eson reparer les années,
Et rétablir, malgré sa mourante langueur,
Dans ses membres usez leur premiere vigueur.

Si-tost que parvenuë à sa rondeur entiere
La Lune sur la terre eut fait voir sa lumiere,

Car lors que pour Eſon on forma ce deſſein,
Trois jours manquoient encor pour la voir dans ſon plein,
Medée errant ſans ſuite ainſi qu'une inſenſée,
Les bras nuds, le pied nu, la robe retrouſſée
Traverſe Mont & Plaine, & les cheveux épars
De la nuit qui s'avance affronte les hazards.
Les Hommes, les Oiſeaux, & les Beſtes ſauvages
D'un paiſible ſommeil gouſtoient les avantages.
A garder le ſilence il avoit tout reduit;
Le Serpent, s'il rampoit, rampoit ſans faire bruit.
Point d'arbres agitez; l'air dans un calme extréme
N'eſtant troublé de rien, ſembloit dormir luy-meſme.
Des Aſtres ſeulement les yeux par-tout ouverts
Pendant ce plein repos, brilloient ſur l'Univers.
Ce temps eſt favorable aux charmes de Medée,
Elle cede aux tranſports dont elle eſt poſſedée,
Tourne en rõd par trois fois, pouſſe trois cris affreux,
Trois fois de l'eau d'un Fleuve arroſe ſes cheveux,
Et le genouil en terre; O mon recours, dit-elle,
Nuit, des plus grands ſecrets Gardienne fidelle,
Etoiles, feux brillans qui ſuccedez au jour;
Et toy, triple Déeſſe, objet de mon amour,

Hecate, qui sçachant toutes mes entreprises
Ne m'en vois point tenter que tu ne favorises,
Charmes, enchantemens, Climat où sont produits
Les sucs qui tant de fois ont montré qui je suis,
Montagnes, Fleuves, Lacs, Cavernes, lieux funebres,
Dieux des sombres Forests, Arbitres des tenebres,
Pour un projet nouveau, mais grand, digne de vous,
Agissez, il est temps, je vous appelle tous.
Par vous, quand il me plaît, sans ordre dãs leur course,
Les Fleuves étonnez remontent vers leur source.
Je fais souffler les Vents, ou les tiens en repos;
Je mets la Mer en trouble, ou je calme ses flots,
Et forçant la Nature aux plus soûmis hommages,
J'excite dans les airs, ou chasse les nuages.
Par vous, lors que je veux faire entendre ma voix,
Les Chénes, les Rochers viennent prendre mes loix.
Transportez par mon ordre ils couvrent les Campagnes.
Je fais mugir la Terre & trembler les Montagnes,
Des Serpens dechirez forme un estre nouveau,
Et contraints jusqu'aux Morts à sortir du tombeau.
La Lune en s'éclipsant, quelque soin que l'on prenne
Par le son de l'airain à soulager sa peine,

Voit de ses vains efforts mon art victorieux,
Et se trouve reduite à descendre des Cieux.
Cent fois par le secours qu'en ce moment j'implore
J'ay fait paslir son Char, & celuy de l'Aurore.
C'est ce mesme secours à mes charmes presté
Qui des Taureaux d'Aëte appaisa la fierté,
Et qui, malgré les feux qu'on leur voyoit répandre,
Leur fit souffrir le joug qu'ils refusoient de prendre.
C'est luy qui renversa, l'un par l'autre détruits,
Ces Freres qu'à Colchos la terre avoit produits,
Et qui pour appuyer ma secrete science,
Du Dragon empesté trompant la vigilance,
Rendit enfin les Grecs Maistres de la Toison,
Qui chez eux m'est le sceau de la foy de Jason.
Ces prodiges sont grands, mais ma gloire m'engage,
Pour la rendre éclatante, à vouloir davantage.
Il me faut quelques sucs dont la prompte vertu
Change, repare un corps sous les ans abbatu,
Et par qui tout-à-coup une aimable Jeunesse
Luy rende la vigueur qu'en chassa la Vieillesse.
Je le voy, vous daignez approuver ce dessein.
Ces Astres si luisans ne brillent pas en vain,
Et le Char que dans l'air à mes yeux on expose,
Traîné par deux Dragons, ne descend pas sans cause.

A peine elle a parlé, que le Char descendu,
Plus leger qu'un trait d'arc, à ses pieds s'est rendu.
Elle y monte, s'assied d'un courage intrepide,
En flate les Dragons, & leur lâchant la bride,
Commence à parcourir dans le vague des airs
Ce que la Thessalie a de cantons divers;
Mais elle ne s'arreste en ce hardy voyage
Qu'où d'une herbe à cueillir l'asseurance l'engage.
Sur l'Olympe d'abord aprés qu'elle en a pris,
Elle visite Ossa, Pelion, Pinde, Othrys,
Sur ces Monts differens choisit les moins communes,
Arrache avec effort la racine des unes,
Et selon qu'à ses yeux chaque Simple est offert,
Coupe aux autres la feuille, & n'en prend que le vert.
Sa vigilance ailleurs est en suite occupée.
Elle descend aux bords du rapide Enipée,
Vient aux rives d'Amphryse, & là, cherche avec soin
Les sucs vivifians dont son art a besoin.
Ainsi pour les trouver il n'est rien qu'elle oublie.
Elle voit l'Apidan, & Penée, & Sperchie,
Jusqu'au Lac de Bebés fait voler ses Dragons,
Et cueille ce qui croist au milieu de ses joncs.
Mais sur-tout d'Anthedon la Plaine spatieuse
Fournit à sa recherche une herbe merveilleuse,

Quoy que l'effet encor n'en soit pas renommé
Par l'éclatant destin de Glaucus transformé.
Neuf jours sont écoulez, & de ce qu'elle emporte
Sur les Dragons volans l'odeur seule est si forte,
Qu'à la sentir, tous deux quittant leur vieille peau,
Semblent changer de forme, & vivre de nouveau.
Enfin elle revient; mais lors qu'elle se montre,
C'est en vain que Jason luy vient à la rencontre.
Elle ne veut souffrir dans ces premiers momens
Ny l'abord d'un Epoux, ny ses embrassemens.
De l'air pendant la nuit exposée à l'injure,
Elle prend seulement le Ciel pour couverture,
Et s'estant arrestée aux Portes du Palais,
Aprés ces premiers soins, s'appreste aux grands effets.
Deux Autels de gason qu'à l'instant elle dresse,
L'un pour Hecate à droit, l'autre pour la Jeunesse;
Sont ornez de vervene, & couverts de rameaux
Qu'elle a fait arracher de divers arbrisseaux.
En suite une Brebis sur cent autres choisie,
Pour la sacrifier, est par elle saisie.
La toison en est noire, & de son sang versé
Par un large couteau dans sa gorge enfoncé,
Aprés avoir rempli deux fosses qu'elle a faites,
Pour rendre de ce sang les offrandes parfaites,

Dans l'une & l'autre fosse, elle verse d'en haut,
Et du miel tout liquide, & du sang un peu chaud.
Puis ayant prononcé des paroles fatales
Qui doivent affoiblir les forces infernales,
Elle prie en secret Proserpine & Pluton
De vouloir faire grace aux jours du vieil Eson,
Et de ne pas haster le moment redoutable
Qu'attend pour les finir la Parque inexorable.

Aprés que par des vœux plusieurs fois repetez
Elle a flechi pour luy ces deux Divinitez,
Au pied d'un des Autels par son ordre on l'apporte,
Les yeux presque fermez, la couleur déja morte.
De trois mots prononcez le charme sans pareil
Le livre en mesme temps au plus profond sommeil.
C'est alors que par terre, où des herbes jettées
Ont receu pour agir des forces enchantées,
Ce languissant Vieillard étendu comme mort,
Laisse l'art de Medée arbitre de son sort.
Il faut qu'en s'éloignant, & Jason, & sa Suite,
Abandonnent le reste à sa seule conduite.
Ce que cette entreprise a de misterieux
Ne doit pas s'exposer à de profanes yeux.
A peine ils sont partis, qu'ainsi qu'une Bacchante,
Ayant sa chevelure au gré du vent flotante

Autour des deux Autels de feux étincelans
Les bras à demi-nuds elle marche à pas lents.
Ses yeux tout égarez font connoistre sa peine.
En suite dans le sang dont chaque fosse est pleine,
Trempant de noirs flambeaux par elle preparez,
Par elle tout sanglants en suite retirez,
Sur ces mesmes Autels elle les place, allume,
Prie encor pour Eson qu'un long âge consume,
Pour le purifier auprés d'un vain tombeau
Prend du soufre trois fois, trois fois l'arrose d'eau,
Et sur luy par trois fois faisant passer la flame
Dispose un nouveau corps où retenir son ame.
Les herbes cependant propres à son dessein
Bouillent depuis long-temps dans un vase d'airain:
Sous l'extréme chaleur que les charbons leur prestent
On voit déja blanchir l'écume qu'elles jettent.
Il ne luy suffit point de cent Simples divers
Depuis neuf jours entiers à sa recherche offerts.
Pour dõner plus de force au charme qu'elle apprește,
D'une vieille Corneille elle y mesle la teste,
Les dents, la triple langue, & l'écailleuse peau
D'un Serpent qu'en Libye on voit naistre dans l'eau,
Les entrailles d'un Loup, dont la forme incertaine
L'ayant fait voir en beste est tout-à-coup humaine,

La chair d'une Chevesche, & le foye & le cœur
D'un Cerf dont tout un siecle a formé la vigueur,
Du fond de l'Orient des perles apportées
A ce terrible amas sont par elle ajoutées.
Elle y joint d'un noir suc le germe penetrant;
Des brouillards que la Lune engendre en se mõtrant;
Du sable qu'a lavé par sa vague écumeuse
Du reflus de la Mer l'étenduë orgueilleuse;
Des graines, quelques fleurs, & cent choses sans nom
Dont la seule vertu suffiroit pour Eson.
Medée à qui sur-tout ce grand miracle importe,
D'un mourant Olivier prend une branche morte,
Brouille le tout ensemble, & du haut jusqu'au bas
Employe à le tourner la force de son bras.
La branche dans le vase est à peine plongée,
Qu'elle en sort toute verte & de feuilles chargée,
Et presque au mesme instant que ce vert s'y produit,
Par un dernier prodige elle porte du fruit.
Par-tout mesme où le feu qui sous l'airain s'allume
Fait sauter hors des bords quelques goutes d'écume,
Soudain la terre enfante, & mille & mille fleurs
Etalent à l'envy leurs brillantes couleurs.
Sur cet essay, Medée avec pleine asseurance
Suit en faveur d'Eson sa vive impatience,

Et pour renouveller les jours de ce Vieillard,
Luy découvrant la gorge, elle y plonge un poignard.
Ce coup faisant sortir le vieux sang qui le glace,
Laisse un canal ouvert, par où mettre en sa place
Ces sucs dont la diverse & confuse liqueur
Au corps le plus usé peut rendre la vigueur.
Par sa bouche & sa playe à la fois repanduë
A peine elle a du sien penetré l'étenduë,
Qu'ainsi que ses cheveux, sa barbe qui noircit
Perd le grisastre blanc que la vieillesse y mit.
Sa force & sa vigueur déja se rétablissent,
Son embonpoint revient, ses rides se remplissent;
Et l'éclat renaissant d'une vive couleur
Animant son visage, en bannit la pasleur.
Eson de ce qu'il sent ne sçait ce qu'il doit dire.
De huit Lustres plus jeune il s'étonne, il s'admire,
Et tel qu'il se souvient d'avoir jamais esté,
D'un beau songe d'abord il croit s'estre entesté.
Ce qui sur-tout le charme en ce changement d'âge,
La mesme experience est encor son partage;
Toûjours un mesme esprit le regle, le conduit,
Et hors de ses vieux ans il en garde le fruit.

Bacchus du haut du Ciel ayant veu ces merveilles,
En vient exprés sur terre exiger de pareilles;
Caché

Caché dés ſon enfance il a toûjours chery
Les Nymphes dont il fût ſecretement nourry;
Et pour prix de la foy par ces Nymphes gardée,
Il les fait, comme Eſon, rajeunir par Medée.

PELIE
EGORGE' PAR SES FILLES.
FABLE IV.

CEPENDANT Iason part ; divers soins importans
Le doivent à Corinthe arrester quelque temps,
Et tandis que Medée est seule en Thessalie,
Elle ose le vanger du crime de Pelie.

Frere du vieil Eson, qui mal propre à regner
Aprés mille travaux cherchoit à s'épargner,
Il fut choisi par luy pour remplir en sa place
Un Trône hereditaire aux Princes de sa race;
Avec mille sermens de le rendre à Iason
Quand l'âge auroit assez affermi sa raison.
Ces sermens furent vains; Iason sortit d'enfance;
Et loin qu'il pust joüir des droits de sa naissance,
Pelie à qui ce Trône offroit un doux appas
Donna pour l'en priver l'arrest de son trepas;
Et de la Toison d'or luy fit naistre l'envie,
S'asseurant qu'à Colchos il laisseroit la vie.
C'est avoir trop long-temps souffert sa trahison;
Elle est noire, & Medée en veut tirer raison.
Comme pour éblouïr la plainte a grande force,
Entre elle & son Epoux elle feint un divorce,
Et le bruit qui par-tout s'épand de son départ
Persuade aisément qu'elle parle sans fard.
Pour estre moins en proye à sa melancolie
Elle ne peut quitter les Filles de Pelie,
Que le trompeur dehors d'une fausse amitié
Sur ses ennuis secrets engage à la pitié.
Pour les surprendre mieux, elle leur peint sans cesse
Ce qu'a pour un Ingrat entrepris sa tendresse,

Et plus que les Taureaux & le veillant Dragon,
Elle leur fait valoir la Jeunesse d'Eson.
C'est-là qu'elle s'arreste, & toutes pour leur Pere
A qui l'âge commence à devenir contraire,
D'un pareil changement prenant le doux espoir,
Des charmes qu'elle vante implorent le pouvoir.
Si le service est grand, quoy qu'elle ose pretendre,
De leur reconnoissance elle doit tout attendre.
Medée en se taisant semble douter d'abord
Si son Art peut deux fois aller contre le Sort.
Un air grave affecté qui suspend ses promesses
Par la peur du refus étonne les Princesses.
Aprés un peu de temps; c'est trop, vous l'emportez,
Dit-elle, il faut vouloir ce que vous souhaitez;
Mais pour meriter mieux l'entiere confiance
Que vous fait prendre en moi ma longue experience,
Je veux qu'un vieux Belier, par un essay nouveau
Châge à vos yeux de forme, & qu'il deviẽne Agneau.
Chacune à dõner l'ordre au même instant s'empresse,
On choisit un Belier tout maigre de vieillesse,
Qui ne marche qu'à peine, & dont à force d'ans
On voit déja courber les cornes en dedans.
Egorgé par Medée aussi-tost qu'on l'amene,
Il perd le peu de sang qu'enfermoit chaque veine.

Alors dans un vaiſſeau plein de ſucs importans
Elle étend du Belier les membres palpitans.
Ces ſucs, dont le pouvoir ne trouve point de bornes,
Luy font perdre auſſi-toſt & ſes ans & ſes cornes.
Son corps eſt plus petit, & ſi dans le vaiſſeau
On a mis un Belier, il en ſort un Agneau.
De tendres beélemens, qu'il fait d'abord entendre,
Montrent aux yeux ſurpris ce qu'on ne peut com-
On diroit à le voir & ſauter & bondir, (prendre.
Que de ſon ſort luy-meſme il cherche à s'applaudir.
Il s'échape, & voyant une Brebis paroiſtre
Que dans un champ voiſin exprés on faiſoit paiſtre,
Vers elle à bonds legers il court ſans s'arreſter,
S'attache à ſa mammelle, & commence à teter.
Les Sœurs dont cette épreuve a banni les alarmes,
S'aſſeurent d'autant plus ſur Medée & ſes charmes,
Que le Belier changé vient de leur faire voir
Qu'elle a ſur la Nature un abſolu pouvoir.
Ainſi pendant trois jours ces credules Princeſſes,
Pour l'obliger d'agir, redoublent leurs carreſſes,
Tant qu'enfin choiſiſſant la quatriéme nuit,
Pendant que tout repoſe, & que la Lune luit,
Elle fait quelque temps bouillir à l'avanture,
Et des herbes ſans force, & de l'eau toute pure.

Pelie, & ceux qu'on a commis pour le garder,
Déja tous au ſommeil ſont contraints de ceder.
Ce ſommeil de leurs ſens ſuſpend ſi bien l'uſage,
Qu'il ſemble eſtre la mort plus qu'il n'en eſt l'image.
Quelques mots de Magie en ſecret prononcez
Pour le rendre durable ont du pouvoir aſſez.
Ces Filles, qui toûjours pour rajeunir leur Pere
Preſſent avec ardeur la fin de ce miſtere,
Environnant ſon lit, cherchent dans ſes vieux traits
Le miracle promis à leurs tendres ſouhaits.
Medée à cét objet les voyant attentives;
Quel doute vous retient, Princeſſes trop craintives,
Dit-elle? Armez vos mains, & luy perçant le flanc
Haſtez-vous de tirer ce qu'il a de vieux ſang.
Je ne puis rien pour vous, que ce ſang n'ait fait place
Au ſuc qui de ſes ans va diſſiper la glace,
Et qui dans chaque veine abondamment coulé
Rendra de ſes beaux jours l'éclat renouvelé.
Reſolvez; c'eſt à vous d'ordonner de ſa vie.
Vous ſçavez pour un Pere à quoy le ſang convie.
Si vous l'aimez aſſez pour ne balancer pas
A vouloir l'arracher des portes du trépas,
Donnez à la Nature un effort qu'elle preſſe.
Avec le fer en main attaquez ſa vieilleſſe,

Et m'ouvrez une voye à pouvoir rétablir
La vigueur que les ans commencent d'affoiblir.
  Ces mots font sur leurs cœurs impreſſion entiére.
Chacune veut l'honneur de fraper la premiere,
Et plus pour leur vieux Pere elles ſentent d'amour,
Plus elles ont d'ardeur à le priver du jour.
La peur de faire un crime en épargnant ſa vie,
Du plus noir attentat rend leur pitié ſuivie,
Et l'amour qui conduit leurs ſacrileges bras
N'entreprend ce forfait que pour n'en faire pas.
Aucune toutefois ne ſe ſent aſſez forte
Pour voir tomber les coups que cet amour luy porte.
Du ſang qu'ils font couler le ſpectacle odieux
Leur en fait prendre horreur, & détourner les yeux,
Qui tremblans, égarez, aiment à ſe défendre
D'aller juſqu'où leur main ne craint point de deſ-
cendre.
Ce deplorable Prince, abandonné de tous,
S'éveille, les regarde, & tout percé de coups,
Tâche, pour empeſcher au moins qu'on ne l'ache-
ve,
A ſe tirer du lit d'où ſon corps ſe ſoûleve;
Mais la force luy manque, & leur tendant les bras
Au milieu des coûteaux qui ne l'épargnent pas;

Que faites-vous, dit-il, Filles dénaturées?
Sont-ce là les bontez que j'avois esperées,
Et s'il falloit du sang à vos barbares cœurs,
Deviez-vous sur un Pere étendre vos fureurs?
  A ce reproche amer de leurs mains le fer tombe.
Chacune sans rien dire à sa douleur succombe,
Et comme jusqu'aux pleurs les voyant s'ébranler,
Pour les mieux attendrir il veut encor parler,
Medée y met obstacle, & sa haine assouvie
Par un coup dont il perd & la voix & la vie,
Luy fait jetter son corps dans ces eaux sans pouvoir,
Qu'elle ne prepara que pour les decevoir.

CERAMBE

CERAMBE

CHANGÉ EN OISEAU.

FABLE V.

U bruit de cette mort le Peuple qui s'anime,
Par celle de Medée en eust puny le crime,
Si dans un char volant par deux Dragons tiré
Elle n'eust fuy soudain l'orage préparé.

Avec ses deux Enfans qu'elle enleve avec elle
On voit cette intrépide & fiere criminelle
Passer rapidement sur le mont Pelion,
Sur les lieux qu'habita le Centaure Chiron,
Sur Othrys, sur ce mont fameux par l'avanture
Qui changeant de Cerambe & l'estre & la figure
Luy fit braver des eaux les abysmes ouverts
Lors que Deucalion vit noyer l'Univers.
Les Nymphes qui soufroient qu'il soupirast pour elles
Dans ce deluge affreux luy donnerent des asles,
Par qui sur le Parnasse un vol precipité
Malgré les flots grondans le mit en seureté.
Dans l'espace qui regne entre ces trois Montagnes,
De l'Eolie à gauche elle voit les Campagnes,
Y découvre Pitane, & ce Rocher sans nom
Qui fut, & garde encor l'image d'un Dragon.
Elle presse les siens, & laisse derriere elle
Les Plaines où Mera dans sa forme nouvelle,
De son cruel destin suivant les dures loix
Commença d'aboyer pour la premiere fois.
Elle y laisse d'Ida le Bois épais & sombre,
Où Thyonée envain à la faveur de l'ombre

Eust pour cacher son vol pris des soins superflus
Sans l'aide qu'il receut de son Pere Bacchus.
Pour un jeune Taureau dérobé dans la plaine
Le voyant poursuivy Bacchus connut sa peine,
Rendit le Taureau Cerf, & par ce changement
De ceux qui le cherchoient trompa l'empressement.
La Ville d'Eurypile à sa droite est laissée.
Ce fut là que Junon des Femmes offencée,
En Vaches, dans l'ardeur qu'elle eut de s'en vanger,
Lors qu'Hercule en partit, les fit toutes changer.
En s'avançant toujours Rhodes s'offre à sa veuë.
La race des Telchins dans cette Isle est connuë.
Habitans de Jalyse, ils avoient dans les yeux
Je ne sçay quel poison, subtil, pernicieux,
Dont la malignité, par de honteuses causes,
Si tost qu'ils les ouvroient, infectoit toutes choses.
Jupiter qui connut ce qu'ils causoient de maux
En fit de grands Rochers qu'il cacha sous les eaux.
De là continuant sa route commencée,
Elle apperçoit les murs de l'ancienne Cée.
Du sage Alcidamas elle fut le sejour,
Cette Cée, où le Sort avoit conclu qu'un jour
Avec étonnement ce Pere par sa Fille
Verroit d'une Colombe augmenter sa Famille.

LE FILS DE LA NYMPHE HYRIE CHANGE' EN CYGNE.

FABLE VI.

E Lac d'Hyrie en ſuite eſt offert à ſes yeux.
Elle admire en paſſant ces agreables lieux,
Dont par ſes plus doux chants, au Temple de Memoire,
Un Cygne né ſur l'heure a conſacré la gloire.

Hyrie y vit le jour, & ſut Mere d'un Fils
Sur qui le Ciel verſa ſes dons les plus exquis.
Phyllie épris pour luy d'une ſecrete flame
Luy dõna fort long-temps plein pouvoir ſur ſon ame.
Si voyant quelque Oiſeau cet Oiſeau luy plaiſoit,
Phyllie exprés pour luy ſoudain l'apprivoiſoit.
Il vainquit par ſon ordre un Lion effroyable,
Adoucit un Taureau qu'on tenoit indomptable;
Mais voyant chaque jour qu'inſenſible à ſes ſoins
Cet Ingrat le railloit aux yeux de cent témoins,
Il garda le Taureau dont ſur ſa complaiſance
Le Fils d'Hyrie en vain flata ſon eſperance.
Ce refus impreveu touchant ce cœur altier,
Tu me braves; & bien, luy dit-il d'un ton fier,
Tu voudras bien-toſt eſtre en pouvoir de me faire
Le don qu'à mes ſouhaits refuſe ta colere.
Le Fils d'Hyrie alors ſur un rocher monta,
S'avança ſur la pointe, & ſe precipita.
Chacun crut que ſa mort avoit ſuivi ſa cheute;
Mais du Deſtin ſur luy le decret s'execute.
Fier d'un plumage blanc, & Cygne devenu,
Il s'éleve, & dans l'air ſon corps eſt ſoûtenu.
Ce changement euſt eu des charmes pour Hyrie,
Mais ſur ce qui s'en dit croyant ſon Fils ſans vie,

Elle se fond en pleurs, & leur amas, dit-on,
Forma l'étang fameux qui conserve son nom.
La Ville de Pleuros n'en est pas éloignée.
Là, Combé de ses Fils lâchement dédaignée
Eust descendu par eux dans l'horreur du tombeau,
Si les Dieux par pitié ne l'eussent faite Oiseau.
Le char vole, & toûjours par ses Dragons tirée
Medée arrive en suite aux Champs de Calaurée,
Dont la Reine & le Roy, pour prix de leurs vertus,
Furent comme Combé de plumes revestus.
A sa droite est Cyllene, où sans peur de l'inceste
Menephron plein d'un feu que par-tout on deteste,
En brute quelque jour par d'infames plaisirs
Doit avecque sa Mere assouvir ses desirs.
Plus loin elle apperçoit le rivage, où Cephise
Pleure son petit Fils & la folle entreprise
Qui rendant Apollon Maistre de son destin,
Luy causa le malheur d'estre Monstre Marin.
Elle avance, & découvre au milieu d'une Plaine
Le Palais, où n'aimant qu'à redoubler sa peine
Eumele chaque jour se fait un deuil nouveau
Du funeste accident qui fit sa Fille Oiseau.
Enfin elle descend où Corinthe élevée
De deux Mers à l'envy dans son Isthme est lavée.

Là, de ces Potirons qu'assez communément
La terre par la pluye engendre en un moment
On tient que tout-à-coup on vit des hommes naistre
Au temps que du Cahos le Monde receut l'estre.
Medée est dans Corinthe, & cherche son Epoux.
Mais quelle rude atteinte a son esprit jaloux,
D'apprendre que Creüse à Jason destinée
Luy dérobe une foy si saintement donnée !
Dans l'ardeur d'arrester ce Heros dans sa Cour
Creon avec plaisir voit naistre son amour,
Et l'honneur qu'un tel choix répand sur sa famille
Luy fait presser l'hymen qui l'unit à sa Fille.
Medée a beau tâcher de fléchir cet Ingrat.
Il oppose à ses pleurs mille raisons d'Estat,
Qui redoublant sa rage en grossissant l'offence
Attachent tout son cœur au soin de sa vangeance
Elle feint de se rendre, & ce deguisement
Eblouïssant l'Amante aussi bien que l'Amant,
Elle fait par ses Fils offrir à sa Rivale
Vne Robe d'un prix qui la rend sans égale.
Creüse qui l'admire & l'entend admirer,
La prenant de leurs mains, brûle de s'en parer;
Mais dans le mesme instant qu'elle en est revestuë,
Le charme prend sa force, un feu secret la tuë.

Les cris que ce supplice au Ciel luy fait pousser
Epouvantent Creon qui la vient embrasser.
Il la touche, & soudain ce Pere deplorable
Sent de la mesme ardeur le tourment effroyable.
Il meurt, & son Palais brulant de toutes parts
Est un comble d'horreur pour ses derniers regards.
Jason qui perd l'objet de sa plus tendre flame
Par de vives douleurs se sent arracher l'ame.
Mais dans son desespoir c'est peu que comme Epoux
Des traits les plus perçans il ressente les coups,
Pour le faire soufrir de nouveau comme Pére,
Medée exprès renonce aux sentimens de Mére,
Poignarde ses deux Fils, & craignant la fureur
Où le jette un forfait si noir, si plein d'horreur,
Elle entre dans ce Char, dont toûjours pour sa fuite
Le Soleil son Ayeul luy laisse la conduite.
Athenes luy semble estre un lieu remply d'appas,
Elle s'y rend, y voit Phinée & Periphas
Qui devenus Oiseaux suivoient la destinée
Qui de Polyphemon tenoit l'ame gesnée,
Ce malheureux Vieillard, sans respect pour les Dieux,
Se plaignoit tristement du Sort injurieux

Qui l'accablant toûjours de disgraces nouvelles
A sa petite Fille avoit donné des aîles.
De Medée en tous lieux le nom fait tant de bruit,
Qu'en son Palais Egée aussi-tost la conduit.
Athenes que le Ciel à ses loix a soumise
Pour cette Fugitive est un lieu de franchise.
Par les soins qu'il luy rend son bonheur est parfait ;
Mais s'il est excusable en l'accueil qu'il luy fait,
D'un reproche éternel il ne peut fuir le blâme
Quand il s'ose resoudre à la prendre pour Femme.
De l'hymen où les porte un temeraire amour
Medus l'unique fruit à peine voit le jour,
Que le fameux Thesée arrivé dans Athenes
Se faisant reconnoistre en rompt les tristes chaînes.

L'ECUME DE CERBERE CHANGÉE EN ACONIT.

FABLE VII.

POVR la beauté d'Ethra qui gagnoit tous les cœurs
Egée eut autrefois de secretes ardeurs.
Il luy plut dans Trezene à l'insceu de son Pere,
Et comme enfin c'est tout en aimant que de plaire,

Tant qu'auprés de Pithée elle put l'arrester,
La foy qu'il luy donna luy fit tout meriter.
Athenes le rappelle, il quitte la Princesse,
Et sur l'espoir du fruit que promet sa grossesse
Il luy laisse une épée, afin que si les Dieux
Font naistre d'elle un Fils digne de ses Ayeux,
Aprés que par l'éclat d'une haute vaillance
Il aura sceu remplir l'honneur de sa naissance,
Sur ce gage par elle entre ses mains remis
Il puisse quelque jour reconnoistre ce Fils.
De cet hymen caché naquit l'heureux Thesée,
Dont la vertu par-tout à tel point est prisée,
Qu'en quelque lieu qu'il aille il n'est Princes ny Rois
Qu'il ne trouve charmez de ses nobles exploits.
L'Isthme dans ses deux Mers purgé de brigandages
Devoit à sa valeur de si grands avantages,
On y goustoit les fruits du plus charmant repos
Quand Egée en sa Cour voit venir ce Heros,
Qui sans se découvrir se montrant à son Pere
Se fie à la Nature, & la veut laisser faire.
Medée à qui son art fait connoistre ce Fils,
Ialouse de luy voir les droits du Trône acquis,
Se resout de le perdre, & dans l'ardeur extréme
De voir un jour Medus orné du Diadéme,

Pour ne luy point laisser ce dangereux Rival,
La perfide prepare un breuvage fatal :
L'Aconit qu'elle y mesle oste soudain la vie.
Elle mesme autrefois l'apporta de Scythie,
Où cette herbe naquit, quand le Chien des Enfers,
Amené sur la terre, effraya l'Univers.
C'est là, dans cette froide & barbare contrée
Qu'est d'un Antre profond la tenebreuse entrée,
Par où jadis Hercule intrepide aux combats
Jusqu'au Royaume sombre osa porter ses pas.
Par l'ordre d'Eurystée il y vainquit Cerbere,
Et charmé d'une gloire à ses desirs si chere,
Le tirant enchaîné de l'infernal sejour,
Malgré sa resistance il luy fit voir le jour.
Ce Monstre eut beau vouloir, se tournant en arriere,
Eviter du Soleil l'odieuse lumiere.
Ce que son vif éclat luy causa de terreur
Le fit bondir de crainte, & hurler de fureur,
Et de sa triple gueule on vit en abondance
Couler de cent poisons la mortelle semence,
Une écume noirastre, à qui pour se nourrir
La terre offrant son sein qu'elle luy fit ouvrir,
Ce funeste depost la força de produire
Une herbe dont le suc ne peut servir qu'à nuire,

Et comme dans le champ le plus abandonné
Sur des cailloux qu'en Grece on appelle Aconé,
Cette herbe plus qu'ailleurs sẽble chercher à naître,
Sous le nom d'Aconit elle se fit connoistre.

De cette potion le decevant appas
Doit porter à Thesée un asseuré trepas.
Medée auprés du Roy rend sa vertu suspecte.
Pour regner, luy dit-elle, *il n'est rien qu'on respecte,*
Et cet Avanturier enflé de ses exploits
N'est icy que pour mettre Athenes sous ses loix.
La menace fait peur au trop credule Egée.
A le faire perir sa gloire est engagée,
Et c'est par le poison qu'avecque moins d'éclat
On le peut immoler au repos de l'Estat.
Sur quelque heureux succés dont la joye est publique
On prend l'occasion d'un banquet magnifique,
Où dans ses noirs soupçons le Roy trop affermi
Luy donne ce poison comme à son Ennemi.
Déja la coupe en main, sans en prendre d'ombrage,
Le Prince, de sa bouche approchoit le breuvage,
Lors que par son épée enfin tiré d'erreur
Egée en l'observant pousse un cry plein d'horreur.
La garde en est gravée, & luy fait reconnoistre
Ce Fils que de son sang un feu secret fit naistre.

Soudain de la Nature écoutant le transport,
Il renverse la coupe, & l'arrache à la mort.
Medée au desespoir de se voir découverte
Dans un nuage épais se dérobe à sa perte,
Et son art, par un prompt & merveilleux secours,
La rendant invisible, est l'appuy de ses jours.

Egée en est troublé; Quelle que soit sa joye
Pour cét illustre Fils que le Ciel luy renvoye,
L'horreur de ce poison par luy mesme donné
Tient encor malgré luy son esprit étonné.
Quel malheur si les Dieux eussent voulu permettre
Le crime qu'il s'est veu sur le point de commettre!
Plein pour cette faveur de vœux reconnoissans,
Dans les Temples par-tout il fait fumer l'encens,
De couronnes de fleurs les Victimes ornées
Sont au pied des Autels avec pompe amenées.
Il prodigue l'offrande, & mille & mille voix
Pour rendre grace au Ciel s'élevent à la fois.
Jamais jour plus fameux n'éclaira dans Athenes.
Les tables en tous lieux de mets exquis sont pleines,
Ce ne sont que festins. De la Cour à l'envy
L'exemple par le Peuple est aussi-tost suivy,
Et comme par le vin souvent l'esprit s'anime,
On en croit pour Thesée aisément son estime,

Et chacun luy donnant cent éloges divers,
Vante le calme heureux que luy doit l'Univers.
Icy de Marathon les Plaines dégagées
Du Taureau furieux qui les a ravagées,
Donnant lieu par sa mort de parler du Vainqueur,
Font sur cette entreprise admirer son grand cœur.
Là, Corinthe en repos par l'éclat qu'à sa gloire
D'un affreux Sanglier ajousta la victoire,
Fait voir, aprés cent maux trop long-temps endurez,
Les Champs de Cremyon sans peril labourez.
Les uns exagerant ce que de Periphete
Aprés un long combat luy cousta la defaite,
Joignent à cet exploit le surprenant effort
Sous qui le fier Procruste à ses pieds tomba mort.
Les autres jusqu'au Ciel élevent son courage
Lors que de Cercyon il étousa la rage.
Sous ce lâche Tyran dans le meurtre affermi,
La Ville d'Eleusis avoit long-temps gemi.
Par sa rare valeur Sinis laissé sans vie
Ailleurs à l'admirer force jusqu'à l'envie,
Sinis qui n'employoit les forces de son bras
Qu'aux barbares apprests du plus affreux trepas.
Il n'aimoit que le sang, & quand son injustice
De quelque malheureux resolvoit le supplice,

A deux grands Pins courbez par ſes moindres efforts,
Pour jouïr de ſa peine, il attachoit ſon corps,
Qui déchiré ſoudain par la vîteſſe extréme
Dont chaque arbre abaiſſé ſe rendoit à ſoy-meſme,
De la ſanglante horreur de ſes membres épars
Repaiſſoit quelque temps ſes avides regards.

LES

LES OS DE SCYRON
CHANGEZ EN ROCHERS.

FABLE VIII.

DU trop cruel Scyron la mort si sou-
haitée
Semble combler le faiste où sa gloire
est montée.
C'est par là que chacun acheve d'élever
Ce Heros que le Ciel a voulu conserver.

L'inhumain qu'aveugloit une fierté barbare
Venoit presque piller jusqu'aux murs de Megare,
Et dans son brigandage exerçant ses fureurs
Il en rendoit l'accés mal seur aux Voyageurs.
La terre aprés sa mort, pour vanger cette injure,
Fit gloire de laisser son corps sans sepulture;
La mer le fit comme elle, & rejettant ses os
Refusa dans son sein d'asseurer son repos.
De cent lieux differens qui toûjours s'en desirent
Repoussez avec honte, enfin ils s'endurcirent,
Et changez en Rochers, de ce cruel Scyron
Encore aujourd'huy mesme ils conservent le nom.
Aprés que le recit de ces hautes merveilles
A touché les esprits, & charmé les oreilles,
O toy, dont la valeur merite des Autels,
Ajoute-t'on, Heros le plus grand des Mortels,
Que ne vont point de toy publier les histoires?
Certes, si nous comptons tes jours & tes victoires,
Tes victoires dont rien n'a pu rompre le cours
Vont beaucoup au delà du nombre de tes jours.
Aussi par mille vœux offerts d'un cœur sincere
Voy qu'on t'invoque icy comme un Dieu tutelaire,
Et que c'est seulement pour voir ces vœux receus
Qu'on prodigue aujourd'huy les presens de Bacchus.

Tous, d'une voix commune à ces chants applaudissent.
La Ville & le Palais par-tout en retentissent,
Et le bonheur public, s'il est des déplaisirs,
Au moins dans ce grand jour fait taire les soupirs;
Mais helas! qu'à la joye en vain on s'accoustume!
Les succés les plus doux sont meslez d'amertume.
Aux plus grands biens succede un destin rigoureux,
Et l'on voit rarement qu'on soit long-temps heureux.
Egée en fait l'épreuve; à peine il s'abandonne
Au plaisir qu'en secret la Nature luy donne,
Que son Fils recouvré faisant tout son bonheur,
Une funeste guerre en trouble la douceur.
Minos, le fier Minos dés long-temps s'y prepare.
Honteux de differer enfin il se declare.
C'est peu qu'il soit puissant en vaisseaux, en Soldats,
Une juste colere arme d'ailleurs son bras.
C'est un point resolu; de son Fils Androgée
Sur les Athéniens la mort sera vangée,
Il a pery chez eux, & leur sang répandu
A droit seul de payer celuy qu'il a perdu.
Pour faire cette guerre avec plus d'asseurance
D'en obtenir le bien que poursuit sa vangeance,

Luy-mesme il va par mer, dans son cruel ennuy,
Des Princes ses voisins solliciter l'appuy.
Tout est mis en usage ; il gagne, il interesse
Astypale par force, Anaphe par promesse ;
Cythne à le secourir a bien-tost consenti.
Scyros & Cimolus entrent dans son parti.
Il engage Paros & Seriphe & Mycone
Et fait pour sa querelle armer jusqu'à Sithone,
Sithone qu'autrefois l'avare Arné trahit
Sur l'offre de quelque or dont l'éclat l'éblouït.
Le crime qu'elle fit en livrant sa Patrie
Estoit mal expié par sa gloire flêtrie.
Les Dieux par son supplice étonnant les Ingrats
En firent un Oiseau qu'on appelle Chucas.
La noirceur de ses pieds qui regne en son plumage
De celle de son cœur rend encor témoignage.
Tel fut le sort d'Arné, qui tout Oiseau qu'elle est,
Trouve toûjours dans l'or le charme qui luy plaist.
Didyme, Andros, Tenos, Peparethe, Gyare
Suivirent hautement l'exemple d'Oliare.
Minos n'en obtint rien ; aprés ce dur refus
Il va dans l'OEnopie où regnoit Eacus.
Ainsi l'appella-t'on depuis son origine,
Jusqu'à ce que Eacus la fit nommer Egine,

Et par ce changement voulut chez l'avenir
Du nom que sa Mere eut, porter le souvenir.
A peine à t'on appris que Minos va paroistre,
Que tout le monde en foule accourt pour le connoistre.
Ce Prince dont la Crete aime à suivre les loix,
A fait parler pour luy les plus fameux exploits,
Et sa gloire en tous lieux par ce bruit répanduë
Merite qu'on s'empresse à joüir de sa veuë.
Telamon & Pelée & le jeune Phocus,
Princes des plus parfaits, tous trois Fils d'Eacus,
Vont jusque sur le port, au nom du Roy leur Pere,
Luy rendre les honneurs deus à son caractere.
Eacus aprés eux, quoy que vieil & cassé,
Va luy mesme au devant, mais d'un pas moins pressé,
Le reçoit d'un air grave, & l'engage à luy dire
Quel peut-estre en sa Cour le sujet qui l'attire.
La demande à Minos coûte quelques soupirs,
Dans leur premiere force il sent ses déplaisirs,
Revoit ce qui les cause, & cette triste image
Sous le poids qui l'entraîne abattant son courage,
Declarez-vous, dit-il, pour un Pere affligé
Qui regretant son Fils cherche à le voir vangé.

Vous sçavez qu'à sa mort je dois plus que des larmes ;
Pour en tirer raison j'ay pris enfin les armes.
Daignez les appuyer, & ne refusez pas
De m'aider à punir de pareils attentats.
Androgée au tombeau par moy vous le demande ;
C'est un soulagement que tout veut qu'il attende.
Eacus voit sa peine, & sans s'en émouvoir ;
Ce que vous demandez n'est pas en mon pouvoir,
Répond-il ; de tout temps une étroite alliance
M'a de vos Ennemis fait prendre la défense,
Et quoy que vous servir me fust un sort bien doux,
Athenes a parlé, je ne puis rien pour vous.
Minos qu'au dernier point cette réponse irrite,
Cache le vif chagrin de son ame interdite,
Et soufrant un refus qu'il ne peut empêcher ;
L'alliance, dit-il, vous coûtera bien cher.
Il part, & quoy qu'il pust, par une belle audace,
Joindre dés ce moment l'effet à la menace,
Il a des Ennemis ailleurs trop importans,
Pour consumer sa Flote avant qu'il en soit temps.

FOURMIS

CHANGÉES EN HOMMES.

FABLE IX.

E Roy de Crete à peine a quitté l'OEnopie,
Qu'on voit de loin paroistre une Banniere amie,
Et Bien-tost dans le port, où l'on court de nouveau,
Un favorable vent fait entrer le vaisseau.

Il amenoit Cephale. Athenes qui l'envoye
Aux armes de Minos craint de se voir en proye,
Et l'appuy d'Eacus qu'il vient solliciter
Le peut mettre en estat de ne rien redouter.
Les trois Princes ses Fils courent à sa rencontre,
Et lors qu'en s'approchant à leurs yeux il se montre,
Les traits qu'en son visage autrefois ils ont veus,
Quoy qu'aprés un long-tems, leur sont encor cōnus.
Aprés qu'ils ont pris soin tour à tour de luy rendre
Ce que le rang qu'il tient luy donne lieu d'attendre;
Vers le vieil Eacus de sa venuë instruit,
Pour exposer son ordre, il est par eux conduit.
Ainsi Cephale, en qui l'on voit encor les traces
De ce premier éclat dont l'ornerent les Graces,
Ayant à ses costez & Butés & Clytus,
Entre comme en triomphe au Palais d'Eacus.
Leur sang estoit royal; tous deux ils tiennent l'estre
De l'illustre Pallas que Pandion fit naistre,
Et portant à la main des branches d'Olivier
Etalent dans leurs yeux je ne sçay quoy de fier.
Ils parlent les premiers, Cephale les seconde,
Et par une éloquence en doux charmes feconde
Le pressant d'embrasser le party de son Roy,
Son adresse l'engage à s'en faire une loy.

Voyez,

Voyez, dit-il, voyez quelle longue alliance
De l'un & l'autre Estat affermit la puissance,
Et par combien de nœuds avecque nous unis,
Vos Peuples par nostre aide ont veu leurs maux finis.
Minos qui croit déja ses conquestes certaines
Ne les bornera pas à triompher d'Athénes.
Son orgueil va plus loin, & le porte à vouloir
Sur toute l'Achaïe étendre son pouvoir.

Aprés qu'il croit avoir par tout ce qu'il expose
Assez exageré l'équité de sa cause,
Eacus sur son sceptre appuyé gravement;
Un autre auroit besoin de ce raisonnement,
Dit-il, mais s'agissant de vous aller défendre,
Pourquoy me demander ce que vous pouvez prendre?
Sans m'engager à vous par des sermens nouveaux,
Voyez ce que cette Isle a d'hommes, de vaisseaux;
Je ne reserve rien, tout est prest à vous suivre.
Qui mãque à ce qu'il doit n'est point digne de vivre.
Si je suis attaqué, peut-estre ay-je de quoy
Cõbattre en même temps & pour vous & pour moy.
Grace aux Dieux, vous verrez dans un temps favorable,
Que loin que mon refus pust sembler excusable,

Sans nuire à mes Etats, je puis vous accorder
Un ſecours auſſi grand qu'on peut le demander.
Ainſi, Seigneur, ainſi, repond ſoudain Cephale,
Puiſſe toûjours voſtre Iſle en forces ſans égale
S'accroiſtre en biens, en Peuple, & du ſort le plus doux
Joüir un ſiecle entier ſous un Roy tel que vous.
J'ay ſans doute en entrant ſenti grande allegreſſe
Lors qu'au devant de moy j'ay veu voſtre Jeuneſſe,
Mais belle, floriſſante, & ce qui me ſurprend,
D'un âge, l'un de l'autre aſſez peu different.
Cependant dégagé de cette multitude,
Je cherche auprés de vous ceux dont j'eus l'habitude,
Quand je fus autrefois receu dans vos Etats,
Et je ſuis étonné de ne les trouver pas.
Eacus à ces mots ſe retraçant l'image
Des horreurs dont la veuë accabla ſon courage,
Laiſſe aller ſes ſoupirs, & d'un air languiſſant
Faiſant paroiſtre encor l'ennuy qu'il en reſſent;
D'abord, dit-il, le Ciel pour nous inexorable
Nous a livrez au ſort le plus épouvantable;
Mais aprés des malheurs à nuls autres égaux,
Une heureuſe fortune a mis fin à nos maux.

Que n'en puis-je à vos yeux exposer la peinture ?
Au moins de cette triste & funeste avanture,
Sans garder aucun ordre où l'on n'en vit jamais,
Il faut en peu de mots vous tracer quelques traits.
Ceux qu'autrefois icy vous avez pû connoistre
Ne sont plus rien que cédre, ils ont tous cessé d'estre.
Et combien avec eux, du sang le plus cheri,
Par la mesme infortune à mes yeux ont peri !

Ie ne vous diray point quelle est mon origine.
Chacun sçait que charmé de la beauté d'Egine,
Iupiter qui ne put surmonter son amour,
Quitta le Ciel pour elle, & me donna le jour.
Iunon en fut instruite, & le vit avec peine.
Dés ce mesme moment je meritay sa haine.
Mais jusqu'où, dans l'aigreur de ses chagrins jaloux,
Ne laissa-t'elle pas échaper son couroux,
Quand tout-à-coup cette Isle aspirant à me plaire
Changea son premier nom en celuy de ma Mere ?
Une effroyable peste épanduë en ces lieux
Y fit en peu de temps un dégast furieux.
Tant que d'un mal si prompt la cause mal connuë
Nous permit d'esperer de la voir prevenuë,
Il n'est aucun moyen, il n'est aucun secours
Qui ne fust employé pour en rompre le cours.

Mais contre cette peste en noirs poisons fertile,
Tout moyen, tout secours demeuroit inutile,
Et l'art ne pouvoit rien à repousser des coups
Qu'une Divinité soûtenoit contre nous.
D'abord l'air s'épaissit, & de sombres nuages,
De ce qui devoit suivre infaillibles presages,
Exhalant nuit & jour d'étoufantes chaleurs,
Par leurs impressions commencent nos malheurs.
Du redoutable Auster les mortelles haleines
Consument les moissons, & desolent nos plaines.
Il soufle quatre mois ; qui l'auroit jamais creu ?
Les Fontaines, les Lacs, tout en est corrompu.
Combien d'affreux Serpens dont la figure étonne
Occupent tout-à-coup les champs qu'on abandonne!
De leur fatal venin les Fleuves infectez
Ne sçauroient plus rouler que des flots empestez.
C'est sur les Animaux & privez & sauvages
Qu'un mal si violent fait ses premiers ravages.
Les Oiseaux tombent morts ; le Laboureur surpris
Perd ses Bœufs au milieu du travail entrepris,
Sur les sillons tracez ils tombent, ils expirent.
Des champs sans pasturer les Moutons se retirent,
Ils n'ont plus qu'un cry foible à pousser au dehors.
Une secrete ardeur a fait secher leur corps,

Et l'on voit tout-autour, dans sa langueur extréme,
La laine qui le couvre en tomber d'elle-mesme.
Les Chevaux qu'on a veus & mille & mille fois
Entrer fiers dans la lice, & bondir sous leur poids,
Oubliant tout-à-coup cette chaleur guerriere,
Demeurent lâchement couchez sur la litiere,
Et dans ce triste estat ne pouvant faire un pas,
Entendent la trompette, & ne s'émeuvent pas.
Le Sanglier sans force a perdu sa furie.
S'efforçant de courir le Cerf tombe sans vie.
Et les Ours languissans, contraints de s'arrester,
N'ont plus pour les Troupeaux d'ardeur à redouter.
Tout lãguit, tout perit; qu'on soit dans les cãpagnes,
Qu'on traverse les bois, qu'on cherche les mõtagnes,
Mille objets de pitié s'offrent de toutes parts;
Ce ne sont que mourans, que cadavres épars.
Tant de corruption suit l'odeur qu'ils repandent,
Que c'est envain sur eux que les Vautours descendẽt,
Ils reprennent leur vol sans les vouloir toucher,
Et les Chiens ny les Loups n'en peuvent approcher.
Ainsi pour faire à l'air une nouvelle guerre,
Ces corps abandonnez pourrissent sur la terre.
Et de sa puanteur qui fait fuir les Vautours
Le mal déja trop grand tire un nouveau secours.

Mais si d'abord ce mal qui fait tant de ravages,
Se glissant dans les champs dépeuple les Villages,
De sa contagion les avides fureurs
Dans les Villes bien-tost causent mesmes horreurs.
Cette peste au dedans tout-à-coup répanduë
Allume un feu secret qui consume, qui tuë.
On ne peut resister à ses brûlans efforts.
Une aride langueur desseche tous les corps.
De ce feu devorant, la rougeur du visage
Dans tous ceux qu'il attaque est un clair témoignage.
La langue devient seche, & s'enfle au mesme instant.
Le rafraîchissement paroist seul important,
Mais quand pour en chercher on tient la bouche ouverte,
Bien loin qu'on se soulage, on travaille à sa perte.
Tant l'air que l'on respire acheve d'infecter
Ces miserables corps que l'ame veut quitter.
La pluspart succombant au mal qui les possede
Demi-nuds contre terre y cherchent du remede,
Mais loin que pour le corps elle ait quelque fraîcheur,
Le corps en la touchant luy preste son ardeur.
Il n'est point de secours ; les Medecins eux-mêmes
Abandonnent leur vie à ces langueurs extrémes,

Et pour ſauver leurs jours ce que l'Art peut fournir
Semble accroiſtre le mal qu'ils penſent prevenir.
Aux Malades aimez plus on rend d'aſſiſtance,
Pluſtoſt de ce poiſon on ſent la violence.
D'abord qu'on eſt frapé, plus d'eſpoir de guerir ;
Pour voir finir ſa peine on ſçait qu'il faut mourir,
Ainſi l'on cherche au moins la mort la plus facile.
On n'examine point ce qui peut eſtre utile,
Car que peut-on attendre en ce revers fatal,
Où tout eſt au deſſous de la force du mal ?
Pour rafraîchir le ſang qui brûle dans les veines
On a recours aux Puits, aux Etangs, aux Fontaines,
Mais ce foible recours eſt ſans fruit, & ſouvent
La vie avant la ſoif eſt éteinte en beuvant.
Ceux qui ſe livrant trop à l'ardeur qui les preſſe
Se panchent vers les eaux, y tombent de foibleſſe,
Et meurent au lieu meſme où leur credule eſpoir
S'eſt flaté d'un ſecours qu'ils n'ont pu recevoir.
Le lit aux affligez devient inſupportable.
C'eſt pour eux dans leurs maux un objet effroyable ;
Chacun d'eux l'abandonne, ou ſi trop de langueur
Quand ils veulent marcher, les laiſſe ſans vigueur,
Se roulant contre terre ils ſortent, ils s'échapent,
S'imaginent par là fuir les coups qui les frapent,

Comme si l'air mortel de ces subtils poisons
Se pouvoit éviter en quittant leurs maisons.
Comme de leur disgrace ils ignorent la cause,
Ils pensent qu'à souffrir le lieu seul les expose,
Et cherchant par la fuite à vaincre leurs douleurs,
Ils ne font seulement qu'aller mourir ailleurs.
Les uns un peu moins prompts à se laisser abattre,
Accablez de langueur, tâchent de la combattre,
Et soûtenant le poids de leurs corps chancelans,
Jusqu'au dernier soûpir se traînent à pas lents.
Les autres contre terre étendus de foiblesse,
Accusent du Destin la fureur vangeresse,
Et pour s'en expliquer ne trouvant plus de voix,
Roulent leurs yeux mourans pour la derniere fois.
On en voit qui déja demi-morts par la crainte,
Levent les mains au Ciel dés la premiere atteinte,
Et dãs ce triste accés, bien plus prõpt qu'il n'est grãd,
Expirent au lieu-mesme où le mal les surprend.
Jugez de moy, Cephale, en l'estat pitoyable
Où me laisse des miens la perte deplorable,
Quelle est alors ma peine, & combien à mes yeux
Le jour trop conservé devient-il odieux !
Par-tout où le hazard me fait jetter la veuë,
J'ay beau m'encourager, le spectacle me tuë.

Ce ne ſont que des morts, & l'on voit moins de
glands
Etalez ſous un cheſne agité par les vents.
Voyez d'icy ce Temple où Jupiter préſide.
C'eſt là que d'une voix & confuſe & timide,
Effrayé du peril, & la mort dans le ſein
Chacun a fait des vœux, & les a faits en vain.
Combien de fois, helas, percez au fond de l'ame
Le Pere pour ſon Fils, le Mary pour ſa Femme,
Venant en leur faveur prier les Immortels,
Sont-ils tombez ſans vie à trois pas des Autels?
Combien en a-t'on veu qui contre cette peſte
Mettant leur ſeul eſpoir à la bonté celeſte,
Lors qu'ils ont de la mort ſenti les traits perçans
Avoient encore en main la moitié de l'encens?
Je n'exagere point; ſouvent tandis qu'au Temple
Le Preſtre de prier penſoit donner l'exemple,
Le Taureau ſur ſon front ſentant le vin couler
Eſt mort avant le coup qui devoit l'immoler.
Lors que moy-meſme un jour pour voir le Ciel pro-
pice,
Dans un temps ſolemnel j'offrois un ſacrifice,
Et que luy demandant qu'il conſervaſt mes Fils
J'implorois ſon ſecours pour le bien du Pays,

La Victime jettant des cris épouvantables
Nous predit de nos maux les suites effroyables,
Et sans qu'on l'eust touchée, acheva par sa mort
D'affermir contre nous les menaces du Sort.
Sa gorge au mesme instant à la haste coupée
D'une nouvelle horreur tint mon ame frapée.
Le fer plongé trois fois n'en put tirer jamais
Que trois gouttes d'un sang brûlé, noirastre, épais,
Et le mal qui par-tout causoit cent funerailles,
En avoit tellement corrompu les entrailles,
Que leur sale noirceur n'offroit plus rien aux yeux
Qui pust nous découvrir la volonté des Dieux.
J'ay veu par un destin dont on n'a point d'exemples
Des corps rongez de vers sur les degrez des Temples,
Et pour flechir les Cieux envers nous trop cruels,
J'en ay veu qu'on jettoit jusqu'au pied des Autels,
Beaucoup en s'immolant, par ce prompt sacrifice
Des frayeurs de mourir s'épargnoient le supplice:
Et c'étoit moins d'horreur pour leurs trẽblans esprits
De prevenir la mort que d'en estre surpris.
Enfin, quoy qu'une triste & funeste coustume
Veuille que hors des murs chaque bucher s'allume,
Et qu'avec quelque pompe on y fasse porter
Les corps dont nous croyons la cendre à respecter,

Tant de monde perit, que pour ces triſtes charges
Les Villes n'ouvrent point de portes aſſez larges.
La plus-part demeurez ſans parens, ſans amis,
Dans ces triſtes buchers peſle-meſle ſont mis.
Point de rang, point d'hõneurs, tout eſt à l'avanture.
Combien de malheureux manquent de ſepulture!
Dés qu'on découvre un feu, chacun fait ſes efforts
Pour pouvoir le premier y jetter quelque corps,
Et ce corps eſt ſouvent conſumé d'une flame
Qu'un Mary pretendoit allumer pour ſa Femme.
C'eſt ainſi que beaucoup ſont brûlez dans les feux
Dont le triſte appareil n'eſtoit pas fait pour eux.
Meres, Enfans, Vieillards, enfin preſque tous meurent
Sans trouver en mourant des Fẽmes qui les pleurent,
Et faute de ces pleurs, par-tout abandonnez,
Leurs eſprits pour cent ans errent infortunez:
Déja la terre à peine aux tombeaux peut ſuffire,
Et d'hõmes à toute heure un ſi grãd nombre expire,
Qu'aux differens buchers qu'il faut entretenir
Les plus amples foreſts ne ſçauroient plus fournir.
Effrayé d'un malheur qu'on voit toujours s'accroiſtre,
M'adreſſant d'un air triſte à l'Auteur de mon eſtre,

O toy, de nos destins Arbitre glorieux,
Luy criay-je, qui seul peux plus que tous les Dieux,
S'il est vray qu'autrefois Egine ait pu te plaire,
Qu'elle ait eu ton amour, & que tu sois mon Pére,
Daigne par un prodige aussi grand que nouveau,
Ou me rendre mon Peuple, ou me mettre au tombeau.
D'un favorable éclair la brillante lumiere
Me fit voir qu'il vouloit exaucer ma priere.
J'en acceptay l'augure, & tout rempli d'espoir,
Soûtiens, ô Jupiter, ce que je viens de voir,
Ajoutay-je, & consens que cet heureux presage
De ta bonté vers moy soit l'infaillible gage.

Par hazard au lieu mesme où par des vœux pressans
Je demande la fin des ennuis que je sens,
Un vieux Chesne estimé par ses branches touffuës
Pour moy dans ce moment les tenoit étenduës.
Cet Arbre meritoit d'estre consideré.
Au Dieu que j'invoquois il estoit consacré.
La Forest de Dodone, en Oracles fameuse,
Avoit par ce present rendu nostre Isle heureuse.
C'est de là qu'il venoit ; je l'observe, & mes yeux
Contemplant de son tronc le cercle spatieux,

Découvrent des Fourmis qui ſe diviſent toutes,
Et qui gardant leurs rangs dans leurs diverſes routes,
Avec leur petit bec, afin de moins ſouffrir,
Emportent pour l'hiver ce qui les doit nourrir.
J'en admire le nombre, & plein de confiance
Conjurant de nouveau l'Auteur de ma naiſſance;
Si d'un Fils affligé les malheurs éclatans,
Luy criay-je auſſitoſt, doivent n'avoir qu'un tems,
Si mes Peuples détruits, ſi mes Villes deſertes
Meritent que ton cœur ſoit ſenſible à mes pertes,
Repare la diſgrace où la peſte m'a mis,
Par autant d'Habitans que je vois de Fourmis.
Aucun vent ne ſouffloit, admirez le prodige.
Ce grand Arbre ébranlé tremble juſqu'à ſa tige,
Et d'entre ſes rameaux l'un par l'autre agitez,
Sort un ſon dont le bruit s'entend de tous coſtez.
L'ame d'étonnement & d'horreur toute pleine,
Je baiſe avec reſpect & la terre & le Chêne,
Et quoy que mon eſpoir ne s'oſe déclarer,
Un mouvement ſecret me force d'eſperer.
Mon cœur qui s'abandonne à tout ce qui le flate
Ne peut croire qu'en vain un tel prodige éclate,
Et s'aſſeurant déja des plus heureux effets
Regle ſa confiance au gré de mes ſouhaits.

La nuit vient, & malgré le soucy qui me presse,
Je succombe au sommeil qui suspend ma foiblesse.
A peine il m'a vaincu, que les mesmes rameaux
S'offrent à moy, chargez des mesmes animaux.
Ce mesme Arbre agité sans qu'aucun vent le pousse,
Endure une si forte & si rude secousse,
Que couvrant tout-autour la terre de Fourmis,
Il luy rend le depost à ses branches commis.
Si-tost que ces Fourmis par terre sont tombées,
A leur premiere forme elles sont dérobées.
Le nombre de leurs pieds diminué d'abord
Commence à me montrer qu'elles changent de sort.
Leur corps qui s'aggrandit ne laisse plus paroistre
La noirastre couleur attachée à leur estre,
Et ce sont, si mes yeux meritent quelque foy,
Au lieu de ces Fourmis, des Hommes que je voy.
Je m'éveille en sursaut, & je ris de mon songe.
Mon cœur impatient le traite de mensonge,
Et je me plains des Dieux, qui sans aucun secours
Du mal dont je gemis laissent durer le cours.
Cependant un grand bruit qui commence de naistre,
Me fait ouïr des voix que je ne puis connoistre,
Et j'entens tout-à-coup retentir mon Palais
Des cris les plus perçans qu'on y poussa jamais.

Je croy resver encor, & lors que je m'éprouve
Sur l'incertain scrupule où mon esprit se trouve,
Telamon hors d'haleine accourant vers mon lit,
Venez, Seigneur, venez, la fortune vous rit,
Me dit-il, Jupiter a fait pour vostre gloire
Plus qu'on n'eust pû pretendre, & qu'on ne voudra
croire.
Je me leve, je sors, & reconnois soudain
Ces Hommes qu'en dormant j'avois crû voir en vain.
Aprés que le respect où mon rang les engage
Comme à leur Souverain m'a voué leur hommage,
Par un prompt sacrifice & des vœux solemnels
Je Jure à Jupiter des honneurs éternels.
Mon soin pour chaque Ville en même temps ordõne
De ces nouveaux Sujets que sa bonté me donne;
Je les y distribuë & dedans & dehors,
Separe entr'eux les champs que possedoiẽt les Morts,
Et comme la Fourmy dont ils ont receu l'estre,
Sous le nom de Myrmex aux Grecs se fait connoître,
Pour marquer d'où ces lieux en Peuples sont fe-
conds
Je les fais de ce nom appeller Myrmidons.
Vous venez de les voir. Sous une autre figure
Ils sont ce qu'ils estoient avant cette avanture,

Vigilans, menagers, portez à reserver,
Ardens pour acquerir, soigneux de conserver,
Et ce qui les fait croire à peu d'autres semblables,
Au travail, quel qu'il soit, toûjours infatigables.
Ce seront ces Soldats qu'une noble chaleur,
Comme en âge pareils, rend égaux en valeur,
Qui sans considerer les fatigues, les peines,
Iront contre Minos combattre pour Athénes
Si-tost qu'un vent propice (Eurus soufloit alors)
Pour vous remettre en mer vous ouvrira nos Ports.
De semblables discours suivis de repartie
Consumerent du jour la plus grande partie;
Aux douceurs d'un festin superbe en appareil,
On en donne le reste, & la nuit au sommeil.

CEPHALE

CEPHALE ET PROCRIS.

FABLE X.

A Peine sur les Monts, commençant sa carriere
Le Soleil de nouveau repandoit sa lumiere,
Que les Fils de Pallas avec empressement
Viennent trouver Cephale en son appartement.
Ils parlent du retour, mais aucun d'eux n'ignore
Qu'il faut le differer puisqu'Eurus souffle encore.

Sa bruyante fureur qui soûleve les eaux
Jusque dans le Port mesme agite les vaisseaux;
La mer leur est fermée, & dans cet intervale
Les Princes chez le Roy sont conduits par Cephale,
Ils entrent au Palais, où le jeune Phocus
Les reçoit, attendant le reveil d'Eacus.
Il leur rend ce devoir au defaut de ses Freres
Qu'un soin qui les regarde, ailleurs rend necessaires
Et qui sont occupez à faire preparer
Les Troupes que le Roy leur a fait esperer.
Phocus, de qui pour eux le zéle en tout s'explique,
Les mene dans un lieu superbe, magnifique,
Où les ayant fait seoir, aprés quelque discours
Sur ce qui les engage à vouloir du secours,
Il est surpris de voir dans les mains de Cephale
Un Dard dont la beauté luy paroist sans égale.
L'or brille vers la pointe; il l'observe de prés,
Et plus surpris encor; Je hante les forests,
Dit-il, j'en fais ma joye, & rien ne m'embarrasse
De tout ce qui jamais a concerné la chasse,
Mais de moy sur ce Dard je suis mal satisfait.
Envain je croy trouver de quel bois il est fait.
Mon esprit se confond, & ma recherche est vaine.
Je l'avois crû d'abord de Cormier ou de Fresne,

Mais enfin pourroit-il estre de l'un des deux ;
Qu'il ne fust plus jaunastre, ou qu'il n'eust quelques
nœuds ?
De grace, dites-moy ce qu'il faut que j'en pense.
Au moins dois-je avoüer, malgré mon ignorance,
Que de tout ce qu'on aime à voir de curieux
Jamais rien de si beau ne s'offrit à mes yeux.
Clytus qui voit la peine où ce doute l'engage ;
Apprenez de ce Dard le merveilleux usage,
Luy dit-il, & peut-estre aprés l'avoir appris,
Plus que de sa beauté vous en serez surpris.
Il part & vole droit où l'on veut qu'il s'adresse.
Le hazard n'y peut rien, il frappe avec justesse,
Et sans qu'on le rapporte, aussi-tost revolant,
Dans les mains de son Maistre il retourne sanglant.
Phocus, dont à ces mots l'étonnement augmen-
te,
Trouve du Javelot la vertu surprenante,
En applaudit Cephale, & brusle de sçavoir
Quel favorable sort l'a mis en son pouvoir.
Sa curiosité sur l'heure est satisfaite.
Il apprend d'où luy vient cette vertu secrette ;
Cephale l'en instruit, mais quand il luy fait part
Du privilege heureux qu'on admire en ce Dard,

La reſerve qu'il garde en parlant de luy-meſme
Luy fait faire injuſtice à ſon merite extréme,
Et cacher qu'au moment qu'il dut eſtre odieux,
Sa beauté luy valut un don ſi pretieux.
Ce triſte ſouvenir luy fait verſer des larmes,
De ſa chere Procris il revoit tous les charmes,
Et ſon tragique ſort reveillant ſes douleurs,
Qui l'euſt cru que ce Dard m'euſt deu couſter des pleurs,
Dit-il? mais las! combien en dois-je encor répandre,
Si les Dieux, en faveur de l'amour le plus tendre,
Pour faire de mes maux ceſſer le triſte cours,
Ne daignent par pitié mettre fin à mes jours?
C'eſt luy, c'eſt de ce Dard la trop ſeure juſteſſe
Qui m'a ravy l'objet de toute ma tendreſſe;
Et pleuſt au juſte Ciel qu'on ne m'euſt jamais fait
Un preſent dont ma perte eſt le funeſte effet!
Procris vivroit encore, & ſa mort que je pleure
Ne me reduiroit pas à mourir à toute heure.
Si le nom d'Orithie eſt venu juſqu'à vous,
(*Borée en l'enlevant par force en fut l'Epoux*)
Procris eſtoit ſa Sœur, mais quoy que la naiſſance
N'euſt mis de l'une à l'autre aucune difference,

La beauté, le merite en firent naistre assez
Pour tenir peu de vœux entre elles balancez,
Et quand pour triompher d'un trop injuste Pere
Borée enfin jugea la force necessaire,
Il eut de mauvais yeux, & la seule Procris
Peut estre pour sa flame un assez digne prix;
Jugez ce que sur moy sa beauté prit d'empire.
Son Pere à mon espoir daigna d'abord souscrire,
Et quand de nostre hymen il eut choisi le jour,
Son aveu fut suivi de celuy de l'amour.
Possesseur d'un objet à mes yeux tout aimable,
Je tenois ma fortune au trône préferable.
Quoy que voulust Procris, j'en estois satisfait,
On m'estimoit heureux, je l'estois en effet,
Et le serois encor si les Dieux sans envie
Eussent pû voir long-temps le bonheur de ma vie.
Mais j'eus à peine un mois éprouvé les douceurs
Qu'asseure au pur amour l'union de deux cœurs,
Que pour prendre des Cerfs faisant tendre des toiles
Dans le temps que le jour dissipe les étoiles,
Du haut du mont Hymette, en un moment je voy
L'Aurore s'abaisser & descendre vers moy.
J'eus beau, la recevant, me montrer tout de glace.
Malgré moy dans son char il fallut prendre place,

Obéir à la force, & contre mes souhaits,
Incertain du retour, la suivre en son Palais.
Je ne sçay si je puis, sans blesser la Déesse,
Par un doux souvenir rappeller ma tendresse.
L'Aurore toute-belle a des traits accomplis,
C'est un teint parsemé de roses & de lis.
Commençant à regner lors que la nuit expire
Du jour qu'elle previent elle établit l'empire,
Et ce qui rend sur-tout son destin glorieux,
Elle boit le Nectar à la table des Dieux.
Cependant Procris seule avoit toute mon ame.
De la seule Procris je cherissois la flame,
Et sans cesse j'avois, pour en payer l'ardeur,
Et Procris à la bouche, & Procris dans le cœur.
Sans cesse je vantois l'heureuse destinée
Que venoit à mes vœux d'asseurer l'hymenée;
Et demandant Procris avec mille soupirs,
Au seul bien de la voir je bornois mes desirs.
D'un violent depit l'Aurore en fut saisie.
Elle ne prit conseil que de sa jalousie,
Et dés lors resoluë à punir mes froideurs;
Garde pour ta Procris ta joye & tes ardeurs,
Me dit-elle, à ta flame elle sera renduë,
Mais si vers l'avenir je puis tourner la veuë,

De ſes charmes ſur toy quel que ſoit le pouvoir,
Tu ne la reverras que pour ton deſeſpoir.
Indigne de mes ſoins ceſſe enfin de t'en plaindre.
 L'Aurore me renvoye, & je commence à craindre.
Sorti de ſon Palais, confus, triſte, interdit,
Je ſens mon cœur frappé de ce qu'elle m'a dit.
Un mouvement jaloux malgré moy s'en empare.
Belle, jeune, brillante, & d'un merite rare,
Procris avoit de quoy s'aſſervir tous les cœurs.
Les hõmages nouveaux ont toûjours leurs douceurs.
J'oſay me figurer mille Amans auprés d'elle.
Il n'en falloit pas tant pour la rendre infidelle.
A ce honteux ſoupçon foiblement combatu
J'eus beau, pour l'en défendre, oppoſer ſa vertu.
Mon abſence rendant ſon dépit legitime
Sembloit avoir fourni l'occaſion du crime.
D'ailleurs ſans mes refus, punis d'un fier couroux,
L'Aurore en ma faveur euſt trahi ſon Epoux,
Et quand ſur cet exemple une image importune
N'euſt point troublé le cours de ma bonne fortune,
Peut-on de ce qu'on aime admirer les appas,
L'aimer avec excés, & ne s'alarmer pas?
J'écoutay mes chagrins, & mon ame incertaine
Chercha ce qui devoit ne ſervir qu'à ma peine.

Sans rien examiner le dessein en fut pris.
Je crus que les presens ébranleroient Procris,
Et pour voir réussir ce honteux stratagême,
Je n'eus pour mon malheur besoin que de moy-mê-(me;
Tout-à-coup je sentis qu'au gré de mes souhaits
Je changeois de parole, & de taille & de traits.
Ce changement subit dont je soupire encore
Fut sans doute un effet du pouvoir de l'Aurore,
Qui pour vanger sur moy le mépris de ses feux
N'aspiroit à rien tant qu'à me voir malheureux.
Fatal déguisement! qu'il m'a cousté de peines!
Comme Prince Etranger je parois dans Athénes,
Et mes jaloux soupçons, lors que j'entre chez moy,
Se trouvent dementis par tout ce que je voy.
Ce n'est de tous costez que chagrin pour ma perte.
Il semble que sans moy la maison soit deserte,
Tant un morne silence étale tristement
L'ennuy qu'on y reçoit de mon éloignement.
Pourquoy n'en croire pas de si charmans indices?
Je demande Procris, & par mille artifices
Mes importunitez à peine ont le pouvoir
D'obtenir qu'un moment elle se laisse voir.
Il faut vous l'avouër; une honte impreveuë
Me fait rougir ensemble & paslir à sa veuë,
Et

Et tremblant du projet où j'oſois m'obſtiner,
Je fus tenté cent fois de tout abandonner.
Plein d'un feu, qu'à regret j'empêchois de paroiſtre,
Cent fois je me vis preſt à me faire connoiſtre,
Et voulus, luy montrant Cephale de retour,
Par mes embraſſemens meriter ſon amour.
Je le devois ſans doute, & ſans plus m'en défendre
Me livrer aux douceurs d'une flame ſi tendre.
Pr[illegible] n'avoit que trop de quoy toucher mon cœur.
Il eſt vray que ſes yeux eſtoient pleins de langueur,
Et qu'un profond chagrin, dont ma perte eſtoit cauſe,
A ſes premiers attraits déroboit quelque choſe,
Son front me le peignoit; mais dans ce triſte eſtat
Des plus rares Beautez elle effaçoit l'éclat.
Jugez, Prince, jugez du brillant de ſes charmes,
Puis qu'au milieu du trouble, au milieu des alarmes,
Son teint gardoit encor tant de vivacité,
Que la triſteſſe en elle eſtoit une beauté.
   Je ne vous diray point avec quelle colere
Elle receut l'aveu d'un amour temeraire,
Ny combien ſa vertu repouſſa fierement
Ce que pour la ſeduire il eut d'empreſſement.

Combien de fois, helas! l'entendis-je me dire,
Cephale est le seul bien où ma tendresse aspire,
En quelque lieu qu'il soit il a tous mes desirs,
Pour luy seul je me garde, il fait tous mes plaisirs,
Et toûjours toute à luy, malgré sa dure absence,
Je verray, sans rien craindre, attaquer ma constance.
Un autre à cette épreuve eust borné son chagrin;
Mais qui peut resister aux decrets du Destin?
Tant de sagesse eut peu de quoy me satisfaire,
Ce refus me parut un refus ordinaire,
Et je crus ne pouvoir m'asseurer de Procris,
Que mon jaloux soupçon n'eust mis sa gloire à prix.
Les presens peuvent tout; l'astre qui me domine
Me les fait employer à ma propre ruine.
J'offre, presse, & fais tant qu'à force d'augmenter,
Je mets enfin Procris en estat de douter.
Je luy lance un regard où ma fureur s'étale,
Et dépoüillant les traits qui luy cachoient Céphale,
D'un ton qui luy fait voir l'excez de mes ennuis;
Ouvre les yeux, parjure, & connois qui je suis,
M'écriay-je. Le crime en vain à sceu te plaire;
C'est un Epoux qui parle, & non un Adultere,
Et ta lascive ardeur s'expliquant devant moy,
N'avoit point de témoin plus à craindre pour toy.

Procris ne répond rien, mais la honte ſecrette
Où d'un ſi prompt revers le deſeſpoir la jette,
Luy faiſant d'elle-meſme un portrait odieux,
La chaſſe de la Ville ainſi que de mes yeux.
J'ay cauſé lâchement le crime qui la gêne;
Tous les hommes par moy ſont dignes de ſa haine,
Et pour n'en voir aucun, les Montagnes, les Bois
Sont le ſéjour obſcur dont ſon chagrin fait choix.
C'eſt ainſi qu'elle meſme à l'exil ſe condamne.
Là, ſe donnant entiere aux emplois de Diane,
Elle paſſe les jours aux innocens plaiſirs
Que l'ardeur de chaſſer fournit à ſes deſirs.
Quand elle m'eut quitté, quelles furent mes plaintes!
Je ſentis de l'amour redoubler les atteintes,
Et connus que pour peu qu'on aime tendrement
La colere eſt un feu qui s'éteint aiſément.
Je cours chercher Procris, le hazard me la montre;
Elle fuit, & voudroit éviter ma rencontre.
Je l'arreſte, luy parle, & rejette ſur moy
Ce qui l'a deu reduire à me manquer de foy.
Sa faute eſt legitime aprés mon imprudence.
Une trop forte épreuve a tenté ſa conſtance,
Et les mêmes preſens qui l'ont fait chanceler,
M'engageant au parjure, auroient pu m'ébranler.

Ces plausibles couleurs que je donne à son crime
Adoucissent l'aigreur du couroux qui l'anime.
Elle quitte les Bois, & m'oyant detester
Les soupçons que l'amour me força d'écouter,
Le remords que j'en montre est la seule vangeance
Qu'en faveur de sa gloire exige cette offence.
De nos cœurs reünis l'aimable & doux accord
Nous fait joüir long-temps du plus paisible sort,
Et comme si Procris, qui de mes vœux dispose,
Me rendant son amour m'eust rendu peu de chose,
Elle ajouste à ce don pour moy si pretieux
Le Dard dont la beauté vient de frapper vos yeux;
Et pour gage nouveau de sa tendresse extréme,
Je reçois d'elle un Chien plus prompt que le vent mesme;
Il venoit de Diane, & c'estoit l'heureux prix
Des soins qu'à la Déesse avoit rendus Procris.
Peut-estre de ce Chien l'admirable avanture
Pous vous, quoy que fameuse, est demeurée obscure.
Apprenez ce qu'au Ciel il pleut d'en ordonner,
Et vous y trouverez de quoy vous étonner.
Les Naïades par-tout depuis long-temps vantées
En foule chaque jour se voyoient consultées,

Et d'un souffle divin leur esprit agité
Sur le plus sombre Oracle estoit plein de clarté.
Themis, qui répondant sur les choses futures
Ne s'expliquoit jamais qu'en paroles obscures,
Cessa d'estre honorée, & ses Temples deserts
Etalerent sa honte aux yeux de l'Univers.
Un si cruel mépris irritant son courage,
Elle prit le dessein d'en repousser l'outrage,
Et les champs des Thebains tout-à-coup ravagez
Vangerent hautement ses Autels negligez.
Une Beste y parut, qui par elle envoyée
N'y tint que trop long temps sa fureur déployée.
Ainsi les Laboureurs sans cesse inquietez
Pour eux, pour leur bestail trembloient de tous cô-(tez.
Point de lieux assez seurs pour leur servir d'asyle.
Dans cette extremité nous sortons de la Ville,
Et contre cette Beste allons vers les forests
Tendre de toutes parts des toiles & des rets.
Se voyant poursuivie elle bondit, s'élance,
Dans son agilité trouve son asseurance,
Et rencontrant nos rets, n'y voit rien d'assez haut
Que sa legereté ne franchisse d'un saut.
On découple les Chiens, mais qu'en peut-elle crain-(dre?
Ils ont beau redoubler leurs efforts pour l'atteindre,

En vîtesse aucun d'eux ne la peut égaler,
Elle les brave, & sçait moins courir que voler.
Enfin dans l'embarras où sa fuite nous laisse,
Pour en venir à bout c'est à moy qu'on s'adresse,
Et pour rendre plus seur le triomphe entrepris,
Je détache le Chien que m'a donné Procris.
Déja depuis long-temps il souffroit avec peine
L'obstacle injurieux d'une importune chaîne,
Se revoltoit contre elle ; & sembloit fierement
Du signal de la course attendre le moment.
Aussi-tost qu'il se voit affranchi de la lesse,
Il part, & se dérobe avec tant de vîtesse,
Que trompant nos regards à force de courir,
Il nous met hors d'estat de le plus découvrir.
S'il peut estre apperceu ce n'est qu'à la poussiere
Qui marque son passage, & demeure derriere ;
Le trait qui fuit de l'arc par les chemins ouverts,
La pierre que la fronde éleve dans les airs,
Ne sont, dans la poursuite où l'on voit qu'il s'engage,
De sa legereté qu'une imparfaite image.
Au milieu de la Plaine est un tertre élevé.
J'y monte, & sur le haut suis à peine arrivé,
Qu'appercevant mon Chien à dix pas de la Beste,
D'un saut à l'arrester je le voy qui s'appreste,

Mais quand je la crois prise, elle s'échappe, & fuit
Avec plus de vigueur l'ennemi qui la suit.
A son agilité la ruse qu'elle ajoûte,
Pour le mieux decevoir, luy fait changer de route :
Elle prend cent detours & par haut & par bas,
Tourne à droit, saute à gauche, & revient sur ses
pas.
Mon Chien la suit par-tout avec mesme vîtesse.
Elle a beau l'éviter, il la serre, il la presse.
Comme elle il tourne, il saute, il avance, revient:
La touchant de sa langue on diroit qu'il la tient;
Mais toûjours au besoin quelque ruse nouvelle,
Lors qu'il croit la saisir, le laisse éloigné d'elle,
Et preste à succomber à son dernier effort,
Elle échape à ses dents, & c'est de l'air qu'il mord.
Ainsi voyant pour luy la victoire mal seure,
J'ay recours à mon dard pour finir l'avanture;
Et je ne commençois encor qu'à me baisser
Pour me mettre en estat de le pouvoir lancer,
Quand tournant de nouveau mes regards vers la
Plaine,
J'y vois ce qui ne peut estre creu qu'avec peine.
Et la Beste & le Chien en pierre transformez
Y paroissent encore à la course animez.

Il n'eſt, en les voyant, perſonne qui ne croye
Que l'une fuit toûjours, l'autre toûjours aboye,
Tant ils ont conſervé dans ce prompt changement
Tout ce qui peut marquer leur premier mouvement.
Sans doute quelque Dieu, comme enfin il peut eſtre
Qu'un Dieu, preſent alors, ne ſe fit point connoître,
Les ayant veus égaux en adreſſe, en vigueur,
Ne put ſouffrir que l'un fuſt de l'autre vainqueur;
Et pour laiſſer entr'eux cette gloire indeciſe,
De leur metamorphôſe embraſſa l'entrepriſe.

PROCRIS TUÉE PAR CEPHALE.

FABLE XI.

Cy se taist Cephale, & Phocus étonné
Qu'il luy cache quel sort le rend infortuné,
Des malheurs, luy dit-il, où le Ciel vous expose
Il sembloit qu'à ce Dard vous imputiez la cause.

J'ignore encor de quoy vous pouvez l'accuser.
Apprenez ce qu'en vain je voudrois déguiser,
Répond alors Cephale, & pour vous mieux instruire
Des ennuis où le Ciel a voulu me reduire,
Souffrez auparavant que j'étale à vos yeux
De ma felicité le portrait glorieux.
Quoy que de ma disgrace elle soit l'origine,
J'adoucis la rigueur du coup qui m'assassine,
Lors que je me souviens du temps heureux & doux
Où l'aimable Procris m'accepta pour Epoux.
Chaque jour nous trouvoit dans une paix profonde,
Nous fuyions pour nous voir tout le reste du monde,
Point de charmes pour moy que dans son entretien,
Je faisois son bonheur, elle faisoit le mien;
Et comme un doux panchant à tous deux nous fit prendre
Ce que le fort amour eut jamais de plus tendre,
Ma joye établissoit si bien tous ses plaisirs,
Que toûjours mesme ardeur unissoit nos desirs.
Jupiter luy voulant soûmettre sa puissance
Eust en vain par cette offre attaqué sa constance,
Et Venus elle-même avec tous ses appas,
Venant tenter la mienne, auroit perdu ses pas.

Nez pour brûler un jour d'une pareille flame,
Si nous gardions deux corps, nous n'avions plus
qu'une ame.
Chaque cœur l'un pour l'autre avoit esté formé,
Et ne nous aimant pas, nous n'eussions rien aimé.
Bien moins Epoux qu'Amant, tendre, empressé,
fidelle,
Si je pouvois souffrir quelque plaisir sans elle,
La Chasse me l'offroit, j'étois jeune, & toûjours
Les Bois avoient esté mes plus chéres amours.
Si-tost que le Soleil commençoit sa carriere,
Pour signal à sortir je prenois sa lumiere.
Je ne faisois porter ny toiles ny filets,
Ne menois avec moy Chiens, Chevaux ny Valets,
Et seul avec mon Dard qui m'épêchoit de craindre,
J'attaquois sans reserve, & j'étois seur d'atteindre.
Aprés avoir ainsi parcouru nos Forests,
Las enfin de chasser, j'allois prendre le frais,
Me reposer à l'ombre, & sous de verts feüillages
Respirer le doux air qu'enferment les Bocages,
Là, de ce petit vent qui sortant des Valons
Repare des Chasseurs les travaux les plus longs,
Recueillant à loisir la trop charmante haleine,
J'en goustois la fraîcheur, & soulageois ma peine;

Ce vent pour l'adoucir estoit mon seul recours.
Cent fois, je m'en souviens, j'implorois son secours,
Et peut être un Amant auprés d'une Maîtresse
Eust eu peine à prier avec plus de tendresse.
Viens, luy disois-je, viens, passe jusqu'en mon cœur,
Soulage, appaise, éteins ce que j'y sens d'ardeur.
Tu le peux, & sur moy tes faveurs répanduës,
S'il faut m'en souvenir, ne seront point perduës.
Il se peut qu'à ces mots tendrement prononcez
J'en ajoûtois encor d'autres plus empressez.
Tout ce qui me flatoit je cherchois à le dire.
C'estoit l'ordre du Sort, il y falloit souscrire.
Haste-toy, m'écriois-je, & remplis mes desirs.
Tu fais toute ma joye & mes plus doux plaisirs.
Accours, que tardes-tu? Ma langueur te convie
A ne pas refuser de me rendre la vie.
Si les lieux retirez ont des charmes pour moy,
Si j'aime les Forests, je les aime pour toy;
Et me croiray toûjours trop payé de ma peine,
Quand ma bouche aura pu recevoir ton haleine.
Ces mots trop bien oüis & trop bien expliquez
Furent à quelque Nymphe aussi-tost appliquez.
Celuy qui m'écoûta crut que d'une Maistresse
J'avois par mes soûpirs merité la tendresse,

Et que pour mieux cacher mes amoureux ſecrets
Nous ne voulions nous voir qu'à l'ombre des Foreſts.
Soudain ſans réfléchir ſur ce qu'il oſe faire,
Eclairé du faux jour d'un ſoupçon temeraire,
Il va trouver Procris, & me peignant Amant
Par tout ce que j'ay dit prouve mon changement;
Que l'Amour eſt facile à mettre en défiance!
Procris tremble au rapport d'une ſi dure offence,
Et par une ſoudaine & longue paſmoiſon
Marque l'horreur qu'elle a de cette trahiſon.
Revenuë à ſoy-même elle verſe des larmes,
Blame le vain pouvoir de ſes trop foibles charmes,
Et regardant le Ciel, ſe plaint avec tranſport,
Et de mon injuſtice, & de ſon mauvais ſort.
Sur les fauſſes couleurs qui luy peignent mon crime,
Elle cede aux ennuis où ce rapport l'abiſme,
Et n'oſant plus juger de mon cœur par le ſien
Se forme un corps d'une ombre, & craint ce qui n'eſt rien.
On a beau toutefois noircir mon innocence,
Contre un témoin ſuſpect elle prend ma défenſe.
Quoy que d'une Rivale on ait pu luy conter,
Elle a peur de trop croire, & ſe plaiſt à douter.

Avant qu'elle consente à m'oster son estime,
Elle veut que ses yeux soient témoins de mon crime,
Et ne peut se resoudre à soupçonner ma foy,
Qu'elle-mesme n'ait veu ce qu'on luy dit de moy.
Les ombres de la nuit au jour ayant fait place,
Je cherche de nouveau le plaisir de la Chasse,
Je cours, je me fatigue, & sur l'herbe étendu,
Aprés un long travail où je me suis rendu,
M'adressant d'un ton tendre, ainsi qu'à l'ordinaire
A cet aimable Vent dont l'haleine m'est chere,
Viens, luy-dis-je, ma joye & mon plus doux espoir,
Je t'attens, & m'appreste à te bien recevoir.
Tandis que je l'appelle un bruit soudain me frappe.
Il semble que ce soit un soupir qui s'échape.
Je poursuis, & parlant une seconde fois,
Viens, ajoûtay-je, toy pour qui j'aime les Bois,
Ne me fais plus languir. Des branches qui remuent
Causent dans ce moment les malheurs qui me tuent.
Imputant la rencontre au bonheur du hazard,
Je croy là quelque Beste, & j'y lance mon Dard.
Helas! c'estoit Procris, qui ne pouvant plus vivre,
Si j'estois criminel, avoit voulu me suivre.
Je suis morte, dit-elle en approchant sa main
Du trait dont je venois de luy percer le sein.

Je reconnois sa voix, je cours, je m'épouvante,
M'en approche, m'écrie, & la trouve mourante,
Elle estoit toute en sang, & sembloit faire effort
Pour s'arracher le Dard qui terminoit son sort:
Je la prens, la soûleve, & plus mort qu'elle, essaye,
Déchirant ses habits, de luy bander sa playe;
Mais malgré tous les soins que j'y puis apporter,
Son sang coule toûjours, & ne peut s'arrester;
Je l'embrasse, luy parle, & la priant de vivre,
Luy montre à quelle horreur le desespoir me livre
Si les Dieux irritez me font traîner mon sort
Dans l'affreux déplaisir d'avoir causé sa mort.
Déja sans mouvement, & preste à rendre l'ame,
Elle fait un effort en faveur de ma flame,
Et s'adressant à moy pour la derniere fois;
Par nostre hymen, dit-elle, & ses plus saintes loix,
Par tout ce que des Dieux la puissance adorable
Au Ciel comme aux Enfers a de plus redoutable,
Enfin par cet amour, cause de mon trepas,
Qui mesme quand je meurs, ne m'abandonne pas,
Si jamais de mes soins ton ame fut charmée,
Ne vis point pour une autre aprés m'avoir aimée,
Et renonce à l'hymen de celle dont tu viens
Menager en ce Bois les secrets entretiens.

Tu l'appellois encor tout-à-l'heure à ton aide.
Je découvre à ces mots l'erreur qui la possede;
Et la desabusant, luy fais voir que jamais
Autre amour que le sien n'attira mes souhaits.
Mais helas! que sert-il que je me justifie
Quand à peine il luy reste un seul moment de vie?
Pasle, & contre la mort rendant de vains combats
Elle se laisse aller sans force entre mes bras;
Tombe, & tant qu'elle peut regarder quelque chose
Me fait le seul objet qu'à ses yeux elle expose;
Elle les ferme, entr'ouvre, & sur ma bouche enfin
Rend le soupir fatal qui tranche son destin.
Mais au moins on diroit qu'elle meurt plus contente
D'avoir sceu que jamais je n'eus l'ame inconstante.
C'est ainsi que Cephale explique ses malheurs.
Comme il pleure luy-mesme il fait verser des pleurs.
Et l'on ne peut ouïr si funeste avanture
Sans devenir sensible aux peines qu'il endure.
Cependant Eacus, Pelée, & Telamon,
Voulant luy faire honneur, entrent dans le Salon.
C'est là que de nouveau, pour montrer sa puissance,
Le Roy d'un fort secours luy donne l'asseurance.
Les Chefs ont receu l'ordre, & pour le lendemain
Cephale peut tenir l'embarquement certain.

Fin du septiéme Livre. LIV.

LIVRE VIII.

NISUS ET SCYLLA CHANGEZ EN OISEAUX.

FABLE I.

LA nuit passe, & le vent devenu favorable,
Lors que le jour paroist, rend la Mer navigable.
Cephale deferant aux cris des Matelots
Fait soudain lever l'ancre, & s'abandonne aux flots.

Fier d'avoir obtenu les troupes qu'il emmene,
D'une extréme vîtesse il fend l'humide Plaine,
Et cingle avec tant d'heur vers le Port desiré,
Qu'il s'y trouve plûtost qu'il n'avoit esperé.
Tandis qu'à la défense Athénes se prepare,
Minos fait cent dégasts dans les champs de Megare,
Et semble en l'assiegeant essayer ce que Mars
Luy voudra faire ailleurs éprouver de hazards,
Sans s'en inquieter Nisus soûtient le siege.
Il a receu du Ciel un heureux privilege.
Du Trône, où d'un grand Peuple il regle les
voeux,
L'appuy certain se trouve en l'un de ses cheveux,
Dont le rouge éclatant, jusqu'à ce qu'il expire,
Contre toute surprise asseure son Empire.
Déja depuis six mois par des assauts frequents
Minos faisoit valoir l'effort des Attaquans;
Mais quoy que son exemple animast leur coura-
ge,
Nisus à sa valeur disputoit l'avantage,
Et le sort de la guerre, égal pour tous les deux,
Suspendoit la victoire, & demeuroit douteux.
Une Tour s'élevoit sur les murs de Megare,
Murs fameux par l'éclat d'un prodige assez rare.

De la Lyre qu'un jour Apollon y laissa
Le son melodieux dans les pierres passa,
Et c'estoit un sujet de surprise infinie
D'oüir, en les touchant, une douce harmonie.
Scylla qui de Nisus avoit receu le jour
Dés ses plus jeunes ans montoit dans cette Tour,
La faisoit resonner, & lors qu'enfin la guerre
Des troupes de Minos eut couvert cette terre,
Sur cette mesme Tour elle alloit regarder
Les assauts qu'à toute heure il faisoit hazarder.
Ce desir curieux qui l'attiroit sans cesse
Perdit avec le temps cette jeune Princesse.
Rien ne se fit au camp de grand, de glorieux,
Qui ne l'eust pour témoin, & ne frapast ses yeux.
Par là de chaque Chef observant le courage,
Elle les connut tous de nom & de visage;
Mais sur-tout ses regards tomberent sur Minos.
Ce qui flata ses yeux, nuisit à son repos.
Elle n'avoit jamais rien veu de plus aimable;
En tout Minos pour elle estoit incomparable.
Soit que le Casque en teste il fist superbement
Des plumes qui l'ornoient briller l'assortiment;
Soit que d'un Bouclier son bras pour asseurance
Aux traits des Ennemis opposast la défense,

Ce Bouclier , ce Casque , offerts à ses regards ,
Estoient portez d'un air qu'auroit envié Mars.
S'il lançoit quelque Dard , elle en parloit sans cesse,
Exageroit sa force , admiroit son adresse ,
Et s'il tiroit de l'Arc , elle osoit asseurer
Qu'Apollon,quoy que Dieu,n'en eût pu mieux tirer.
Mais quand il luy laissoit le flateur avantage
De voir à découvert les traits de son visage ,
Et que sur un cheval orgueilleux de son poids
De rang en rang sans Casque il dispensoit ses loix,
On la voyoit alors dans un desordre extrême ,
S'oublier , s'égarer , & sortir d'elle-même.
A toute sa raison son amour l'arrachoit.
Elle estimoit heureux ce que Minos touchoit ,
Et suivoit de son feu les transports invincibles
Jusqu'à porter envie aux choses insensibles,
Si d'un reste d'honneur l'interest l'eust permis ,
Elle eust esté se rendre au camp des Ennemis.
Souvent elle voudroit, dans ce grand trouble d'ame,
S'élancer de la Tour vers l'objet de sa flame ,
Et se précipitant , finir le dur ennuy
De cacher à Minos ce qu'elle sent pour luy.
Une aveugle fureur de son esprit s'empare.
Elle luy peut ouvrir les portes de Megare ;

Elle y resve, & roulant mille desseins confus
Osera tout, s'il veut quelque chose de plus.
Un jour que l'ame encor douteuse & chancelante,
Elle songeoit au Prince, & regardoit sa tente ;
Dois-je me réjouïr, ou me plaindre des Dieux
Qui par tant de combats font ravager ces lieux,
Dit-elle ? C'est sans doute une disgrace extrême
D'avoir pour ennemy ce que l'on sent qu'on aime,
Mais si cette infortune altère mon repos,
Sans la guerre, jamais je n'aurois veu Minos.
Cependant il pourroit, me prenant pour ostage,
Consentir à la Paix & m'en faire le gage.
O toy, dont la beauté m'inspire tant d'amour,
Si la fameuse Europe à qui tu dois le jour,
Avoit receu du Ciel ce mesme éclat de charmes
Qui force ma pudeur à te rendre les armes,
Ce fut avec raison que Jupiter Amant
Daigna souffrir pour elle un vil déguisement.
Quel bonheur si l'Amour en me prestant ses aîles
Se rendoit favorable à des feux si fidelles !
Pouvant voler vers toy, j'irois à tous momens
T'expliquer de mon cœur les tendres sentimens.
Je t'apprendrois quel trouble & quelle rude peine
Coûte à mon cœur charmé le panchant qui m'entraî-
ne,

Et te conjurerois de m'apprendre à ton tour
A quel prix tu voudrois m'accorder ton amour.
Il n'est rien, excepté mon Païs & mon Pere,
Que n'immolast ma flame à l'ardeur de te plaire,
Car je n'ay point assez oublié ma raison
Pour vouloir estre à toy par une trahison.
Plûtost que je descende à cette honte extrême,
Perisse mon espoir, mon amour, & moy-mesme;
Quoy qu'aux Vaincus pourtāt la bonté du Vainqueur
Ait fait souvent tenir leur defaite à bonheur.
Du moins lors que Minos contre nous se déclare,
Ce n'est pas sans sujet qu'il en veut à Megare.
Tant qu'Athénes a pris les armes contre luy,
Athénes de Megare a tiré de l'appuy,
Et mon Pere, excusant le meurtre d'Androgée,
Loin d'en punir le crime, est le soûtien d'Egée.
C'est pour vanger ce Fils que Minos fait sur nous
Tomber les prémiers traits de son juste couroux.
A cette vive ardeur c'est en vain qu'on s'oppose.
Les Dieux seconderont l'équité de sa cause,
Son armée est nombreuse, & je ne puis douter
Qu'il n'ait tout le succez dont il s'est pû flater.
Megare tost ou tard le recevra pour Maistre.
C'est un arrest du Sort: & si cela doit estre,

Pourquoy ne vouloir pas qu'il doive à mon amour
Ce qu'aux assauts qu'il tente il devra quelque jour.
Hastons, hastons le temps où doit briller sa gloire ;
Sans languir par un siege avançons sa victoire ;
Sauvons-nous du carnage, & tâchons d'épargner
Le sang où l'Ennemi s'appreste à se baigner.
Par là, Minos, par là je cesseray de craindre
Que le tien repandu rende ma flame à plaindre,
Et que sans te connoistre on lance contre toy
Des traits qui te blessant rejalliroient sur moy,
Car quel fier Ennemi ne perdroit pas l'envie,
Pour peu qu'il te connust, d'attenter à ta vie ?
C'en est fait ; l'entreprise a de quoy me flater ;
Elle asseure tes jours, il faut l'executer.
En me donnant à toy pour terminer la guerre,
Mon amour veut en dot te donner cette terre.
Mais c'est peu qu'il le veuille & se resolve à tout,
Les obstacles sont grands, en viendra-t'il à bout ?
Non, sans doute, & je fais un projet inutile.
On garde nuit & jour les portes de la Ville,
Mon Pere en a les Clefs, c'est luy seul que je crains.
Sa seule vigilance arreste mes desseins.
Le soin qu'il prend de tout souffre peu que j'espere.
Quel supplice ! ah, pourquoy faut-il que j'aye un
Pere ?

Les Dieux ne pouvoient-ils, en me donnant le jour...
Mais ay-je à consulter les Dieux sur mon amour?
Quand d'un hardi projet on a le cœur capable,
Chacun est pour soy-mesme un Dieu trop veritable,
Et la Fortune hait ces lâches malheureux
Que borne leur foiblesse à d'inutiles vœux.
Toute autre, ayant l'amour qui regne dans mon ame,
Auroit déja forcé tout obstacle à sa flame.
Puisqu'on ne peut aimer plus fortement, pourquoy
Souffriray-je qu'une autre ait plus de cœur que moy?
Ah! je n'en ay que trop; j'iray sans que je tremble
Affronter mille dards, & mille feux ensemble.
Quels qu'en soient les perils ils m'étonneront peu.
Il ne s'agit icy ny de fer ny de feu.
Pour m'asseurer le bien que mon amour espere,
Je n'ay besoin d'avoir qu'un cheveu de mon Pere.
Ce poil, à mes desirs plus precieux que l'or,
M'acquiert en mesme temps le plus riche tresor,
Il me fait meriter le cœur de ce que j'aime,
Change tous nos malheurs en un bonheur extrême,
Et nous rendant enfin les douceurs de la Paix,
Met en éclat ma gloire, & comble mes souhaits.

La nuit qui la surprend dans ces folles pensées
Sert à fortifier ses ardeurs insensées.

L'ombre

L'ombre qui s'épaissit, & confond les objets
Redouble la fureur de ses honteux projets.
Son audace s'accroist, & tandis que son Pere
Dans un profond sommeil ne craint rien de con
traire,
S'étant fait dans sa chambre introduire sans bruit.
Elle avance à pas lents où l'amour la conduit,
S'approche de Nisus, & d'une main impie,
Sans voir que c'est vouloir asservir sa Patrie,
Coupe le Poil fatal, en qui seul estoit mis
Ce qui la soûtenoit contre ses Ennemis.
Avec cette dépoüille elle sort de la Ville,
Et son aveugle amour luy peignant tout facile,
Elle ne peut douter qu'un don si pretieux
Ne luy fasse obtenir un succés glorieux.
Dans l'espoir qu'elle en a pleinement affermie
Elle marche au travers de l'armée ennemie.
Minos qu'on avertit se la fait amener.
Il fremit à sa veuë ; elle sans s'étonner ;
L'amour qu'en ta faveur les Dieux m'ont laissé
croire,
Luy dit-elle, par moy t'asseure la Victoire.
Nisus m'a donné l'estre, & je viens en ces lieux
Soûmettre à ton pouvoir ma Patrie & mes Dieux.

Le ſeul prix que j'attens d'un ſi rare ſervice,
C'eſt ton cœur, il m'eſt deu peut-être avec juſtice,
Prens pour gage du mien ce que je viens t'offrir.
Megare ſans ce Poil ne ſe peut conquerir.
Acceptes-en le don, & croy que te le faire
C'eſt plus que te livrer la teſte de mon Pere.
A ces mots prononcez d'un air doux, complaiſant,
Elle avance ſa main, & luy fait ſon préſent.
Minos dont les regards la traitent d'infidelle,
La repouſſe, recule, & plein d'horreur pour elle;
O deteſtable Fille, opprobre de nos jours,
Luy dit-il, fuy de moy. J'abhorre ton ſecours.
Faſſe plûtôt le Ciel qu'avec ignominie
De l'Univers entier tu demeures bannie,
Et que cherchant retraite aprés tes attentats,
La terre ny la mer ne te l'accordent pas.
Quant à moy, ne croy point que jamais je permette
Qu'un monſtre tel que toy vienne ſouiller la Crete,
La Crete où je commande, & qui ſeule autrefois
De Jupiter pour Maiſtre a merité le choix.
Il ne veut ny parler ny l'ouïr davantage,
Et lors que de Megare il a receu l'hommage,
Que ſes loix aux Vaincus ont marqué ſon pouvoir,
Il part, & de Scylla trompe le fol eſpoir.

Si-tôt qu'une ſi triſte & facheuſe nouvelle
La livre au dur remords de ſe voir criminelle,
Et que le déplaiſir d'avoir en vain prié
Luy peint ce qu'à ſa flame elle a ſacrifié,
S'arrachant les cheveux par un tranſport de rage,
Elle ſort de la Ville, & court ſur le rivage.
Là, regardant la flote, & découvrant Minos
Qui donnoit en partant quelque ordre aux Matelots,
La main vers luy tenduë, Arrête, luy dit-elle,
Arrête, & prens pitié de Scylla qui t'appelle,
De Scylla que tu vas par ton éloignement
Rendre l'objet affreux d'un éternel tourment.
Helas! peux-tu me fuir quand l'ardeur de te plaire
M'a fait trahir mon Roy, mon Païs & mon Pere?
Tant de droits violez pour te marquer ma foy,
N'ont-ils rien, Inhumain, qui te parle pour moy?
Mon ſeul crime, il eſt vray, t'a donné la Victoire,
Mais ce crime à tes yeux peut-il ſouiller ma gloire,
Et par ce que tu ſçais qu'il doit m'avoir couſté,
Ingrat, auprés de toy n'ay-je rien merité?
Quand tu veux me laiſſer ſans appuy, ſans défenſe,
Songes-tu qu'en toy ſeul j'ay mis mon eſperance?
Minos, le ſeul Minos peut aſſeurer mes jours;
S'il m'oſe abandonner, où ſera mon recours?

Iray-je dans Megare, où le fer & la flame
Ont laissé de sa prise un souvenir infame,
Et quand elle seroit dans son premier éclat,
Y serois-je receuë aprés mon attentat?
Iray-je vers mon Pere, à qui ma perfidie
Vient de ravir le Trône, & peut-estre la vie?
Ses Sujets que mon crime a soûmis à tes loix,
Pour detester Scylla n'ont point assez de voix,
Et les Peuples voisins, que l'exemple intimide,
Auront, si je me montre, horreur d'une perfide.
Pour voir les Ports de Crete à mon amour ouverts,
Je me suis lâchement fermé tout l'Univers.
Si tu m'oses quitter, si ma plainte inutile
Ne peut dans tes Estats m'obtenir un asyle,
J'auray lieu de penser que tu n'es point le fruit
Qu'Europe de sa couche autrefois a produit,
Et que dans l'Armenie une fiére Tigresse
T'a fait naistre sans foy, sans pitié, sans tendresse.
Non, jamais Jupiter de ta Mere amoureux
En Taureau transformé ne se rendit heureux.
L'erreur seule appuya cette vaine croyance,
Et c'est d'un vray Taureau que tu tiens la naissance.
O Nisus, ô mon Pere, à qui ma lâcheté
Couste avec la Couronne, & gloire, & liberté,

Jouïssez de la peine où je suis condamnée.
Et vous, Murs desolez, Megare infortunée,
Vangez vous d'une Ingrate, & lavez dans mon sang
L'outrage que l'amour m'a fait faire à mon rang.
Il n'est tourment, supplice, horreur, ignominie,
Qui ne me laisse encor trop doucement punie.
Aussi quand l'un de ceux que perd ma trahison
Cherchera par ma mort à s'en faire raison,
Avec quelque rigueur qu'elle soit apprestée,
J'avoüeray hautement que je l'ay meritée;
Mais que Minos, qui n'a triomphé que par moy,
M'impute un attentat qui le fait deux fois Roy,
C'est une lâcheté dont je ne puis me taire.
J'ay perdu mon Païs, j'ay detrôné mon Pere,
Mais, Ingrat, quand toy seul me les as fait trahir,
Est-ce à toy de t'en plaindre, à toy de m'en haïr?
O que Pasiphaé, cette infame adultére
Dont le brutal amour se voulut satisfaire,
Et qui pour un Taureau t'osa manquer de foy,
Estoit digne d'avoir un Mary tel que toy!
Ce Taureau préferé n'a plus rien qui m'étonne.
De tout ce que tu fais ta barbarie ordonne,
Et de tes sentimens l'indigne dureté
Des plus fiers animaux passe la cruauté.

Mais pourquoy m'arrester à des plaintes frivoles
Le vent qui t'aide à fuir emporte mes paroles,
Et dans l'éloignement où déja je te voy,
Mes cris ne peuvent plus arriver jusqu'à toy.
Quel malheur est le mien ! l'Ingrat qui m'abando
Se fait trop remarquer par les ordres qu'il donne
Il veut que l'on se haste, & ses Rameurs pressez
Quoy qu'ils fassent pour luy, ne sçauroient fa
assez.
Tu pers temps, Inhumain, & ta retraite est vaine,
Malgré ce qu'à me fuir tu te donnes de peine,
M'attachant pour te suivre à l'un de tes Vaisseau
Je tiendray mesme route, & braveray les eaux.
A peine elle a parlé, que l'amour qui l'engage
Trouve à rendre sa force égale à son courage,
Et l'anime si-bien à surmonter les flots,
Qu'elle atteint tout-à-coup le Vaisseau de Minos
Son Pere, à qui les Dieux, plaignant son avant
re,
D'un genre d'Epervier ont donné la figure,
Ne la voit pas si-tost attachée au Vaisseau,
Qu'il se montre pour elle un ennemi nouveau.
Il fond du haut de l'air, & déja l'on peut dire,
Tant il a le vol prompt, que son bec la déchire.

La ſoudaine frayeur qui la fait ſuccomber,
L'oblige, en quittant priſe, à ſe laiſſer tomber.
Preſte à toucher les flots elle ſent qu'elle vole.
Par-là de ſes malheurs le Deſtin la conſole,
Et dans l'eſtre d'Oiſeau qu'en tombant elle a pris,
Du Poil coupé par elle, on la nomme Ciris.

LE MINOTAURE.

FABLE II.

INOS pourſuit ſa route, & cingle vers Athenes.
Sa priſe ſeule a droit de ſoulager ſes peines,
Et chez ce Peuple ingrat Androgée égorgé,
S'il ne s'en rend Vainqueur, n'eſt point aſſez vangé.
Comme ſa cauſe eſt juſte, il trouve tout facile.
Dés le premier aſſaut il fait trembler la Ville;

Et quoy que dans Thesée elle ait un fort appuy,
En vain pour sa défense elle attend tout de luy.
Les Dieux, qui de Minos soûtiennent l'entreprise,
Faisant sauter ses murs facilitent sa prise,
Et d'un entier ravage on ne peut l'exempter
Que par le dur tribut qu'on luy fait accepter.
Il faut, tous les neuf ans, qu'aux plus nobles Familles
Il en couste par sort sept Garçons & sept Filles,
Qui rendant de Minos les malheurs reparez,
Offerts au Minotaure en seront devorez.
Ce Monstre, Homme & Taureau, fut le fruit detestable
Du plus honteux amour dont un cœur soit capable,
Aussi Pasiphaé ne s'en laissa presser
Que par un ascendant qu'elle ne put forcer.
Vn Taureau qu'on alloit immoler à Neptune,
Par elle reservé, causa son infortune.
Il luy parut d'un poil si blanc, si delié,
Qu'elle ne put souffrir qu'il fust sacrifié.
Du Dieu qui s'en fâcha le couroux fut extrême,
Il voulut s'en vanger, & pour ce Taureau mesme,
Afin de la punir, luy fit naistre une ardeur
Qu'en vain elle essaya de bannir de son cœur.
De ce coupable amour naquit le Minotaure,
Monstre affreux qui s'accrut, & sembloit croistre encore,

Quand des Athéniens Minos victorieux
De son heureux retour fit rendre grace aux Dieux,
Aprés qu'avecque pompe au Temple de Memoire
Cent Taureaux immolez ont fait briller sa gloire,
Et qu'on a pour trophée autour de son Palais
Attaché les Drapeaux des Ennemis défaits,
Il voit avec horreur l'opprobre de sa race
Augmenter chaque jour sa furieuse audace ;
Elle n'a plus de borne, & pour la reprimer,
Confus d'un pareil Monstre, il le veut enfermer.

THESE'E
SAUVE' DU LABYRINTHE.
FABLE III.

EDALE à qui le Ciel ſur tous ceux de ſon âge
Dans l'art de bien baſtir donna tant d'avantage,
D'une vaſte priſon inventant les détours,
Des malheurs qu'il cauſoit rompit le triſte cours.

Mille chemins divers avec tant d'artifice
Coupoient de tous costez ce fameux Edifice,
Que qui pour en sortir croyoit les éviter,
Rentroit dans les sentiers qu'il venoit de quitter.
Ainsi, comme incertain du chemin qu'il doit prendre,
Serpente avec ses eaux le sinueux Méandre.
On diroit, à le voir descendre & retourner,
Qu'au devant de luy-mesme il cherche à les mener.
A peine a-t'il coulé vers la mer qui l'appelle,
Qu'amoureux de sa source il remonte vers elle,
Et rompt en tant de lieux son cours mal asseuré,
Qu'il semble en tournoyant qu'il se soit égaré.
L'ingenieux Dédale eut ce modele en veuë,
Lors que du Labyrinthe embarassant l'issuë
Il fit tant de sentiers, qu'en cessant de bastir
De leurs détours luy-mesme il eut peine à sortir.
C'est-là, qu'au Minotaure on fait servir de proye
Ceux que tous les neuf ans pour tribut on envoye.
Déja le Sort jetté par ses barbares loix
Du sang Athenien l'avoit repeu deux fois;
Il nomme enfin Thesée. *Avec mesme injustice*
Tout Fils du Roy qu'il est, on consent qu'il perisse.

Il part, arrive en Crete, où jettant l'œil sur luy
Ariane est portée à luy servir d'appuy.
Elle plaint sa disgrace, & comme un cœur sans peine
Souffre que la pitié jusqu'à l'amour le mene,
Le sien sent pour Thesée une si forte ardeur,
Qu'à luy sauver la vie elle met son bonheur.
Par le moyen d'un Fil qu'il prend d'elle pour guide,
C'est son courage seul qui de son sort décide.
Il entre au Labyrinthe, où malgré ses détours
Il ne voit que le Monstre à craindre pour ses jours.
Il l'attaque, il le perce, & rend par sa défaite
Son Païs affranchy de tribut vers la Crete.

LA COURONNE D'ARIANE CHANGÉE EN ASTRE.

FABLE IV.

Prés cette victoire il fuit, & sur les flots
Derobe la Princesse au couroux de Minos.
Mais quel indigne prix pour ce qu'elle ose faire !
Elle quitte pour luy son Païs & son Pere,

Et quand il doit la vie à ſon heureux ſecours
Il l'abandonne, & ſuit de nouvelles amours.
Naxe eſt le lieu fatal où cet Ingrat la laiſſe.
Elle pleure, ſuccombe à l'ennuy qui la preſſe,
Et dans cette douleur qui ne luy meſſiéd pas,
Bacchus qui l'apperçoit ſe rend à ſes appas.
Il la reçoit pour Femme & ſa tendreſſe eſt telle
Que pour la voir briller d'une gloire immortelle,
Sur ſa Couronne à peine il a jetté les yeux,
Qu'il la prend, & la fait voler juſques aux Cieux.
Les perles tout autour en grand nombre rangées,
Sont, tandis qu'elle monte, en étoiles changées,
Et ſe fixant au Ciel qui toutes les reçoit,
S'y placent en Couronne, entre l'Aſtre qu'on voit
D'un homme agenouillé nous tracer la poſture,
Et l'Aſtre où d'un Serpent ſe trouve la figure.

ICARE
PUNI DE SON IMPRUDENCE.
FABLE V.

Edale cependant ſe conſumant d'ennuy
D'eſtre en Crete arreſté ſi long-tems malgré luy,
Las d'y paſſer ſes jours, cede à l'impatience
D'aller revoir enfin le lieu de ſa naiſſance.

Mais

Mais que sert un dessein si vainement formé ?
Avec son Fils Icare on le tient enfermé.
Minos, ayant connu que par son industrie
La Reine, sans égard à sa gloire flétrie,
s'estoit abandonnée au detestable amour
Par qui le Minotaure avoit receu le jour,
Veut que le Labyrinthe, inventé par luy-mesme,
Serve de chastiment à son audace extrême.
Dédale a beau par-tout étendre ses regards,
Il voit, s'il cherche à fuir, la mer de toutes parts.
Enfin ingenieux plus il trouve d'obstacles;
Mon adresse n'est pas au dessous des miracles,
Dit-il, au jeune Icare, il faut sortir d'icy;
J'en connois les moyens, ne sois plus en soucy.
Que la terre & la mer nous ferment le passage,
La liberté de l'air est un grand avantage :
Il est ouvert pour nous, & Minos qui peut tout,
S'y voulant opposer, n'en viendroit pas à bout.
C'est par là qu'il nous faut braver sa tyrannie.
Il applique aussi-tost son merveilleux genie,
Et surprend la Nature avec des nouveautez
Où l'esprit jusque-là s'étoit veu sans clartez.
Des plumes par degrez forment ce qu'il médite.
Le bout de la plus longue est sous la plus petite,

Et cét arrangement dans toutes obſervé
En fait en peu de temps un ouvrage achevé.
Tant d'adreſſe les joint, qu'en les voyant paroiſtre
On diroit qu'en cét ordre elles auroient pu croiſtre.
Pour faire un jeu de flûte avecque des tuyaux,
C'eſt ainſi qu'autrefois on en prit d'inégaux.
La fermeté manquant aux plumes qu'il aſſemble,
Un fil par le milieu les fait tenir enſemble.
A ſa précaution ce fil ne ſuffit pas.
Avec un peu de cire il attache le bas,
Et les courbe ſi bien qu'enfin il les rend telles
Que ſont ſur les Oiſeaux de veritables aiſles.
Icare auprés de luy, de ce projet flaté,
Pour le voir reüſſir, agit de ſon coſté.
D'un air gay qui répond à ſon humeur badine,
Sans ſçavoir qu'il travaille à ſa propre ruine,
Tantoſt le malheureux s'occupe à ramaſſer
Les plumes que le vent ſe plaiſt à diſperſer.
Tantoſt avec ſes doigts qu'il avance & retire,
Il ſe fait un plaiſir d'amollir de la cire,
Et quelquefois auſſi, n'étant point de concert
A ce que fait ſon Pere, il nuit plus qu'il ne ſert.
Dédale ayant finy ſon merveilleux ouvrage
Eſſaye avec grand ſoin s'il eſt d'un ſeur uſage.

Il balance son corps, qui dans l'air étendu
Par ces aîles soudain s'y montre suspendu.
Ravy de ce succés; Fuions, dit-il, Icare:
Pour nous contre un Tyran l'air enfin se declare;
Mais songe en t'élevant pour sortir de ce lieu,
Qu'il faut que dans ton vol tu tiennes le milieu.
De la terre & de l'eau les vapeurs naturelles
Sçauront, s'il est trop bas, appesantir tes aisles;
Et si tu t'oses trop approcher du Soleil,
La cire s'en fondant, le danger est pareil.
Vole entre l'un & l'autre, & pour regler ta course,
Ne consulte Orion ny le Bouvier ny l'Ourse.
Je m'offre à toy pour guide, & répons de tes jours
Si tu veux t'attacher à me suivre toûjours.

Aprés de tels avis il luy donne des aisles,
Et toûjours exerçant ses bontez paternelles,
Par de legers essais il luy montre comment
Il doit les déployer pour voler seurement.
Mais il ne peut si bien moderer ses alarmes
Qu'en les faisant mouvoir il ne verse des larmes.
Sa main toute tremblante y semble resister,
Et quand en l'embrassant il songe à le quitter,
Malgré luy tout-à-coup dans son ame abatuë
Il sent naistre une horreur qui l'accable & le tuë,

Comme s'il apprenoit d'une secrete voix
Que ce fust l'embrasser pour la derniere fois.
Enfin battant en l'air ses aîles qu'il deploye,
Il fait partir son Fils, & luy marque la voye.
De mesme qu'un Oiseau dont l'exemple enhardit
Ses petits qu'il emmene, à sortir de leur nid,
Dédale l'encourage, & dans la juste crainte
Dont par l'amour de Pere il se sent l'ame atteinte,
Le regardant voler, il le fait souvenir
Des perils qu'il doit craindre, & qu'il peut prevenir.
Des Bergers qui dans l'air contemplent ce prodige,
Cedent à la surprise où leur vol les oblige,
Et ne pouvant douter du rapport de leurs yeux,
Dans ce hardi projet les prennent pour des Dieux.
De Lebinthe déja les Plaines traversées,
Et celles de Calydne à la droite laissées,
Leur faisoient voir à gauche, à costé de Samos,
La noble Isle de Pare, & celle de Delos,
Quand Icare, en volant devenu temeraire,
S'éleve tout-à-coup au dessus de son Pere,
L'abandonne, & poussé d'un desir curieux,
Tâche autant qu'il le peut à s'approcher des Cieux.
Sur luy, qui sent qu'alors ses Plumes se détachent,
Les rayons du Soleil trop vivement s'attachent,

La Cire qui s'y fond cesse de les tenir ;
Elles n'ont plus en l'air de quoy le soûtenir.
Pour se conduire encor dans ces routes nouvelles
En vain il bat des bras comme il battoit des aîles ;
Il tombe, & de son Pere implorant le secours,
Dans la Mer qui l'attend finit ses tristes jours.

Cependant inquiet pour ce cher Temeraire
Ce Pere malheureux qui cesse d'estre Pere,
Se détourne, regarde, & ne le voyant plus,
T'ay-je donné, dit-il, des conseils superflus ?
Mon Fils, mon cher Icare ? Ah, funeste entreprise !
Où te faut-il chercher ? Quelle route as-tu prise ?
Voy ma peine, & répons, cher Icare. A ces mots,
Saisi d'horreur, il voit ses aîles sur les flots.
Il maudit de son art le funeste avantage,
Et découvrant son corps poussé sur le rivage,
Dans l'Isle où ce depost est rejetté par l'eau,
Il luy rend en pleurant les honneurs du tombeau.
Et pour flater l'ennuy qui de son cœur s'empare,
Cette Isle & cette Mer prennent le nom d'Icare.

PERDIX

CHANGÉ EN PERDRIX.

FABLE VI.

TANDIS que pour ſon Fils ſans pompe & ſans témoins

A ce pieux office il applique ſes ſoins,

La Perdrix qui le voit, ſe coulant ſous un Cheſne

Bat des aîles de joye, & jouït de ſa peine,

Son chant le fait connoistre. En ce temps cét Oiseau
Estoit encore unique, & d'un genre nouveau,
Et peut-être jamais n'en eust-on veu l'espece
Si le jaloux Dédale eust eu moins de foiblesse.
Sa Sœur avoit un Fils docile, & qui de tout
Dés l'âge de douze ans pouvoit venir à bout.
Luy voyant une adresse à peu d'autres égale,
Du soin de l'exercer elle charge Dédale,
Sans sçavoir qu'elle mesme elle fournit au Sort
Par où remplir l'arrest qu'il donne de sa mort.
Ce Fils dont chaque jour l'esprit se subtilise,
Toûjours avec succez forme quelque entreprise,
Et l'Areste qu'il voit sur le dos des Poissons,
Pour un heureux travail luy donne des leçons.
Il prend un fer, l'aiguise, & son adresse est telle
Qu'il y fait tout du long des dents sur ce modele,
Et de luy jusqu'à nous c'est par là qu'est venu
L'usage de la Scie aujourd'huy si connu.
Il ne borne pas là ce genie admirable
Qui dans tout ce qu'il fait le rend inimitable.
Deux fers qu'il joint par haut, & qui s'ouvrẽt par bas,
Luy font, pour faire un cercle, inventer le Compas.
Dédale en est jaloux, & voyant qu'à sa honte
Par ses rares talens un Enfant le surmonte,

Il suppose une cheute, & du haut d'une Tour
L'ayant precipité, luy fait perdre le jour.
Minerve de tout temps aux beaux Arts favorable
Jette sur luy du Ciel un regard pitoyable,
Et luy faisant en l'air prendre un estre nouveau,
Le soûtient lors qu'il tombe, & le change en Oiseau.
De cét esprit toûjours plein de clartez nouvelles
La promptitude passe à ses pieds, à ses aisles,
Et le nom de Perdix qu'en naissant il a pris,
Est celuy qu'il conserve en devenant Perdrix.
Mais dans ce changement il garde la memoire
Des mouvemens jaloux que fit naistre sa gloire,
Et comme de sa cheute il ne sçauroit bannir,
Lors qu'il veut fendre l'air, le triste souvenir,
La crainte d'éprouver encor mesme disgrace,
Si de trop s'élever il se permet l'audace,
Luy fait prendre un vol bas, & pour faire son nid
C'est toûjours contre terre un buisson qu'il choisit.

ATALANTE

ATALANTE ET MELEAGRE.

FABLE VII.

E'JA las de voler, l'impatient Dédale
Estoit dans la Sicile allé trouver Cocale,
Et ce Roy preferant le tumulte au repos
Avoit à sa priere armé contre Minos.
Déja par la valeur du fameux Fils d'Egée
Athenes du tribut se trouvoit dégagée,

Et l'encens à l'envy prodigué pour les Dieux
S'étoit pour ce triomphe élevé jusqu'aux Cieux.
Par ces remercimens d'une illustre victoire
Thesée avec éclat voyoit croistre sa gloire.
Chacun vantoit Thesée, & l'appuy de son bras
Faisoit la seureté des plus grands Potentats.
Ainsi pour dissiper le plus fâcheux orage,
Chaque Ville de Grece employant son courage,
Ce fut à luy sur-tout que cherchant du secours
Dans un peril pressant Calidon eut recours.
OEnée en estoit Maistre, & quoy qu'en ces alarmes
Meleagre son Fils eust déja pris les armes,
Tout vaillant qu'il estoit, pour sauver ses Etats
Un si grand défenseur ne luy suffisoit pas.
D'un affreux Sanglier l'impitoyable rage
Faisoit vers Calidon un funeste ravage,
Et Diane en couroux, par cette cruauté
Vangeoit le mépris fait de sa Divinité.
Cette peine estoit deuë à l'imprudent OEnée.
Il voyoit avec joye une fertile année,
Et des biens de la terre abondante en ces lieux
Il avoit fait offrir les premices aux Dieux.
Bacchus, Cerés, Minerve, à son espoir propices,
Dans cette grande feste eurent des sacrifices,

Et l'éncens qui fuma par-tout ſur les Autels
Ne laiſſa ſans offrande aucun des Immortels.
Diane en ce grand jour eſt la ſeule oubliée.
On rend graces, on prie, elle n'eſt point priée;
Et les Dieux n'eſtant pas exempts d'eſtre jaloux,
Son cœur en eſt ſaiſi d'un violent couroux:
On me brave, & je puis le ſouffrir? Non, dit-elle,
Si je ſuis ſans honneurs chez un Peuple infidelle,
Du moins il faut apprendre à qui m'oſe outrager,
Que Diane eſt ſenſible, & prompte à ſe vanger.
Soudain des Sangliers le plus épouvantable
Satisfait en ces lieux ſa haine impitoyable,
Les Taureaux les plus grands que l'Epire produit
N'ont rien de comparable à l'horreur qui le ſuit.
Chacun ſent à le voir une frayeur mortelle.
Un feu meſlé de ſang dans ſes yeux étincelle,
Sa hure eſt heriſſée, & vous croiriez ſon dos
Par ſon poil qui ſe dreſſe armé de javelots.
Pour forcer ce rempart l'attaque eſt dangereuſe.
Il s'avance couvert d'une écume baveuſe,
Qui du haut juſqu'au bas dans ſon poil ſe meſlant
Coule ſur chaque épaule, & bouillonne en coulant.
Les dents d'un Elephant, moindres que ſes Défenſes,
Auprés d'elles, de dents n'ont que les apparences,

Et le bruyant éclat que ſon goſier produit,
Reſſemblant au tonnerre, en imite le bruit.
Il gaſte, détruit tout; par ſa brûlante haleine
Les herbes & les fleurs periſſent dans la Plaine.
Tantoſt dans ſa fureur cherchant à renverſer,
Il foule aux pieds le bled qui ne fait que pouſſer.
Tantoſt traînant par-tout une affreuſe tempeſte,
Il ravage celuy dont la moiſſon eſt preſte,
Et faiſant fuir d'effroy les triſtes Laboureurs,
Confond leur eſperance, & les reduit aux pleurs.
C'eſt en vain qu'avec ſoin leurs granges reparées
Pour une ample recolte ont eſté preparées,
Ils touchent preſque au jour ſi long-temps attendu,
Et dans ce meſme jour tout pour eux eſt perdu.
Avec meſme degaſt les Vignes deſolées
Montrent leurs ſeps coupez, & leurs grapes foulées.
Par-tout les Oliviers ſont par luy renverſez,
Il en briſe le fruit, mais ce n'eſt point aſſez.
Sur le bétail tremblant il étend ſa furie,
Egorge les Moutons juſqu'en leur bergerie.
Il n'eſt Chien ſi hardi, Taureau ſi furieux,
Qui ſoûtienne le feu qu'il lance de ſes yeux.
Les Peuples dont le cœur ſuccombe à tant de pertes,
Laiſſent de tous coſtez les campagnes deſertes,

Et les murs les plus forts, dans cette extremité,
Semblent les pouvoir mettre à peine en ſeureté.
Le mal croiſt, eſt preſſant, & tout ce que la Grece
Dans ſes divers Etats a d'illuſtre Jeuneſſe,
D'un fort deſir de gloire écoutant la chaleur,
Croit avoir un beau champ de montrer ſa valeur.
Ainſi Caſtor, Pollux, Phenix, Jaſon, Leucippe,
Pirithoüs, Theſée, & Toxée & Plexippe,
Idas, le fier Acaſte, au peril de leurs jours,
Offrent à Meleagre un genereux ſecours.
Ils ſont bien-toſt ſuivis d'Hippothoüs, d'Hylée,
Du Pere de Patrocle, & du hardi Phylée.
Les Fils d'Hippocoon & le bouillant Dryas
Cherchent comme eux la gloire, & marchent ſur leurs pas.
Cenée, à qui le Ciel, pour prix de ſa grande ame,
Avoit changé le port & le ſexe de femme,
Se voyant homme alors, vient avec Echion.
On voit accourir Mopſe, Admete, Eurition,
Panopée, Iolas, l'intrepide Lyncée,
Lelex, Laërte, Hippaſe, & le robuſte Ancée;
Neſtor, qui vigoureux plus qu'aucun de ſon temps,
N'eſtoit encore alors qu'en la fleur de ſes ans.

Le vaillant Telamon, & le Pere d'Achille
Suivent Amphiaras, le Mary d'Eriphile,
Qui tout Devin qu'il est, ne sçauroit découvrir
Qu'un jour sa trahison le doit faire perir.
Mais dans cette Assemblée à l'envy florissante,
Ce qui brille le plus, c'est la belle Atalante,
Qui des Bois de Tegée admirable ornement,
Vient voir dans le peril si son cœur se dément.
Sa robe, qu'une boucle attache par derriere,
Luy laisse à bien chasser liberté toute entiere.
Ses cheveux par le haut d'un seul nœud retroussez,
Pour rien craindre du vent ne flotent point assez.
A sa gauche, un peu bas, pend un carquois d'ivoire,
Les traits dont il est plein presagent sa victoire,
Elle tient l'arc tout prest, & tant de majesté
Dans ce noble équipage est jointe à sa beauté,
Qu'en son teint delicat un air masle qui brille
La fait croire un Garçon sous les traits d'une Fille.
Meleagre trop prompt à se laisser charmer,
A peine a pû la voir qu'il commence à l'aimer.
Son malheureux destin à cet amour l'entraîne;
Il se trouble, il soupire, & flaté de sa peine,
Heureux celuy, dit-il, qu'un Objet si charmant,
Aprés cent vœux offerts agréera pour Amant!

La honte qu'il se fait d'avoir les yeux sur elle,
De penser à l'amour quand la gloire l'appelle,
Degageant son esprit d'un desordre si doux,
Luy fait voir le peril qui les assemble tous.
On se rend dans un Bois qui s'éleve en collines,
D'où l'on peut voir de haut les Campagnes voisines.
L'entrée en est unie, & le fer n'a jamais
Fait le moindre dommage à son feuillage épais.
Des toiles qu'on y tend l'enceinte redoutable
Semble estre au Sanglier un piege inévitable.
On découple les Chiens, & sans se ménager
Chacun va sur la voye, & cherche le danger.
Dans le plus creux du Bois se trouve une Vallée,
Où de tous les costez l'eau du Ciel écoulée,
Par differens ruisseaux forme un large marais
Qui couvre un long espace, & ne seche jamais.
C'est d'entre les roseaux & les joncs qui le ceignent
Que sort le Monstre affreux que tant de Peuples craignent.
Par le bruit des Chasseurs de sa bauge arraché
Il se lance au milieu de ceux qui l'ont cherché.
La foudre dans les airs quelque temps retenuë,
Avec moins de furie éclate & fend la nuë.

Tous obstacles par luy sont sans peine forcez.
Il n'est si forts buissons qui n'en soient renversez.
Il rompt, abbat, fracasse, & des grands coups qu'il donne
De l'un à l'autre bout le vaste Bois résonne.
Les Chasseurs qui voudroient l'arrester en ce lieu,
En faisant de hauts cris, luy presentent l'épieu.
Il bondit, franchit tout, & selon qu'à sa fuite
Les Chiens les plus hardis opposent leur poursuite,
Les poussant de travers, il les met hors d'état
De s'exposer long-temps aux perils du combat.
Echion le premier, l'attendant au passage,
Croit par un dard lancé triompher de sa rage,
Mais il saute, & le dard qui doit le traverser,
Va donner contre un arbre au lieu de le percer.
Jason dont le grand cœur cherche la mesme gloire,
En l'abattant peut-estre eust gagné la victoire,
Si le trait qu'il choisit, d'un bras trop fort poussé,
N'eust pas esté plus loin qu'il n'estoit adressé.
O toy, dit Mopse alors, qui toûjours pour te plaire
M'as veu de tes Autels cherir le ministere,
Pour faire que ce dard ne parte pas en vain,
Daigne, grand Apollon, me conduire la main.

Le Dieu dans ce qu'il peut exauce ſa requeſte.
Le trait part, vole juſte, & va frapper la Beſte;
Mais tandis qu'il fend l'air avec rapidité,
Par Diane en ſecret le fer en eſt oſté,
Et quoy qu'il faſſe attendre une large ouverture,
Comme il tombe ſans pointe, il frappe ſans bleſſure.
Le Monſtre ſent le coup, en eſt plus furieux.
On le voit par le feu qu'il jette de ſes yeux,
Il en ſort de ſa gueule, & tel qu'une Machine
Qui du Fort qu'elle bat commence la ruine,
Il s'élance à la droite, & trouvant Pelagon
Le renverſe par terre ainſi qu'Eupalamon.
Il paſſe, on les emporte; en vain fuyant ſa rage
Eneſime ſe croit oſter de ſon paſſage.
Le Monſtre qui connoit qu'il a peur de mourir,
Luy coupant le jarret, l'empeſche de courir.
Neſtor, déja tout preſt à luy ſervir de proye,
N'euſt pas atteint le tems où les Grecs prirent Troye,
Si ſur un Cheſne épais, voyant qu'il s'approchoit,
Il n'euſt pas évité la mort qui le cherchoit.
Contre l'arbre qui met ſa vie en aſſeurance,
Il le voit s'aiguiſer l'une & l'autre Défenſe,
Et s'élancer de là d'un pas précipité
Vers ceux qui de l'attendre ont la temerité.

Comme armé de nouveau par ce qu'il vient de faire
Vous diriez qu'il se sent plus fort qu'à l'ordinaire.
Il écarte la foule, & du haut jusqu'au bas
En passant fend la cuisse au fier Orithias.

Parmi tant de Chasseurs dont la troupe l'assiege
On voit sur des Chevaux aussi blancs que la nege
Les deux Freres jumeaux, Pollux avec Castor,
Qui comme Astres au Ciel n'estoient pas mis encor;
Leurs dards qu'ils lancent juste auroient frappé sans doute,
Mais le Monstre, pour fuir le coup qu'il en redoute,
S'enfonce tout-à-coup dans un endroit épais,
De mesme qu'aux Chevaux inaccessible aux traits.
Telamon qui le suit vers sa sombre retraite,
S'ose promettre en vain l'honneur de sa défaite.
Dans l'ardeur de courir il ne s'apperçoit pas
Que des racines d'arbre arresteront ses pas.
Il met le pied dans l'une, il tombe, & cette cheute
Rompt le noble projet qu'Atalante execute.
La fleche qu'à son arc on luy voit confier
Au dessous de l'oreille atteint le Sanglier.
Son sang trouve à sortir une assez large voye;
Et quoy que de ce coup Atalante ait de joye,

Elle n'égale point le doux ravissement
Que cause à Meleagre un tel évenement.
C'est luy qui le premier s'apperçoit de sa gloire.
C'est luy qui le premier éleve sa victoire,
Et qui montrant le sang que le Monstre a perdu,
Fait sçavoir aux Chasseurs quel bras l'a repandu.
Si pour nous la blesseure est de quelque avantage,
D'une Fille, dit-il, ce grand coup est l'ouvrage.
Ces mots les font rougir, & le secret couroux
Qu'allume dans leurs cœurs un sentiment jaloux,
Ne pouvant consentir que leur gloire s'efface
Par celle qu'Atalante acquiert dans cette Chasse;
Ils s'animent l'un l'autre, & tant de traits lancez
Contre le Sanglier à l'envy sont poussez,
Que quelque adroite main qui les puisse conduire,
Se rencontrant en l'air ils ne luy peuvent nuire.
Le grand nombre les fait l'un par l'autre arrester,
Et détourne le coup qu'ils luy veulent porter.
Alors la hache en main, l'ambitieux Ancée
Qu'aveugle pour sa perte une ardeur insensée,
Faites-moy jour, dit-il, & voyez de combien
L'exploit que l'on nous vante est au dessous du mien.
Quand Diane viendroit défendre à force ouverte
Le Monstre furieux dont j'ay juré la perte,

Malgré Diane mesme on verroit son trepas
Signaler à jamais la force de mon bras.
A ces mots prononcez d'un ton trop plein d'audace,
Voulant qu'un prompt effet remplisse la menace,
Sans prévoir le destin des orgueilleux desseins
Il s'élance, & prenant sa hache des deux mains,
Sur la pointe des pieds fierement & sans crainte,
Il s'élevoit déja pour avoir plus d'atteinte,
Quand le Monstre vers l'aine ayant sceu le percer,
Previent le coup mortel qui l'alloit renverser.
C'est là qu'avec fureur ses Défenses se portent.
On voit avec le sang ses entrailles qui sortent;
La terre en est souillée, & cet objet d'horreur
Imprime aux plus hardis une juste terreur.
Le seul Pirithoüs n'en peut perdre l'envie
D'aller avec l'épieu risquer de prés sa vie;
Mais Thesée, asseuré que c'est vouloir perir,
Le retient au moment qu'il commence à courir.
Où vas-tu, luy dit-il? épargne ce que j'aime,
Et sauve en te sauvant la moitié de moy-mesme.
Quoy que ta gloire exige en ce pressant besoin,
Tu peux sans la blesser combattre icy de loin.
Qu'a fait en s'exposant le temeraire Ancée
Que chercher en aveugle une mort avancée?

Trop d'orgueil l'a perdu ; fuy ce trompeur appas,
L'exemple eſt trop recent pour n'en profiter pas.
A peine il a parlé qu'il lance vers la Beſte
La fleche qu'en ſon arc il tenoit toute preſte.
Elle ſiffle, & le Monſtre alloit eſtre percé,
Mais le coup eſt rompu par un arbre avancé.
Jaſon qui court par-tout où le peril ſe trouve,
Dans ce hardi combat tout de nouveau s'éprouve,
Mais le trait qu'en volant détourne le hazard,
Perce à coſté du Monſtre un Chien de part en part.
Le Chien s'en laiſſe abbattre, & le dard qui l'enferre,
Aprés l'avoir percé, s'enfonce dans la terre.
Aprés eux Meleagre ; il lance un premier trait
Qui pour voler trop bas demeure ſans effet ;
Mais il en pouſſe un autre avec tant de juſteſſe
Qu'au flanc du Sanglier il l'attache, & le bleſſe.
Il ſaute, & s'élançant dans un lieu plus couvert
Meſle une jaune écume au nouveau ſang qu'il perd,
On s'écrie, on le ſuit, & tandis qu'il eſſaye
De s'arracher le trait enfoncé dans ſa playe,
Qu'il y fait en tournant d'inutiles efforts,
Meleagre luy met ſon épieu dans le corps.
Ce coup l'acheve, il tombe, & cette horrible maſſe
Sur la terre étenduë en couvre un large eſpace.

Toute la Troupe accourt, enferme le Vainqueur,
Et luy baiſant la main, éleve ſon grand cœur.
On regarde le Monſtre aprés ce juſte hommage,
Et quoy qu'avec la vie il ait perdu ſa rage,
Si le coup qui l'abbat permet d'en approcher,
On trouve du peril encore à le toucher.
Chacun luy fait pourtant de nouvelles bleſſeures,
Le perce à droit, à gauche, & dans ces ouvertures
Tous, pour les élargir, plongeant épieux & dards.
Du ſang qui les a teints repaiſſent leurs regards.
Cependant le Vainqueur met le pied ſur ſa teſte,
Et regardant l'Objet dont il eſt la conqueſte,
O vous, dont l'heureux dard, dit-il, a commencé
La défaite du Monſtre à nos pieds terraſſé,
Venez, belle Atalante, & dans cette victoire,
Ayant part au peril, prenez part à la gloire.
De l'affreux Sanglier il ordonne à ces mots
Qu'on arrache la peau qui luy couvre le dos.
De ſon poil heriſſé la dépouille ſanglante
Eſt un preſent qu'il fait à l'aimable Atalante.
Sa hure qu'il y joint eſt armée en dehors
De ces dents dont l'atteinte a cauſé tant de morts.
La Princeſſe qu'au vif un tel honneur chatouille
Reçoit avec plaiſir cette noble dépouille,

Et l'on voit, si son cœur de ce don est épris,
Que la main qui le fait en augmente le prix.
Mais ce qui tient son ame & contente & ravie,
Par un contraire effet cause ailleurs de l'envie ;
Et dans toute la Troupe, où regne un vil couroux,
Il s'éleve contre elle un murmure jaloux.
Plus qu'aucun des Chasseurs indignez du partage
Les deux Fils de Thestie y trouvent de l'outrage,
Et tous deux au chagrin se laissant emporter ;
C'en est trop, disent-ils, cessez de vous flater
Quelques pretentions où la beauté vous porte,
En vain on veut sur nous qu'une Femme l'emporte,
Et que nous partagions l'aveuglement honteux
Qui vous transmet nos droits & nous les rend douteux.
Quittez cette dépouille, ou de nostre vangeance
Craignez tout pour l'Auteur d'un don qui nous offense.
A ces mots, sans que rien les en puisse empescher,
Des mains de la Princesse ils courent l'arracher,
Et bravant le Vainqueur, luy dérobent la gloire
De pouvoir disposer du prix de la victoire.
D'un procedé si bas le vif ressentiment
Engage Meleagre à se montrer Amant.

Honteux de cette injure un ſeul moment ſoufferte,
Il leur lance un regard qui preſage leur perte,
Et d'un ton de fureur qu'ils n'ont point attendu ;
Raviſſeurs d'un honneur qui ne vous eſt pas deu,
Leur dit-il, à quoy bon pouſſer ſi loin l'audace ?
L'effet ne répond pas toûjours à la menace,
Et vous allez ſçavoir, puiſque vous l'ignorez,
Quel eſt le precipice où tous deux vous courez.
Alors contre Plexippe il tourne ſon épée.
Son ſang coule à grands flots, la terre en eſt trempée.
A peine en chancelant il a fait quelques pas ;
Qu'il tombe & meurt d'un coup qu'il ne prevoyoit pas.
Toxée épouvanté d'une peine ſi prompte,
S'il ne vange ſa mort ſe croit couvert de honte ;
Mais quand dans ce deſſein ſon honneur le ſoûtient,
D'un châtiment pareil la crainte le retient.
Dans ce triſte embarras il ne demeure guere.
Si-toſt que Meleagre a veu tomber ſon Frere,
Avec ce meſme fer qui fume de ſon ſang,
Dans ſon tranſport aveugle il luy perce le flanc.
Au Temple cependant la triomphante Althée,
A qui du Monſtre mort la nouvelle eſt portée,

D'un

D'un ſuccez pour ſon Fils, ſi grand, ſi glorieux,
Alloit pompeuſement rendre graces aux Dieux,
Quand on vient l'avertir que les Deſtins contraires
Luy donnent à pleurer la perte de ſes Freres.
Elle tourne les yeux, & voit deux corps ſanglans
Qu'au milieu d'un grand Peuple on rapporte à pas lents.
Ce ſpectacle l'effraye, & l'arrache à la joye.
Aux ſoupirs qu'il exige elle ſe livre en proye,
En lugubres habits change ſes ornemens,
Et fait tout retentir de ſes gemiſſemens.
Mais lors qu'en redoublant ce qui déja l'accable,
On luy dit que ſon Fils de leur mort eſt coupable,
Stupide en ſa douleur, immobile, & ſans pleurs,
Elle ne ſent plus rien à force de malheurs;
Et ſi de ſa raiſon quelque uſage luy reſte,
Tout ce qu'elle reſout eſt affreux, eſt funeſte.
Ses deux Freres ſont morts, & c'eſt trop negliger,
Quand il leur faut du ſang, le ſoin de les vanger.
Un Tiſon qu'elle garde a de quoy ſatisfaire
Ce que de Meleagre ordonne ſa colere.
Quand elle mit au jour ce Fils infortuné,
A ce fatal Tiſon ſon ſort fut enchaîné.

Les Parques, de ses jours voulant ourdir la trame,
Lors qu'elles commençoient, le mirent dans la flame,
Et firent par ces mots pour sa vie ou sa mort
Entendre quel arrest avoit donné le Sort.
Apprens de nous, ô toy qui ne fais que de naistre
Le secret de ta vie, & ce qu'elle doit estre.
Par ce Tison en feu son cours se bornera,
Et tu n'en jouïras qu'autant qu'il durera.
Les Parques s'éloignant, l'impatiente Althée
Qu'une telle menace avoit épouvantée,
Ayant tiré du feu ce Tison embrasé,
De ce qu'elle craignoit vit le remede aisé.
Elle éteignit la flame, & conservant ce gage
Où les Dieux attachoient un si grand avantage,
Jusqu'à ce triste jour elle avoit conservé
Ce Fils, par elle-mesme à perir reservé.
Le temps en est venu; la fureur qui l'anime
Luy peint de ce Tison la garde illegitime.
Le sang à sa vangeance a donné son aveu.
C'en est fait, par son ordre on allume un grand feu.
A ce fatal objet, que de trouble en son ame!
Elle offre par trois fois ce Tison à la flame,
Et sa main par trois fois preste à l'abandonner,
Se refuse au forfait qu'on luy veut ordonner.

Elle oppose les noms & de Fils & de Frere.
Dans son cœur étonné la Sœur combat la Mere,
Et ces deux qualitez y mettent tour-à-tour
Tout ce qu'ont de sensible & la haine & l'amour.
Ce qu'à défendre, aimer, la Nature l'exhorte,
Cette mesme Nature à le haïr la porte,
Et dans ces sentimens ne sçachant que vouloir
Elle écoute, veut suivre, & craint son desespoir.
Tantost examinant ce qu'elle va commettre,
Elle tremble d'horreur de se l'oser permettre.
Tantost de sa douleur le transport furieux
Etoufant sa tendresse, éclate dans ses yeux.
On diroit quelquefois que sa secrete rage
Laisse un arrest funeste écrit sur son visage,
Et presque au mesme instant ce visage adouci
Pour l'interest d'un Fils explique son souci.
Une tendre pitié luy fait rendre les armes,
Et dés que la colere a pû secher ses larmes,
Pour déplorer l'excés de ses tristes malheurs,
Tout de nouveau sensible, elle trouve des pleurs.
Un Vaisseau que le vent contre la mer balance,
Souffre dans ce combat la mesme violence.
Entraîné des deux parts, toûjours prest à ceder,
Il va, tourne, & ne sçait quelle route garder.

C'est ainsi qu'en ses vœux sans cesse confonduë
Entre deux passions Althée est suspenduë.
Elle veut, ne veut pas, craint, resiste, se rend,
S'arrache à la colere, & soudain la reprend.

Aprés de longs combats, la grandeur de l'offence,
Quoy qu'oppose le sang, la force à la vangeance.
Pleine d'un fier transport, & moins Mere que Sœur,
Elle cherche à bannir la pitié de son cœur.
D'un detestable arrest les rigueurs luy sont cheres,
Et pour rendre justice aux Manes de ses Freres,
Injuste envers son Fils, elle fait vanité
De n'avoir nulle horreur de son impieté.
Furieuse, & pressant d'horribles funerailles,
Il est temps que ce feu devore mes entrailles,
Dit-elle, & regardant le Tison à la main
Le secours que la flame asseure à son dessein,
Devant ce triste Autel où sa fureur extréme
Est preste d'immoler une part d'elle-mesme,
Arbitres des tourmens, noires Divinitez,
Qui vous plaisez au meurtre, au sang, aux cruautez,
Poursuit-elle, voyez par quel dur sacrifice
Je me rens aujourd'huy vostre faveur propice.
Pour vanger un forfait lâche, bas, inhumain,
D'un autre plus affreux je vais souiller ma main.

Je vais, pour expier une mort trop funeste,
Satisfaire mon sang par le sang qui me reste,
Joindre le crime au crime, & de nouveaux malheurs
A celuy qui déja m'a cousté tant de pleurs.
Je le dois, & c'est trop craindre pour une vie.
Livrons à son destin une Maison impie.
Qu'elle perisse entiere, & qu'infame à jamais
Elle tombe avec moy sous l'amas des forfaits.
Quoy, d'un Fils conservé l'éclatante victoire
Mettra l'heureux OEnée au comble de la gloire?
Il jouïra des biens par ce triomphe acquis,
Et mon Pere Thestie aura pleuré ses Fils?
Non, non, l'affliction leur doit estre commune.
Tous deux doivent gemir de la mesme infortune,
Et quand l'un pour deux Fils a de quoy soupirer,
Il est juste que l'autre en ait un à pleurer.
O vous, qui descendez encor dans les lieux sombres,
Mes Freres tout-à-l'heure, & maintenant des Ombres,
De ces derniers devoirs que ma douleur vous rend
Gardez vous de tenir le zele indifferent.
Il me couste assez cher; c'est mon sang, c'est ma vie,
Quand j'immole mon Fils, que je vous sacrifie.
De ma raison seduite où va l'aveugle erreur?
Que fais-tu, malheureuse, & quelle est ta fureur?

Soûmettre la Nature aux loix les plus ſeveres !
La rendre impitoyable ! Ah, pardonnez, mes Freres,
Si s'agiſſant d'un Fils, de luy percer le ſein,
Une Mere pour vous ne trouve point de main.
Il merite la mort que vous avez ſoufferte,
Je l'avouë avec vous, & conſens à ſa perte,
Je la verray ſans crainte, & ſans le ſecourir,
Mais ce n'eſt point par moy que mon Fils doit mourir.
Donc, parce que mon bras à le punir timide
A peine à ſe preſter pour un noir parricide,
Fier de vous avoir mis l'un & l'autre au tombeau,
Il oſera s'en faire un triomphe nouveau ?
Il vivra toûjours plein de l'orgueil qui l'anime,
Et quand vous ne ſerez que cendre par ſon crime,
Dans ce Trône placé dont il a ſeul les droits,
Il verra Calydon obeïr à ſes loix ?
Non, vous ſerez vangez, ſa mort eſt neceſſaire.
Qu'elle entraîne & le Trône & l'eſpoir de ſon Pere,
Qu'avec luy tout ſe perde, & que de ſon trepas
L'arreſt ſerve d'exemple à tous les Scelerats.
Mais helas, quels ſouhaits, & que pretens-je faire ?
Parce qu'il eſt coupable, en ſuis-je moins ſa Mere,

Et l'ay-je moins porté dans ce malheureux flanc
Où se renferme encor la source de son sang?
Ah, que n'ay-je, au moment de sa triste naissance,
Laissé d'un feu fatal agir la violence?
Tu vis depuis ce temps par moy, par mon secours,
Et par ton crime seul tu vas finir tes jours.
Reçoy le juste prix d'un attentat infame.
En te mettant au monde, & tirant de la flame
Ce Tison qu'a pour toy conservé mon amour,
Deux fois, tu le connois, je t'ay donné le jour.
Rens-le moy, Fils ingrat, ou finis mes miseres;
Il manque à ton forfait que je suive mes Freres.
Dieux, seray-je toûjours incertaine en mes vœux?
Cherchant à me vanger je puis ce que je veux,
Et quelque ardent transport où mon cœur s'abandonne,
Je n'ose executer ce que ma haine ordonne.
De mes Freres sanglans le spectacle odieux
A beau, pour m'irriter, estre offert à mes yeux.
Malgré moy la Nature & le doux nom de Mere
Suspendent ma vangeance, ébranlent ma colere.
Vous l'emportez enfin, mes Freres, je le sens.
Et bien, puisqu'il le faut, triomphez, j'y consens,

Je vous immole un Fils ; la victoire sans doute
Devroit m'estre odieuse, au prix qu'elle me coûte,
Mais les plus durs efforts me paroissent aisez
Si vos Manes par là peuvent estre appaisez,
Et pourveu que ma mort bien-tost nous réunisse
Je veux bien me cacher l'horreur du sacrifice.

A ces mots détournée, & n'osant regarder
Ce que contre elle-mesme elle ose hazarder ;
D'une tremblante main, le desespoir dans l'ame,
Elle laisse tomber le Tison dans la flame.
Il gemit, ou du moins il semble en ce moment
Qu'un petit bruit qu'il fait tient du gemissement.
Au milieu de ce feu qui prend ce qu'on luy donne,
Vous diriez qu'à regret la flame l'environne,
Et qu'à le consumer s'appliquant lentement,
Au crime par contrainte elle sert d'instrument.
Brûlé du mesme feu Meleagre l'ignore.
Son invisible ardeur l'attaque, le devore,
Et tout absent qu'il est, à ce fatal brasier
Son rigoureux destin le livre tout entier.
Ce qu'il souffre l'étonne, & par tout ce qu'il pense
Ne pouvant de son mal avoir la connoissance,
Du moins par son courage il tâche à surmonter
La force des douleurs qu'il ne peut arrester.

Il voit

Il voit sa mort certaine, & cette mort le fâche.
Mourant sans Ennemis il croit mourir en lâche;
Il s'en fait une honte, & pour s'en consoler
Il voudroit du tumulte, & voir du sang couler.
Le chagrin que luy donne une telle pensée,
Luy fait porter envie au triste sort d'Ancée.
Renversé par le Monstre il auroit moins d'ennuy,
Si le Ciel eust permis qu'il fust mort comme luy.
Il demande son Pere, & sa douleur extrême
Appelle Freres, Sœurs, jusqu'à sa Mere mesme,
Cette Mere barbare, à qui sa cruauté,
Quand elle immole un Fils, tient lieu de pieté.
Mais le nom qui luy plaist, & que sa voix tremblante
Fait ouïr le dernier, c'est le nom d'Atalante.
Il l'aime, & rien pour luy n'auroit esté plus doux,
S'il eust pû vivre encor, que d'estre son Epoux.
Helas! que vainement il implore leur aide!
Le feu trop violent rend son mal sans remede.
Plus le Tison en est vivement enflamé,
Plus s'accroist la douleur dont il est consumé.
Ce feu la rend extréme autant qu'il continuë;
Si sa force languit, sa douleur diminuë,
Et la fin de ses jours suit celle du Tison
Dés qu'une cendre blanche a couvert le charbon.

Quels regrets cette mort de tous costez fait naistre!
Quel deüil pour Calydon qui l'esperoit pour Maître!
Toute la Ville en pleurs, & le Peuple & la Cour
Partagent le malheur qui l'a privé du jour.
Son vieux Pere courbé sous le dur poids de l'âge,
Sur la terre étendu, se meurtrit le visage,
Le souille de poussiere, & se plaint que les Dieux
Prolongent trop des jours qui luy sont odieux.
C'est alors, mais trop tard, que l'inhumaine Althée,
Se reprochant son crime, en est épouvantée.
Elle tire un poignard, & s'en perçant le sein
S'affranchit du remords, & perit par sa main.
Mais si chacun en deüil pleure un Prince qu'il aime,
Ses Sœurs laissent paroistre une douleur extréme;
Et quand j'aurois cent voix, quand exprés Apollon
Pour venir m'inspirer quitteroit l'Helicon,
J'aurois peine à décrire en un malheur semblable
Ce que leur fait sentir l'ennuy qui les accable.
Chacune en le pleurant pousse des cris affreux,
Se frape la poitrine, arrache ses cheveux,
Se jette sur son corps, le touche, presse, embrasse,
Y demeure attachée, & le sentant de glace,
Comme si de la mort on pouvoit triompher,
Par mille ardens baisers cherche à le réchauffer.

Posé sur le bucher, il reçoit de leur zele
De ces mesmes devoirs l'empressement fidelle,
Et quand, horsmis la cendre, il n'en reste plus rien,
Baiser encor sa cendre est leur unique bien.
Pour honorer son nom, en sauver la memoire,
On luy dresse un tombeau qui consacre sa gloire,
Et qui donnant au marbre une éternelle voix,
Doit à tout l'avenir transmettre ses exploits.
Jour & nuit sans repos ces Filles affligées
Autour de ce tombeau piteusement rangées,
N'ayant plus rien de luy qui flate leurs douleurs,
Baisent au moins son nom, & l'arrosent de pleurs.
La vangeance suffit, & Diane en est lasse.
Elle a du vieil OEnée assez puni la race,
Et Meleagre mort, l'honneur de sa Maison,
Elle change ses Sœurs en Oiseaux de son nom;
Dejanire & Gorgé sont les seules qu'exempte
De ce nouveau destin sa haine chancelante.
Les autres, au milieu de leurs pieux transports,
De plumes tout autour sentent couvrir leur corps.
Elles veulent parler; plus de bouche pour elles;
Un bec en tient la place, & déployant les aîles
Qui de leurs bras perdus doivent les consoler,
Chacune en l'air s'éleve, & commence à voler.

PERIMELE
CHANGÉE EN ISLE.
FABLE VIII.

EPENDANT quand du Monstre étendu sur la place
La mort si desirée eut terminé la chasse,
Voulant chercher ailleurs où signaler son bras,
Vers Athénes Thesée avoit tourné ses pas.

Le Fleuve Acheloüs, dont par la pluye enflées
Les eaux ne devoient pas si tost estre écoulées,
L'arreste avec sa suite, & craignant le danger
Où ses desirs trop prompts le peuvent engager,
Acceptez, luy dit-il, mon Palais pour retraite.
La fureur de mes eaux pour vos jours m'inquiete,
Ne vous exposez point à leur rapidité.
Il n'est rien de si fort qui n'en soit emporté.
Tout perit où leur cours cherche à s'ouvrir passage;
Les Arbres, les Rochers, tout cede à leur ravage.
Combien aux environs, dans leurs premiers dégasts,
Ont-elles entraîné d'étables, de haras?
On a beau resister; contre leur violence
La force des Taureaux demeure sans puissance,
Et de leurs flots roulans, prompts à tout enlever,
Les plus vistes Chevaux ne se peuvent sauver.
Ce torrent, dont les eaux de ces monts descenduës
Ont grossi depuis peu par les neges fonduës,
A souvent englouti ceux qui pour le passer,
Forts de leurs jeunes ans, ont osé se presser.
Demeurez avec moy, tant qu'en leur lit rentrées
De tout ce long espace elles soient retirées,
Et que vous y puissiez, sans en estre arresté,
Trouver pour le passage entiere seureté.

Theſée accepte l'offre, & plein de gratitude
De voir le Dieu pour luy rempli d'inquietude,
J'en croiray vos avis, & dans voſtre Palais
Je veux bien, luy dit-il, ceder à vos ſouhaits.
Acheloüs l'y mene aprés cette réponſe.
Ce Palais eſt baſti de tuf, de pierre-ponce.
De mouſſe tout le bas eſt comme tapiſſé.
Le haut de coquillage eſt par-tout lambriſſé,
Et la diverſité des couleurs qu'il étale
Laiſſe peu voir d'objets dont la beauté l'égale.
Le Soleil avoit fait la moitié de ſon cours,
Lors que le Dieu du Fleuve, aprés quelques diſcours,
Ravi d'avoir un hoſte auſſi conſiderable,
Ordonne que l'on ſerve, & le fait mettre à table.
Lelex, dont les cheveux commençoient d'eſtre gris
Avec Pirithoüs eſtoit à peine aſſis,
Qu'il fait placer plus bas ceux d'entr'eux qu'il eſtime
Avoir droit de pretendre à cét honneur ſublime.
Les mets les plus exquis & les plus delicats
Sont en profuſion ſervis dans ce repas.
Six Nymphes que le Dieu commet à cét office,
N'ont ny manque de ſoin ny manque d'exercice.
Afin de prolonger les douceurs du feſtin,
Sans attendre aucun ſigne, elles verſent du vin.

Sans cesse aux conviez les coupes sont portées,
Et quand, le repas fait, les tables sont ostées,
Thesée, à qui d'abord un desir curieux
Sur la mer qu'on découvre a fait jetter les yeux,
Quel est ce lieu, dit-il, & quel nom à cette Isle,
Ou plustost cét espace en Isles si fertile,
Car j'en croy voir plusieurs? Ce n'est point un abus
Que ce que vous croyez, répond Acheloüs.
Cét espace de terre est autre qu'il ne semble.
On croit ne voir qu'une Isle, & ç'en sont cinq ensemble,
Dont le trop de distance empêche qu'aisément
Vous n'en fassiez d'icy l'entier discernement.
Ces Isles, qu'aujourd'huy l'on appelle Echinades
Ont autrefois esté cinq charmantes Naiades,
Et pour ne vous plus voir admirer à quel prix
OEnée a pour Diane expié ses mépris,
Apprenez quel éclat, dans une mesme offense,
Pour reparer ma gloire, a suivy ma vangeance.
Ces Naiades un jour ayant sacrifié,
Seul des Dieux de mon rang je me vis oublié.
Il ne fut ny Silvain, ny Déité champestre,
Qui n'entrât dans leur danse, & qu'on n'y vist paroistre.

L'affront me fut ſenſible, & pour le repouſſer,
Je m'enflay d'autant d'eaux que j'en pus amaſſer.
Tel qu'en me débordant je roule avec furie
Quand j'inonde à grands flots & campagne & prairie,
Tel, & plus fier encor que je ne fus jamais,
J'entraîne les Rochers, j'arrache les Foreſts,
Et courant vers la Mer où mes ondes fougueuſes
Pouſſent rapidement ces Nymphes dédaigneuſes,
J'emporte juſqu'au lieu, qui d'elles habité
Fut témoin de l'oubli qui m'avoit irrité.
La Mer jointe à mes flots pour cette juſte guerre
D'elle-meſme auſſi-toſt diviſe cette terre,
Et fait, pour en garder l'éternel ſouvenir,
Autant d'Iſles que j'eus de Nymphes à punir.
Vous en voyez une autre un peu plus éloignée,
Qu'autant que je l'ay pû mes ſoins ont épargnée.
Son nom eſt Perimele, & jamais en ces lieux
Nymphe n'avoit paru ſi charmante à mes yeux.
Me plaiſant à la voir, & la voyant ſans ceſſe,
J'eus part à ſes faveurs ainſi qu'à ſa tendreſſe.
Hippodamas ſon Pere ayant ſceu nos amours
Reſolut par ſa mort d'en arreſter le cours,
Et par une rigueur qui ſurprit tout le monde,
Du plus haut d'un Rocher la fit tomber dans l'onde.

J'estois sous cette roche, où je luy tens les bras
Au funeste moment qu'on jure son trepas.
Je la tiens sur les flots, & tandis qu'à la nage
Elle tâche à sauver des jours que je ménage,
M'adressant à Neptune, O toy qui de nos eaux
Reçois incessamment des hommages nouveaux,
M'écriay-je, & chez qui terminant nostre course
Nous en puisons assez pour fournir à leur source,
Puissant moteur des Mers, entens ma triste voix,
Et daigne proteger la Nymphe que tu vois.
Son crime n'est pas grand; ma tendresse soufferte
A fait donner l'arrest qui l'expose à sa perte,
Mais si d'Hippodamas le cœur moins endurci
Des droits de la Nature eust pris quelque souci,
Il eust veu d'un autre œil une faute legére
Qu'aux plus sages l'amour mille fois a fait faire;
Il l'auroit moins punie, & le sang contre luy
A sa Fille accusée auroit servi d'appuy.
Par pitié de mes feux sauve une Infortunée
Qu'à mourir dans les eaux son Pere a condamnée,
Fay qu'un lieu de retraite, au milieu de tes flots
Pour soulager ma peine, asseure son repos;
Ou si tu l'aimes mieux, qu'elle mesme devienne
Ce lieu que je demande, & qu'il faut que j'obtienne.

Tout autour d'elle au moins mes eaux prenant leur
cours,
Me donneront moyen de l'embrasser toûjours.
Je me tais, & Neptune accorde ma requeste.
Par le signe éclatant d'un branlement de teste,
Des Mers cette secousse ouvrant tous les canaux
Jusqu'au plus creux abisme en fait mouvoir les eaux.
Ce genre de tempeste accroit la juste crainte
Dont la Nymphe en nageant souffroit déja l'atteinte.
A la vague pourtant elle s'abandonnoit,
Et comme sur les flots ma main la soûtenoit,
Par de prompts battemens, tandis que je la mene,
De son cœur agité je découvre la peine.
Ils cessent tout-à-coup, & ce cœur s'endurcit.
Son corps en mesme temps s'élargit, s'épaissit.
Il est terre, & par là son destin se termine.
Jusqu'au fond de la mer il va prendre racine,
Et celle dont l'amour me fut si precieux,
Changée en un moment, devient Isle à mes yeux.

BAUCIS ET PHILEMON CHANGEZ EN ARBRES.

FABLE IX.

N achevant ces mots Acheloüs soupire.
Ce changement surprend, mais quand chacun l'admire
Pirithoüs s'en moque, & son impieté
Le portant à railler de leur credulité,

D'un ton qui marque assez ses sentimens coupables ;
Non, non, Acheloüs, vous nous contez des fables,
Dit-il, nostre estre à tous nous suit jusqu'au trepas,
Et vous donnez aux Dieux un pouvoir qu'ils n'ont pas ;
Lors que vous pretendez que malgré la Nature
De nos corps à leur choix ils changent la figure.
A ce discours impie on s'étonne, on fremit.
De son aveuglement le vieux Lelex gemit,
Deplore son erreur, & comme à sa prudence
L'âge avoit déja joint beaucoup d'experience,
Il en prend avantage, & d'un air serieux,
N'en doutez point, dit-il, tout est possible aux Dieux.
Leur volonté supréme en tout temps absoluë
Execute aussi-tost qu'elle s'est resoluë.
Maistres de nos destins dont ils donnent l'arrest,
Ils réforment nostre estre en tout ce qu'il leur plaist,
Et pour vous en convaincre, apprenez une histoire
Dont vous ne sçauriez trop conserver la memoire.

Sur un Mont de Phrygie est un Chesne sacré,
Tout proche d'un Tilleul comme luy reveré.
Un mur regne à l'entour. Tous deux tels que nous sommes,
Pendant un fort long âge eurent la forme d'hômes.

Un Etang ſpacieux qu'on découvre à coſté
Tient la place d'un Bourg jadis fort habité.
L'eau qui s'eſt ſur ce lieu tout-à-coup répanduë
Couvre de cette terre une large étenduë,
Où parmi les Plongeons mille Oiſeaux de marais
Ont choiſi leur demeure, & n'en ſortent jamais.
Vers Pelops autrefois envoyé par Pithée,
Je vis tout, & l'hiſtoire alors m'en fut contée.
Pelops de la Phrygie eſtoit maiſtre, & voici
Quels ſont les changemens dont je fus éclairci.
Jupiter & Mercure ayant un jour envie
D'éprouver les Mortels, d'examiner leur vie,
Sous le déguiſement d'un viſage emprunté
Cacherent la ſplendeur de leur Divinité,
Et pour rendre icy bas leur entrepriſe ſeure,
De ſimples Voyageurs prirent l'humble figure.
Ils viennent dans ce Bourg, où s'eſtant preſentez,
Ils demandent retraite, & ſont mal écoutez.
Sur divers embarras les plus riches s'excuſent.
Ils vont en cent maiſons, cent maiſons les refuſent,
Tant que de vieilles gens croyant les ſoulager,
S'ils ne trouvent pas mieux, s'offrent à les loger.
La maiſon eſt petite, & ſi-toſt qu'elle s'ouvre
On y voit tout conforme au chaume qui la couvre;

Mais c'est dans cette pauvre & chétive maison
Que la sage Baucis & l'heureux Philemon
S'estant par l'himenée unis dans leur jeunesse,
Toûjours exempts de trouble ont atteint la vieillesse.
S'ils avoient peu de bien, du moins la pauvreté
Les laissoit pleins de joye & de tranquillité,
Et contens du repos où leur bonheur se fonde
Ils estoient à leur gré les plus contens du monde.
Vivant seuls, tout leur train ne consistoit qu'en eux;
Ils commandoient ensemble, obéissoient tous deux,
Et l'ordre mutuel de mille soins champestres
Les rendoit à la fois leurs Valets & leurs Maistres.
De leur zele les Dieux pleinement satisfaits,
Acceptant le parti, leur souhaitent la paix,
Et tous deux pour entrer ayant baissé la teste
Preferent l'avanture à la plus grande Feste.
Philemon les embrasse, & ravi de les voir,
Si-tost qu'ils sont entrez, les convie à s'asseoir.
Sur leurs sieges, Baucis, avant qu'ils prennent place,
Etend un vieux tapis qu'à terre elle ramasse,
Et du soir precedent visitant les tisons,
En écarte la cendre, & soufle les charbons.
Pour en entretenir les premieres flammeches,
Elle prend de l'écorce & quelques feuilles seches.

Et posant sa marmite où nagent force choux,
Construit un petit feu qui s'allume au dessous.
Dans un coin de jardin qu'avec soin ils cultivent
Naissent, selon le temps, les herbes dont ils vivent.
Un morceau de vieux lard qu'on va prendre au plancher,
S'enfonce dans ces choux, & semble s'y cacher.
Pour faire tout bouillir avec plus de vîtesse,
Se panchant vers le feu, Baucis souffle sans cesse,
Le fait luire, & mettant des branches par morceaux,
S'empresse à luy fournir des alimens nouveaux.

Cependant Philemon sur diverses matieres
Deploye avec les Dieux ses rustiques lumieres,
Et tandis que sa Femme apreste le repas
Tâche à leur donner lieu de ne s'ennuyer pas.
Il joint à l'entretien simple & sans artifice,
De l'hospitalité le plus pieux office.
Ce sont des Voyageurs, & comme il les croit las,
Tirant d'une cheville un plat qui pend en bas,
Afin qu'à leur fatigue il donne un prompt remede,
Dans ce plat fait de hestre il verse de l'eau tiede,
Leur en lave à tous deux les jambes & les pieds,
Les frotte, & les ayant doucement essuyez,

Sur leur unique lit dont il veut qu'ils disposent,
Pour luy faire plaisir il faut qu'ils se reposent.
Le zele affectueux qui suit ce compliment,
Les force l'un & l'autre à s'y mettre un moment.
Ce lit, comme le reste, est sans nulle parure.
Quelques perches de saule en forment la structure.
Des herbes de marais qu'ils font long-temps secher,
Est le plus mol duvet qui serve à les coucher.
Un loudier par honneur sur ce duvet s'applique;
Mais quoy que mal en ordre, & déja fort antique,
Il soit digne du lit dont il est l'ornement,
On ne l'étend dessus qu'aux grands jours seulement.
Du festin qu'on prépare enfin l'heure est venuë;
Et Baucis dont la teste incessamment remuë,
Met la table où les Dieux se sont allez placer,
Et d'une main tremblante essaye à la dresser.
Un pied qu'elle a trop court la rendant chancelante,
Elle y met une tuile, en corrige la pente,
Et de la rendre égale estant venuë à bout,
Elle prend de la Menthe, & l'en frotte par-tout.
Alors pour premier mets, sans davantage attendre,
Elle apporte des œufs qui sont cuits dans la cendre,
Des Cormes qu'assaisonne un jus des plus épais,
Des herbes en salade, & du fromage frais,

Le

Le tout en plats de terre, & faits à leur maniere.
Au bout est mis un pot de la mesme matiere,
Large, d'un creux profond, & qui tout plein de vin
Ne doit pas demeurer inutile au festin.
Les coupes sont de bois, & dignes du breuvage.
C'est du vin qu'a produit une vigne sauvage,
Et qui fait depuis peu, garde en sa nouveauté
La rudesse qu'il perd dans sa maturité.
Aprés cét avant-goust que l'usage demande,
Baucis presente aux Dieux le potage & la viande,
Et du premier service ostant ce qui luy nuit
Au second qu'elle apporte elle ajoûte le fruit.
Elle n'épargne rien; dans des corbeilles plates
Elle sert pommes, noix, raisin, figues & dattes,
Et d'un rayon de miel le doucereux ragoust
Sur-tout des conviez sollicite le goust.
Mais ce que Jupiter avec plaisir observe,
C'est une volonté qui n'a point de reserve,
Un visage riant, & qui donne au repas
Un prix que bien souvent les mieux reglez n'ont pas.
Philemon & Baucis pour marque d'allegresse
Dans la coupe des Dieux versent du vin sans cesse,
Et quand il doit manquer, ils sont tous deux surpris
D'en voir encore autant qu'ils en ont déja pris.

Ils versent de nouveau ; toûjours la même chose.
Etonnez du prodige ils en trouvent la cause,
Et ne peuvent douter que ce ne soient des Dieux
Dont la Divinité s'est cachée à leurs yeux.
Devant eux à genoux tous deux ils s'humilient,
S'accusent en pleurant, joignent les mains, les prient,
Et demandent pardon si pour les recevoir
Plus de zele n'a pas échaufé leur devoir.
Ils n'ont qu'une seule Oye à garder leur cabane ;
L'un & l'autre à mourir aussi-tost la condamne,
Et pour l'offrir aux Dieux qu'ils veulent regaler ;
Ils cherchent à la prendre ; elle est prompte à voler,
Et comme ils sont pesans autant qu'elle est legere,
Baucis a beau courir, Philemon a beau faire,
Elle échape toûjours, tant qu'elle-mesme enfin,
En fuyant vers les Dieux, asseure son destin.
Lasse en les fatiguant d'en estre poursuivie,
Vous diriez qu'elle vient leur demander la vie.
Ils empeschent sa mort, & se confessent Dieux.
Ouy, disent-ils, c'est trop nous cacher à vos yeux,
Vous ne vous trompez pas dans vostre conjecture ;
Et vous voyez en nous Jupiter & Mercure,
Qui vont faire connoistre à de lâches ingrats
Ce que c'est qu'offenser ce qu'on ne connoit pas.

D'injurieux refus nous ont couverts de honte,
L'outrage est des plus grands, la peine en sera promte.
Sans rien craindre pour vous suivez nous seulement,
Et du haut de ce Mont voyez le chastiment.

Soûmis aux volontez des Dieux qui les emmenent,
Sur l'appuy d'un baston ils sortent, ils se traînent,
Suivent leurs Conducteurs, & tâchant d'avancer
Sur le rude costeau qu'ils trouvent à passer,
Approchant du sommet ils reprennent haleine,
Et tournant leurs regards du costé de la Plaine,
De surprise pour eux c'est un sujet nouveau
De voir que tout le Bourg soit englouti de l'eau.
De leur seule Cabane elle épargne l'enceinte.
Ils plaignent leurs voisins, pleurent leur race éteinte,
Et tandis qu'ils en font des regrets superflus,
Ils cherchent leur cabane, & ne la trouvent plus.
Cette vieille chaumiere, où pour deux tout-à-l'heure
La structure n'offroit qu'une étroite demeure,
Dans l'instant que l'effroy leur fait baisser les yeux,
Est changée en un Temple, & large, & spatieux.
Les fourches dont l'appuy fit sa plus grande force
Forment chacune en rond une colomne torse,
L'ouvrage en est brillant, mais beaucoup moins encor
Que le toit qui commence à paroistre tout or.

Ce toit bas, & couvert d'un miserable chaume,
S'éleve en un moment, & fait un riche dôme.
Où la porte s'ouvroit, on voit en mesme temps
Se hausser, s'élargir deux superbes battans.
Le cuivre en est par-tout embelli de graveure,
Et pour mieux de ce Temple ennoblir la structure,
La terre devient marbre, & fait voir tout le bas
Luisant comme le reste, & taillé par compas.
  Ces bonnes gens tournez vers les Dieux qu'ils implorent,
Tremblans, respectueux, se baissent, les adorent,
Et Jupiter alors; Sage Vieillard, & vous
Femme digne d'avoir un si pieux Epoux,
Approchez, leur dit-il, & gardez de me taire
Par quel bien vos desirs se peuvent satisfaire.
Un Dieu vous le demande, un Dieu dont le pouvoir
N'a jamais eu de borne, & n'en peut recevoir.
Philemon un moment parle bas à sa Femme,
Et si-tost qu'il a sceu ce qui touche son ame;
Grand Dieu, luy répond-il, puisque vostre bonté
Nous laisse de nos vœux l'entiere liberté,
De ce Temple nouveau le sacré ministere
Renferme le seul bien capable de nous plaire.

Daignez à nostre zele en commettre le soin,
Et comme enfin nos jours n'iront pas encor loin,
Faites qu'aprés avoir, exempts de toute envie,
Passé dans la concorde une tranquille vie, (rer,
Ensemble au mesme instant tous deux prests d'expi-
Nous mourions, sans avoir l'un l'autre à nous pleurer.
Ils furent exaucez, & tant qu'ils respirerent,
Gardiens de ce Temple ils servirent, prierent,
Et de leur pieté l'exemple glorieux
Avec plus de ferveur fit reverer les Dieux.
Enfin estant venus dans l'extréme vieillesse,
Comme à parler du Ciel ils s'occupoient sans cesse,
Un jour que pleins de zele, à quelques Etrangers
Du trop d'orgueil de l'homme ils contoient les dan-
gers,
Et que pour les convaincre, à la porte du Temple
Du malheur de ces lieux ils leur donnoient l'exem-
ple,
De son cher Philemon, par des ordres nouveaux,
Baucis voit les cheveux convertis en rameaux,
Tandis que Philemon admire un long feuillage
Qui tombant sur Baucis luy cache le visage.
A de nouveaux destins se sentant appeller,
Ils se parlent autant qu'ils peuvent se parler,

Et ravis d'estre exempts tous deux de se survivre,
Commençant leurs adieux, ils ne sçauroient poursuivre.
Ils sont Arbres; sur eux l'écorce est jointe au bois,
Et leur fermant la bouche elle étoufe leur voix.
A tous les curieux on les montre en Phrygie,
Et ceux qui m'ont appris l'histoire de leur vie,
Parlant sans interest, estoient gens que pour moy
Leur âge & leur vertu rendoient dignes de foy.
Sur ces Arbres j'ay veu les Peuples pour offrandes
Venir semer des fleurs, & mettre des guirlandes.
Des bouquets tout-autour pendoient de leurs rameaux,
Et moy mesme en ayant attaché de nouveaux,
Puisse qui d'un cœur pur sert les Dieux, les adore,
Dis-je, voir comme un Dieu que luy-mesme on l'honore.

PROTE'E

CHANGE' EN DIVERSES FORMES.

FABLE X.

Insi finit Lelex dont la ſage é-
quité
Pour ce qu'il racontoit ſervit d'au-
torité.
Chacun, mais plus que tous le circonſpect Theſée,
A s'en laiſſer toucher eut l'ame diſposée,

Et comme Acheloüs le vit assez pieux
Pour vouloir écouter les merveilles des Dieux,
Appuyé sur le coude, & des plus grands exemples
Tirant de leur pouvoir les marques les plus amples,
Il en est, luy dit-il, qui par de tristes loix,
Ayant changé de sort, n'en changent qu'une fois.
S'ils sont Arbres, Rochers, c'est dans ce dernier estre
Qu'au bout d'un siecle encor nous les voyons paroistre,
D'autres diversement, selon leur interest
Se changent à toute heure en tout ce qu'il leur plaist.
Protée est de ce nombre; il viendra par surprise
En jeune Avanturier tenter quelque entreprise,
Et si quelqu'un s'oppose à son intention,
Il prendra tout à coup la forme d'un Lion.
Tantost en Sanglier il ravage la plaine.
Tantost comme un Serpent il s'élance, il se traîne,
Et bondissant en suite en Taureau furieux,
Par ses mugissemens semble insulter les Cieux.
En Pierre quelquefois jusques dans la campagne
Il se plaist à rouler du haut d'une montagne,
Et lors que par sa cheute il a tout renversé.
En Arbre sur la terre on le voit redressé.

Aujourd'huy

Aujourd'huy de la mer quittant le ſein humide,
Pour couvrir d'eau les champs, c'eſt un Fleuve rapide,
Et demain, tout contraire à ce fier element,
C'eſt un feu qui par-tout porte l'embraſement.

FAIM D'ERESICTON.

FABLE XI.

METRA, dont la plusſpart ignorent
l'avanture,
Eut même droit que luy de changer
de figure.
Ereſicton, ſon Pere, avoit bien merité
Ce qui ſervit de peine à ſon impieté.
Lache Ennemi des Dieux, il euſt cru faire un crime,
S'il euſt ſur leurs autels offert quelque victime.

Ce fut luy qui jadis, pour comble de forfaits,
Viola la Forest consacrée à Cerés,
Et qui, quoy que chacun l'eust toûjours épargnée,
Y fit sans nul respect enfoncer la coignée.
Un vieux Chesne au milieu de la vaste Forest,
A s'approcher du Ciel sembloit prendre interest.
Son tronc par mille nœuds devenu venerable,
Dans son tour spacieux n'avoit point de semblable;
Ses branches s'étendoient en mille & mille endroits,
Et cét Arbre luy seul paroissoit faire un Bois:
De Vers reconnoissans cent tablettes chargées,
Avec force rubans sur ses branches rangées,
Faisoient connoistre assez qu'on venoit en ce lieu
Pour de pressans besoins implorer quelque Dieu.
Les Dryades cent fois de son épais feüillage,
Pour danser à leur aise, avoient cherché l'ombrage,
Et pour en enfermer tout le tronc, quelquefois
On les voyoit ensemble entrelasser leurs doigts;
Mais chacune en tournant se trouvoit bientost lasse.
De dix toises & plus il remplissoit l'espace,
Et bien loin qu'en hauteur ainsi que pour le tour
On pust luy comparer les Arbres d'alentour,
Il les passoit autant, qu'on voit des plus superbes
Le verdoyant sommet estre au dessus des herbes.

L'impie Eresicton à l'abattre obstiné
Ne peut par son vieil âge en estre détourné.
Il faut, malgré les droits, qui font qu'on le revere,
Qu'un sacrilege fer à ses ordres défere.
Il commande, & voyant qu'on balance un moment
Donnez ce fer, dit il l'arrachant fierement.
Que cet Arbre (on fremit d'entendre ce blaspheme)
Soit cheri de Cerés, ou Cerés elle-mesme,
Je veux que par sa cheute on connoisse aujourd'huy
Que le Ciel contre moy luy preste un vain appuy.
Sur le Chesne à ces mots il leve la coignée.
La Nymphe qui l'habite en est toute indignée.
Elle gemit d'horreur, & ce gemissement
A l'Arbre tout entier donne un prompt mouvement.
D'eux-mesmes aussi-tost, sans autre violence,
Les glands s'en détachant tombent en abondance,
Et sur son vert feuillage une jaune pâleur
Tout autour étenduë en ternit la couleur.
Mais lors que sur son tronc où la hache s'essaye,
Les premiers coups ont fait une profonde playe,
Il en sort tant de sang, qu'à le voir ruisseler
Vous diriez d'un Taureau que l'on vient d'immoler.
Ce prodige épouvante, & dans cette surprise
Qui fait d'Eresicton detester l'entreprise,

Panope ayant osé, pour rompre son dessein,
Luy parler de Cerés, & retenir sa main,
Il s'arreste un moment piqué de son audace,
Et d'un air qui dédaigne ensemble & qui menace,
Il est juste, dit-il, que tant de pieté
Reçoive icy de moy ce qu'elle a merité.
Alors avec la hache, à fraper déja preste,
La détournant de l'Arbre, il luy coupe la teste,
Et tout souillé de sang, sans en prendre d'horreur,
De ces coups sur le tronc redouble la fureur.

Il les réiteroit, quand d'une voix plaintive
Jusqu'à luy par ces mots le triste son arrive.
Ne croy point contre un Arbre avoir levé le bras,
Ton fer a d'une Nymphe avancé le trépas.
Je vivois dans ce Tronc, où de Cerés aimée
Je faisois mon bonheur de me voir enfermée.
Ton impie attentat m'oste le jour, je meurs;
Mais apprens que le Ciel vangera mes malheurs,
Et que dans peu ta mort, par un affreux supplice,
De celle que je souffre expiera l'injustice.

Cet avis menaçant, dont tout autre eust eu peur,
Du fier Eresicton ne peut flechir le cœur.
Obstiné dans son crime, avecque plus de force
Il frape, fait voler & le bois & l'écorce,

Coupe, creuse le tronc, tant qu'en divers endroits
Ayant souffert la hache & mille & mille fois,
Cet Arbre qui jamais n'avoit eu de semblable,
Entraîné de son poids, & tiré par un cable,
Tombe enfin, & tombant tient sous luy fracassez
Mille arbres qu'avec luy sa cheute a renversez.
Les Dryades qu'étonne un pareil sacrilege,
Voyant que leur Forest n'a plus de privilege,
En lugubres habits qu'elles prennent exprés,
Pleurent leur infortune, & vont trouver Cerés.
Si pour elles jamais déployant sa puissance,
Elle a fait dans le monde éclater sa vangeance,
Il faut qu'Eresicton par un prompt chastiment
Soit donné pour Victime à leur ressentiment.
La Déesse se rend propice à leur requeste.
Pour les en asseurer elle branle la teste,
Et par ce mouvement les sillons entr'ouverts
Font trembler les moissons dont les champs sont couverts.
Pour punir le Coupable & se montrer à craindre,
Elle invente un tourment qui le rendroit à plaindre
Si son peu de respect pour le droit le plus saint
Ne l'avoit pas deu rendre indigne d'estre plaint.

Pour expier son crime, elle veut que sans cesse
Une cruelle Faim le tourmente, le presse,
Et comme les Destins ne permettent jamais
Qu'en aucun lieu la Faim se trouve avec Cerés,
La Déesse asservie à cet ordre suprême
Qui l'empesche d'aller la trouver elle-mesme,
Appelle une Oreade, & luy parlant ainsi
Luy fait part du projet qui la tient en souci.

Nymphe, qui sur ces Monts faites vostre demeure,
Pour un pressant besoin il faut partir sur l'heure.
Aux bouts de la Scythie où la glace en tout temps
Fait subsister l'hiver parmi ses habitans,
Est une terre ingrate, aride, infructueuse,
Sans arbres, sans moissons, & toûjours malheureuse.
Là, comme dérobez à la clarté des Cieux,
Eloignez du commerce, & par-tout odieux,
Le Froid, le Tremblement, la Pâleur, la Paresse,
De chagrins, de malheurs, s'entretiennent sans cesse,
Et c'est dans ce lieu mesme, où se rongeant le sein
Parmi ces Deïtez vous trouverez la Faim.
Dites luy que je veux que sa plus forte rage
Attaque Eresicton avec tant d'avantage,
Que possedé par elle, il ne puisse trouver
Défense ny secours qui serve à l'en sauver.

Qu'elle n'épargne rien pour ſon juſte ſupplice,
Que ſans fin, ſans meſure, il conſume, engloutiſſe,
Et devore encor plus qu'à ſes deſirs gourmans
Tous mes bleds ne pourroient promettre d'alimens.
Tel eſt mon ordre; allez, courez ſervir ma haine:
Si le voyage eſt long, n'en ſoyez point en peine;
Dans mon char mes Dragons toûjours preſts à voler
Prendront leur route juſte où vous devez aller.
L'Oreade obéit, & dans le char montée
Par le milieu des airs elle ſe voit portée,
Paſſe dans la Scythie, & traverſant ſes monts
Sur le Caucaſe enfin arreſte les Dragons:
Elle cherche la Faim, & la voit qui par terre
Dans un ſterile champ qui par-tout n'eſt que pierre,
Tout de ſon long couchée, arrache avec les dents
L'herbe que les cailloux repouſſent au dedans.
Jamais rien de ſi laid ne s'offroit à ſa veuë.
C'eſt une dure peau ſur des os étenduë,
Et telle qu'au travers on peut voir aiſément
De ſes vuides boyaux l'horrible aſſortiment.
Son décharné viſage eſt tout couſu de rides,
C'eſt la meſme paſleur, ſes levres ſont livides.
On luy voit des cheveux roux, ſales, heriſſez,
La rouille ſur les dents, de grands yeux enfoncez.

Des os dont hors la peau chaque extremité passe.
D'un ventre pour tout ventre elle n'a que la place.
Son sein tombe, & paroist suspendu par un os
Qu'on croiroit estre joint à l'épine du dos.
Ce sec décharnement augmentant ses jointures,
Fait que sur ses genoux on croit voir des enfleures
Dans ce que tout autour ils gardent d'épaisseur,
Ses cuisses auprés d'eux n'ont aucune grosseur;
Et ses pieds partageant la maigreur qui la ronge,
Semblent ne laisser voir qu'un talon qui s'allonge.
L'Oreade arrivée en ces funestes lieux
Sur ce Fantôme à peine a pû jetter les yeux,
Que le cœur tout saisi d'une horreur impreveuë,
Elle recule un pas, en détourne sa veuë,
Craint de s'en approcher, & luy parlant de loin,
Luy marque le secours dont Cerés a besoin;
Mais quoy qu'en luy contant pour quels soins on l'appelle,
Elle n'ait qu'un moment demeuré devant elle,
Qu'elle s'en soit tenuë éloignée à dessein,
Il luy semble sentir les assauts de la Faim,
Et de peur qu'à tarder ses forces ne se rendent,
Remontant dans le char dont les Dragons l'attendent,

Par les routes de l'air à leurs aîles ouvert
Elle fuit promptement de cet affreux desert.
La Faim, quoy que Cerés luy soit toûjours contraire,
Sur ce qu'elle souhaite à ses ordres défere,
Et soudain par le Vent se faisant emporter,
Contre son Ennemi les court executer.
Il estoit nuit, elle entre où d'un sommeil tranquille
L'agreable douceur le tenoit immobile.
Furieuse, & contrainte à ne l'épargner pas,
Elle s'étend sur luy, le serre de ses bras,
Luy soufle dans le sein son infectée haleine,
S'y coule toute entiere, embrase chaque veine,
Et prompte à s'éloigner de cet heureux séjour,
Retourne dans son Antre, & se dérobe au jour.
Ce soufle, plus fatal que celuy de la Peste,
A mis Eresicton dans un estat funeste.
Il songe qu'il a faim, & pour se soulager,
Tout endormi qu'il est, il demande à manger.
C'est là sa passion, ce seul desir le touche.
Il ouvre à tous momens, & referme la bouche,
Lasse ses dents en vain pour un mets decevant,
Et croyant l'avaler, n'avale que du vent.

Mais s'il a, tant qu'il dort, une faim violente,
Quand le sommeil le quitte, il sent qu'elle s'augmente,
Et que ce qui d'un songe avoit formé l'erreur,
Est un mal effectif qui se change en fureur.
Avec profusion il fait servir sa table,
Et toûjours affamé, toûjours insatiable,
Demandant ce que l'air, & la terre & les eaux
Renferment de Poissons, de Bestes & d'Oiseaux,
Il se plaint au milieu de tout ce qu'on luy donne
Que chacun à la faim sans pitié l'abandonne.
Un Bœuf n'a devant luy qu'un moment à durer.
Plus il devore, & plus il cherche à devorer.
Les viandes qu'on luy sert sont fortes, sont grossieres,
Et ce qui suffiroit à des Villes entieres,
Semble en se consumant ne faire qu'irriter
Cette implacable faim qu'on ne peut contenter.
La Mer qui chaque jour parmi ses eaux resserre
Tout ce qu'on voit couler de Fleuves sur la terre,
Le feu dont la fureur, plus elle a d'alimens,
Donne plus d'étenduë à ses embrasemens,
Ne sont qu'une imparfaite & legere peinture
De ce qu'Eresicton consume en nourriture.

Son avide gosier avale mets sur mets,
Sans qu'en mangeant, sa faim s'affoiblisse jamais.
Les plus rassasians en luy ne font qu'accroistre
La gloutonne fureur dont il n'est plus le maistre,
Et son vuide estomac où se perd l'aliment,
Est un goufre sans fond qu'il remplit vainement:
C'est peu que cette faim, qu'il cherche à satisfaire,
Ait affoibli les biens que luy laissa son Pere,
A luy donner toûjours, ne luy rien refuser,
Il les dissipe tous, & ne peut l'appaiser.
C'est une ardeur brûlante, une invincible rage
Qui veut tout, qui prend tout, & que rien ne soulage.

METRA
VENDUE PAR SON PERE.
FABLE XII.

ENFIN lors qu'il n'a plus à disposer de rien ;
Que sa Fille Metra luy reste pour tout bien,
Metra, qui meritant un destin moins contraire,
Estoit pour sa vertu digne d'un autre Pere,

Il la vend, & s'en fait un utile secours,
Qui luy sert quelque temps à prolonger ses jours.
Metra dont le grand cœur trouve la servitude,
Des malheurs à souffrir le malheur le plus rude,
Ne pouvant jusque-là soûmettre sa fierté,
Cherche à se garantir de cette indignité,
Et regardant la mer dont le rivage est proche, (che,
Sauve-moy, Dieu des eaux, d'un trop honteux repro-
Dit-elle, & si l'amour dont tu brûlas pour moy
Me permet d'esperer quelque grace de toy,
Daigne t'en souvenir, & me le fais connoistre,
En m'épargnant l'affront de recevoir un Maistre.
Neptune qui pour elle aime à s'interesser,
Ecoute sa priere, & veut bien l'exaucer.
Ainsi ce Maistre à qui son Pere l'a venduë,
Vers quelque objet voisin ayant tourné la veuë,
Par le pouvoir du Dieu dont elle a la faveur
Elle change de sexe, & prend l'air d'un Pescheur.
Surpris qu'en un moment elle ait pû disparoistre,
Il l'a devant ses yeux, & ne la peut connoistre.
Il ne sçait que penser d'un départ si soudain,
Et la voyant en homme une ligne à la main;
O vous, que sur ces bords, dit-il, la pesche amene,
Faites finir mon trouble, & me tirez de peine.

Ainsi viennent toûjours les credules Poissons,
Sans en voir le peril, saisir vos hameçons.
Vous avez veu passer une jeune Personne
Que pare l'éclat seul que sa beauté luy donne.
Ses habits, ses cheveux negligez en font foy.
Tout-à-l'heure icy mesme elle estoit avec moy,
Et plus loin, d'aucuns pas je ne trouve la trace.
Où la dois-je chercher ? Dites-le moy, de grace.
L'inquiete Metra s'asseure à ce discours.
Du Dieu qui la protege elle sent le secours,
Et se réjoüissant que sans la reconnoistre
On tache à sçavoir d'elle où Metra pourroit estre,
D'un ton un peu rustique, Excusez, s'il vous plaist,
Je n'ay point veu de Fille, & ne sçay ce que c'est,
Dit-elle; & si depuis qu'en ce lieu solitaire
Je fais ce que souvent je suis contraint de faire,
Aucun autre que moy sur ces bords a paru,
Jamais du Dieu des eaux ne sois-je secouru.
Il croit ce qu'elle dit, & sans l'avoir connuë
Va demander ailleurs ce qu'elle est devenuë,
Tandis que reprenant & sa taille & ses traits,
Elle est comme Metra plus belle que jamais.
Maistresse d'elle-mesme, elle court chez son Pere,
Qui sçachant quel pouvoir Neptune luy défere,

Asseuré qu'au besoin elle se peut changer,
Continuë à la vendre, & la vend pour manger.
Mais tandis qu'à la faim qui toûjours le déchire
Il donne avidement le prix qu'il en retire,
De ses Maistres divers tous les projets sont vains,
Elle sçait le moyen d'échaper de leurs mains.
Pour se rendre à son Pere, un pieux artifice
La change quelquefois en Jument, en Genisse,
Et quelquefois pour fuir un Acheteur nouveau,
Elle bondit en Cerf, ou s'envole en Oiseau.
Mais de ce Pere envain elle suspend la perte,
Cette loüable fourbe est enfin découverte.
Metra ne trouvant plus qui la veuille acheter,
Pleure la triste mort qu'il ne peut éviter.
Le genre en est cruel. Au mal qui le possede
Aprés qu'il ne peut plus donner aucun remede,
Que les derniers morceaux, moins mangez qu'englou-
tis,
Dans son ventre affamé se sont anéantis,
Se mordant, s'arrachant, dans sa fureur extrê-
me
Faute d'un autre mets il se mange luy-mesme,
Et sa rage à sa mort par là contribuant,
Il ne nourrit son corps qu'en le diminuant.

Cét

Cet exemple suffit à montrer que Protée
N'est pas le seul qui prenne une forme empruntée,
Et qu'à d'autres les Dieux accordent quelquefois
Le merveilleux pouvoir de changer à leur choix.
Metra l'eut comme luy. Mais à quoy m'arresté-je ?
Moy-mesme n'ay-je pas ce rare privilège,
Et bien qu'il soit borné, trois formes à choisir
Ne peuvent-elles pas contenter mon desir ?
Quand en Fleuve, en Serpent je suis las de paroistre,
Je me rens tout-à-coup tel qu'un Taureau peut estre,
Et m'en trouve trop bien pour me faire un affront
De ce qu'on m'a pû voir deux cornes sur le front.
Ma force y consistoit, mais depuis l'infortune
Qui me comblant d'ennuis m'en a dépouillé d'une....
Il vouloit achever, quand sa voix à ces mots
S'étouffe malgré luy dans ses tristes sanglots.

Fin du huitiéme Livre.

LIVRE IX.

ACHELOÜS EN TAUREAU.

FABLE I.

SURPRIS de la douleur où ce recit l'expose
Thesée au Dieu du Fleuve en demande la cause,
Et par quel accident dans les plus grands besoins
Il se voit, pour combattre, une Corne de moins,

Alors Acheloüs dont les blesseures s'ouvrent,
Ecarte de son front les roseaux qui le couvrent,
Et pour le satisfaire arrestant ses soûpirs,
Luy fait entendre ainsi quels sont ses déplaisirs.
Le recit de ma peine, invincible Thesée,
N'est pas pour moy sans doute une entreprise aisée;
Et qui s'est pleu jamais, lors qu'il a combattu,
A parler du malheur que ses cornes ont eu?
Je parleray pourtant, je le dois, & peut-estre,
Quelque ennuy qu'en mon cœur ma défaite ait fait naistre,
L'honneur d'avoir tenté le plus fameux combat,
Ne laisse pas encor ma gloire sans éclat.
Au moins, si quelque honte a suivy ma disgrace,
Le nom de mon Vainqueur m'en console, & l'efface,
Et trop de force est jointe à son bras indompté
Pour avoir à rougir d'en estre surmonté.
Le bruit qu'a fait par-tout l'aimable Dejanire,
Arrivé jusqu'à vous, m'empêche d'en rien dire.
Jamais tant de beauté ne s'offrit à nos yeux.
De ce dépost OEnée estoit tout glorieux,
Et pour le conserver il sembloit se défendre,
Quoy qu'il en fust pressé, de se choisir un Gendre.

Cependant on voyoit accourir chaque jour
Mille Amans que sa Fille attiroit dans sa Cour.
Moy-mesme en la voyant, ébloüi de ses charmes,
Je ne pus m'empécher de luy rendre les armes,
Et sçachant qu'à mon rang chacun devoit ceder,
A son Pere aussi-tost je l'allay demander.
Hercule en mesme temps touché de cette Belle
Fit la mesme demande, & soûpira pour elle,
Et comme luy ny moy nous n'avions point d'égaux,
Nous estant declarez, nous fumes sans Rivaux.
Hercule devant moy pour flater Dejanire
Soûtient qu'à son hymen c'est à tort que j'aspire,
Puisque de Jupiter je ne puis comme luy
Asseurer à ses vœux l'alliance & l'appuy.
A l'honneur éclatant de l'avoir pour Beaupere,
Il joint un avantage assez digne de plaire,
Et ce qu'il s'est acquis de gloire, de renom
A confondre, à lasser la haine de Junon,
Ses immenses travaux sont l'amorce trompeuse
Qui flate contre moy son ame ambitieuse.
J'oppose au vain orgueil dont l'enflent ses exploits
Qu'OEnée a de bons yeux pour faire un digne choix,
Et qu'il seroit honteux, quand un Dieu sollicite,
Qu'un Mortel preferé le vainquist en merite,

Car Hercule, aujourd'huy si grand, si glorieux,
N'avoit pas esté mis encor parmy les Dieux.
Voyez quel avãtage, en m'acceptant pour Gendre,
D'une telle union vous avez lieu d'attendre,
Dis-je au Roy ; Je n'ay point au milieu des dangers
A mener vostre Fille en des lieux étrangers.
Mes eaux, ces vastes eaux dont on me voit le maistre,
A toute heure à vos yeux m'obligent de paroistre,
Et comme en vos Etats leur course me retient,
Je vous offre, en m'offrant, ce qui vous appartient.
Si Junon me trouvant peu digne de sa haine
D'aucuns travaux sur moy n'a fait tomber la peine,
Si je n'ay jamais eu de Monstres à dompter,
Ce n'est point un défaut qu'on me doive imputer.
Mais plûtost, fier Hercule, Alcmène estant ta Mere,
Pourquoy n'accepter pas Amphitrion pour Pere ?
Ou ce n'est point un Dieu qui t'a donné le jour,
Ou tu n'es que le fruit d'un criminel amour.
Ainsi faire du Ciel descendre ta naissance,
C'est oser de ta Mere attaquer l'innocence.
Choisi, de Jupiter si tu veux estre Fils,
Le titre est beau pour toy, mais avec honte acquis.
Tandis que je parlois, des regards tout de flame
Faisoient voir la fureur qui possedoit son ame.

Je me tais, & soudain las de se retenir;
Tu n'en dis pas assez, & c'est trop tost finir,
Cria t'il, on auroit écoûté ta harangue.
Quant à moy, j'ay la main meilleure que la langue,
Et pourveu qu'au combat je l'emporte sur toy,
Je te cede l'honneur de parler mieux que moy.
L'effet suit ce défi; l'impetueux Hercule
Tout prest à m'attaquer, de quelques pas recule,
Et comme ce combat terminoit nos debats,
J'avois parlé trop haut pour ne l'accepter pas.
A mon humeur altiere il n'a rien qui me plaise,
Je quitte mes habits pour combattre à mon aise,
Et me tournant les bras pour les mieux apprester,
Je prens place, & me mets en estat de luter.
D'abord mon Ennemi m'accable de poussiere.
Je fais pour l'imiter quatre pas en arriere,
Et ce que j'en ramasse aussi-tost dispersé
Sous un nuage épais le tient comme enfoncé.
De combien pour m'abattre il use d'artifices!
Il me prend par le col, me tire par les cuisses,
Et n'a pas d'un costé si-tost levé le bras
Qu'il cherche à me surprendre où je ne l'attens pas.
Pour en venir à bout il n'est rien qu'il ne fasse.
Il m'attaque par-tout, par-tout il me menace;

Mais il fait contre moy d'inutiles efforts.
J'oppose à leur fureur le seul poids de mon corps.
C'est luy qui me défend, & dans cette tempeste
Où pour me renverser l'attaque est toûjours preste,
Je suis comme un Rocher que les flots irritez
Sans pouvoir l'ébranler battent de tous costez.
Nous reprenons haleine, & ce moment de tréve
Fait qu'avec plus d'ardeur nostre combat s'acheve.
Resolus l'un & l'autre à ne nous pas ceder,
Nous tâchons à l'envy de nous intimider.
Tous deux pied contre pied nous mesurons nos forces,
Et comme la victoire a de douces amorces,
Pour l'obtenir plustost, sur mon Rival panché
Je tiens long-temps mon front sur son front attaché.
Mes doigts pressent ses doigts, & deux Taureaux qu'engage
A se pousser l'un l'autre une amoureuse rage,
Font douter moins de temps, dans ce choc entrepris,
Qui des deux du combat emportera le prix.
Trois fois tel qu'un Lion rugissant de colere,
De mes bras, mais en vain il tâche à se défaire,
Tant qu'enfin s'en estant malgré moy dégagé,
De ma fausse victoire il est bien-tost vangé.

Je ne cacheray point ce qu'un autre peut-estre
Trouveroit de la honte à vous faire connoistre.
Contre le rude effort qu'il fait en me poussant
Mon corps dans ce moment n'est qu'un poids impuissant.
Sa main, sa forte main me fait tourner visage,
Je recule, chancelle; il en prend avantage,
M'attaque par derriere, & prompt à redoubler
Se jette sur mon dos, & tache à m'accabler.
Alors, me croirez-vous, moy qui par un mensonge
Tiendrois la gloire acquise un fantôme, un vain songe;
Courbé sous le dur faix qui me transit d'effroy,
Je crus que tout un mont estoit tombé sur moy.
Je me débats, resiste, & ne pers point courage,
Mais envain contre luy je mets tout en usage,
Je me veux de ses bras envain déveloper,
Tout l'effort que j'y fais ne sert qu'à me tromper.
Il m'embrasse, me presse, & voyant qu'avec peine
Dans ce terrible assaut je reprenois haleine,
Il mesle tant d'adresse à d'effroyables coups,
Qu'à la fin il me fait tomber sur les genoux.
J'oppose un vain obstacle à sa main qui me serre;
Il me tient à la gorge, il faut mordre la terre.

Ainsi

Ainsi desesperant de me voir le plus fort,
Je me sers du pouvoir que m'a donné le sort.
Je me change en Serpent, & par cét artifice
M'échapant de ses mains je me coule, me glisse,
M'allonge, me replie, & pour l'intimider
Fais mouvoir une langue affreuse à regarder.
D'horribles siflemens secondent sa ménace,
Mais l'intrepide Hercule en montre plus d'audace,
Et riant; Ce combat pour moy n'est pas nouveau,
Me dit-il, j'étoufois des Serpens au berceau,
Et quand on te verroit en forces redoutables
Surpasser les Dragons les plus épouvantables,
Te peux-tu comparer à l'Hydre, qui sans moy
De Lerne en ses Marais seroit encor l'effroy?
A peine coupoit-on l'une de ses cent testes,
Qu'elle en produisoit deux au combat toutes prestes.
Feconde par le sang qu'elle avoit répandu,
Elle recouvroit plus qu'elle n'avoit perdu.
Ces testes cependant si promptes à s'accroistre
Sous mon bras invincible ont tombé sans renaistre,
Et ce Monstre, à qui rien ne pouvoit resister,
Combattant contre moy, s'est laissé surmonter.
Que peux-tu donc icy te soufrir d'esperance,
Toy qui n'as de Serpent qu'une vaine apparence,

Et qui te vois reduit, vaincu déja par moy,
A prendre pour ſecours ce qui n'eſt point à toy?
Il parle & d'un courage égal à ſon adreſſe,
Il s'approche, me prend par le col, me le preſſe.
Quel ſupplice pour moy qui ne puis reſpirer!
Des tenailles jamais ne ſceurent mieux ſerrer.
Mes griſes ſur ſes mains fortement déployées,
Pour m'en débaraſſer envain ſont employées;
Il m'étouffe, je cede, & vaincu de nouveau,
Il ne me reſte plus qu'à me faire Taureau.
Sous cette forme encor le combat je hazarde.
Je bondis, je mugis; Hercule me regarde,
Sourit avec dédain de tant de changemens,
Et ſans s'épouvanter de mes mugiſſemens,
Par les muſcles du col qu'il me tire, me ſerre,
Malgré tous mes efforts il me traîne par terre.
Cette pleine victoire eſt peu pour ſa fierté,
S'il n'en laiſſe une marque à la poſterité.

LA CORNE D'ABONDANCE.

FABLE II.

C'EST à quoy d'un grand nom l'orgueilleux soin l'attache.
Il me tient une Corne, il la rompt, me l'arrache,
Et me laissant le front à moitié desarmé
Demande qui de nous merite d'estre aimé.
C'est ainsi qu'à ma honte il obtient Dejanire.
Pour moy chaque Naiade en gemit, en soupire,

Et retirant ſoudain ma Corne de ſes mains
En conſacre l'uſage à d'utiles deſſeins.
Par elles, dont le ſoin paſſe mon eſperance,
Cette Corne devient la Corne d'abondance,
Et pour me conſoler dans mes triſtes malheurs
Je la vois toûjours pleine & de fruits & de fleurs.
   Acheloüs finit l'ame toute abatuë.
Alors une Naiade en Diane veſtuë,
La robe retrouſſée; & les cheveux épars,
De l'Aſſemblée entiere attire les regards.
Elle tient dans ſa main cette Corne fameuſe
Qu'accompagne toûjours une abondance heureuſe,
Et qui dans ce moment leur offre en meſme temps,
Et les fruits de l'Automne, & les fleurs du Printemps.
   A peine le Soleil ſortant du ſein de l'onde
Frape les premiers monts, & rend le jour au monde,
Que Theſée au repos ne pouvant conſentir
Engage Acheloüs à le laiſſer partir.
L'eau qui par-tout déborde, & couvre encor la Plaine,
Oppoſe un vain obſtacle à l'ardeur qui l'entraîne.
Il prend congé du Dieu, qui l'ayant embraſſé
Dans les flots qu'il entr'ouvre eſt ſoudain enfoncé.
Quoy qu'un Saule ſouvent ſous ſa branche étenduë
Y cache le défaut de ſa Corne perduë,

C'eſt toûjours pour ſa flame un cruel ſouvenir,
Que ſon hommage offert n'ait pû rien obtenir.
Mais il n'eſt pas le ſeul à qui de Dejanire
Le merite ait donné l'amour dont il ſoupire.
Le Centaure Neſſus a payé par ſa mort
La folle paſſion où l'entraîna le ſort.

LES TRAVAUX D'HERCULE.

FABLE III.

Ercule, aprés avoir dans le Palais d'OEnée
Asseuré son bonheur par un prompt hymenée,
Mene ce digne Objet de son plus tendre amour
Où le Ciel a voulu qu'il ait receu le jour.
Aprés quelque discours, par une large Plaine
Ils arrivent au bord du spatieux Evene,

Qui grossi depuis peu, semble les menacer,
Si sans prendre de l'aide ils l'osent traverser.
L'obstacle gesne Hercule, & quand Thebes l'attire,
Seur pour luy du passage, il craint pour Dejanire.
Nessus qui voit pour elle où va son embarras;
Que le trajet, dit-il, ne vous alarme pas.
Je sçay le gué du Fleuve, & tandis qu'à la nage
Vous irez en coupant gagner l'autre rivage,
Je suis fort & robuste, & m'offre à l'y porter
Sans craindre que les flots me puissent arrester.
Hercule accepte l'offre, & quoy qu'elle en soupire,
Sur le dos du Centaure il place Dejanire.
Sa forme d'homme jointe à celle de cheval
Est de frayeur pour elle un sujet sans égal,
Et l'eau qu'il faut passer, quoy que rapide & forte,
L'inquiete bien moins que celuy qui la porte.

A de plus grands perils Hercule accoustumé,
Aussi-tost que pour elle il n'est plus alarmé,
Et qu'il voit que Nessus sur son dos l'a receuë,
Jette sur l'autre bord son arc & sa massuë,
Et portant avec luy, sans en craindre le poids,
Et sa peau de Lion & son large carquois,
Puis que déja, dit-il, ma force & mon courage
Sur des Fleuves domptez m'ont donné l'avantage,

Achevons aujourd'huy de les vaincre. A ces mots,
On le voit tout-à-coup s'élancer dans les flots,
Et sans chercher par où le Fleuve moins rapide
A passer aisément luy peut servir de guide,
Il brave ce qu'il a de sinueux détours,
Et dédaigne que l'eau luy preste aucun secours.

Il ramassoit son arc jetté sur l'autre rive,
Quand un cry qui l'effraye à son oreille arrive.
Nessus, le fier Nessus, qui tache à se sauver,
Emporte Dejanire, & la veut enlever.
Hercule qui la voit dans ses bras se débattre,
Le prix vaut bien, dit-il, la gloire de combattre.
Arreste, lâche, arreste & songe ce que c'est
Qu'abuser d'un dépost où je prens interest.
Si tu ne trembles point à me faire injustice,
De ton Pere Ixion redoute le supplice.
De ses feux pour Iunon l'aveugle emportement
Merita qu'une rouë en fust le chastiment.
Chaque instant y punit sa criminelle flame.
Mesme destin t'attend, Dejanire est ma femme,
Et tu prétens envain que ta legereté
Par tes pieds de cheval te mette en seureté.
Si courant aprés toy je ne te puis atteindre,
Mes traits te feront voir combien je suis à craindre.

Le dernier de ces mots à peine est prononcé,
Que Nessus par le dos en fuyant est percé.
Tout fort qu'il est, le coup le renverse, & la fleche
Dans son corps traversé fait une double breche.
Soudain il se l'arrache, & de chaque costé
Le sang prompt à sortir coulant en liberté,
Il s'y mêle un venin qu'avec soin il ramasse.
Les plus mortels poisons n'ont rien qu'il ne surpasse,
Et seur qu'avec le temps, pour vanger son trépas,
Ce venin appliqué ne luy manquera pas,
Il en teint sa chemise, & fait à Dejanire
Ce funeste present au moment qu'il expire,
Comme si la portant, Hercule quelque jour
Devoit sentir pour elle augmenter son amour.

Il se passe un long-temps où toûjours la victoire
Du Fils de Jupiter fait éclater la gloire.
Ses exploits remplissant la terre de son nom,
Faisoient blâmer par-tout l'implacable Junon,
Qui poursuivant en luy son Epoux infidelle
Gardoit pour ce Heros une haine immortelle.

Dans l'OEchalie alors Euryte commandoit.
A bien pousser un dard le plus fort luy cedoit,
Et comme il eut un jour engagé sa parole,
Que qui pourroit le vaincre auroit sa Fille Iole,

Hercule se presente, & demeuré vainqueur
Au courroux qui l'enflame abandonne son cœur.
Le prix qu'on luy refuse en est la juste cause.
Il pousse, force, abbat, rompt tout ce qui s'oppose,
Et par la mort d'Euryte & de trois de ses Fils,
Ayant tiré raison d'un injuste mépris,
Suivy d'Iole esclave, il alloit plein de zele
Remercier les Dieux de sa gloire nouvelle,
Quand le bruit qui s'épand des murs qu'il a détruits
Vient fraper Dejanire, & la comble d'ennuis.
Comme la Renommée à discourir trop prompte
Augmente en raisonnant tout ce qu'elle raconte,
Et que le faux au vray bien souvent ajoûté
Donne à voir des objets qui n'ont jamais esté,
Sur cet exploit d'Hercule on dit à la Princesse
Qu'Iole qu'il emmene a toute sa tendresse,
Et que de sa Captive, aux yeux de l'Univers,
Cet illustre Infidelle aime à porter les fers.
Sans rien examiner elle condamne Hercule;
Et faut-il s'étonner qu'elle soit si credule?
Elle aime, & dans un cœur bien touché, bien atteint,
L'amour épouvanté croit toûjours ce qu'il craint.
Ne sçachant que resoudre en ces dures alarmes,
Inquiete, interdite, elle a recours aux larmes,

S'en baigne le viſage, & voyant que les pleurs,
Au lieu de les ſuſpendre, irritent ſes douleurs,
Pourquoy pleurer, dit-elle, & par quelle foibleſſe
Souffrir que juſque-là mon courage s'abaiſſe?
Eſt-ce afin qu'apprenant la peine où je me voy
Iole ait plus de gloire à triompher de moy?
On l'amene, elle vient; avant qu'elle ait ma place,
Du Sort qui me pourſuit confondons la menace.
Il en eſt encor temps, & ſi j'oſe éclater
Peut-eſtre mes chagrins ſeront à redouter.
Dois-je parler, me plaindre, ou garder le ſilence,
Aller porter ma honte aux lieux de ma naiſſance,
Et laiſſant mon ingrat paiſible en ſes projets,
Pour les favoriſer, ſortir de ce Palais?
Moy ſortir? moy ceder? Que dis-je, Infortunée?
Ay-je donc oublié de quel ſang je ſuis née?
La Sœur de Meleagre auroit la lâcheté
D'abandonner ſa gloire à l'infidelité?
Non, non, dans la douleur qui me déchire l'ame,
Il faut, il faut montrer ce que peut une Femme,
Recevoir ma Rivale un poignard à la main,
Et vanger mon injure en luy perçant le ſein.

Le fatal deſeſpoir dont ſon ame eſt preſſée
Sur cent penſers divers la tient embarraſſée.

Enfin se souvenant qu'on a mis dans ses mains
Ce qui peut rallumer les feux les plus éteints,
Sans sçavoir quels malheurs traîne son entreprise,
Elle prend de Nessus la fatale chemise,
Et conjure Lychas, sans attendre plus tard,
D'aller à son Epoux la porter de sa part.
Lychas, prompt & fidelle autant qu'on le peut estre,
Obéit, part sur l'heure, & va trouver son Maistre,
Qui voyant la chemise, informé du present,
Croit devoir à sa Femme un esprit complaisant.
Il la prend, s'en revest, & pour le sacrifice
Choisissant ce moment comme un moment propice,
Il se fait un plaisir de s'y montrer orné
De ce qui par l'amour luy semble estre donné.
Au pied du mont OEta, ce Heros magnanime
Qui du Centaure enfin s'est rendu la victime,
Mesloit sur un Autel pour Jupiter dressé,
La vapeur de l'encens au vin déja versé,
Quand le feu que son zele au sacrifice employe,
Echauffant le venin, l'en fait estre la proye.
Il se répand, penetre, & par de prompts efforts
Dés sa premiere atteinte embrase tout son corps.
Hercule sent d'abord le dur coup qui le frape
Sans que la moindre plainte à sa grande ame échape.

Son courage invincible aux plus rudes assauts
Luy donne pour gemir des sentimens trop hauts.
Mais quand l'excés du mal, à force de souffrance,
A lassé, mis à bout toute sa patience,
Il renverse l'Autel, & de ses cris perçans
Fait monter jusqu'aux Cieux les lugubres accens.
Vaincu par la douleur qu'il a déja soufferte,
Il tâche à déchirer ce qui cause sa perte;
Mais c'est encor se faire un supplice nouveau.
Tout ce qu'il en déchire est suivi de sa peau,
Et comme à cette peau la chemise s'attache,
Quand il croit l'arracher, c'est sa chair qu'il arrache.
De ses os découverts le spectacle sanglant
Fait voir ce que luy-mesme il ne voit qu'en tremblant.
Son sang, par le venin dont la force est extrême,
Si-tost qu'il l'a touché, n'est plus que feu luy-même.
Au sifflement qu'il fait en coulant sur sa peau,
Vous diriez d'un fer chaud qu'on a trempé dans l'eau.
Cette flame invisible & toûjours devorante
Tire de tout son corps une sueur bouillante.
C'est de tous les tourmens le tourment le plus vif.
Ses nerfs sans mouvement rendent un son plaintif;

Reſſerrez par la flame ils n'ont plus d'étenduë,
La moelle de ſes os y demeure fonduë.
  Alors il reconnoit qu'il faut ceder au Sort,
Et regardant le Ciel qui conſent à ſa mort,
Si mes malheurs, dit-il, peuvent ſaouler ta haine,
Voy les, fiere Junon, & jouïs de ma peine.
Objet infortuné de tes chagrins jaloux,
Je dois avoir enfin aſſouvi ton couroux.
Mes maux ſont aſſez grands pour remplir ta vangeance.
Triomphes-en, Barbare, ou ſi ton impuiſſance
A faire aller plus loin ta lâche inimitié
Te permet de changer ta fureur en pitié,
Oſte à ton Ennemi cette importune vie
Que tes reſſentimens ont toûjours pourſuivie,
Et que le Ciel, qui n'oſe icy me ſecourir,
N'a voulu me donner que pour me voir ſouffrir.
La mort ſera pour moy la grace la plus grande.
Daigne me l'accorder quand je te la demande.
C'eſt par de pareils dons qu'un preſſant intereſt
Engage une Maraſtre à montrer ce qu'elle eſt.
Helas! eſt-ce donc moy, fier ennemi du crime,
Qui prenant autrefois Buſiris pour victime,
Satisfis par ſa mort les Manes affligez
De tant de malheureux qu'il avoit égorgez?

Est-ce moy, qui voyant qu'à me faire la guerre
Antée estoit plus fort dés qu'il touchoit la terre,
De son corps dans mes bras pressay le vaste tour,
Et luy fis perdre en l'air & la force & le jour?
Cerbere & Geryon, mis entre mes conquestes,
L'un par son triple corps, l'autre par ses trois testes,
Jamais en m'attaquant ne m'ont donné d'effroy,
Et la flame aujourd'huy triomphera de moy?
O mon bras, qui toûjours & par-tout indomptable,
Au plus fier des Taureaux futes si redoutable,
Que me sert que par vous les Centaures défaits
M'asseurent une gloire à ne finir jamais?
Que me sert que l'Elide, & le Lac de Stimphale
Sçachent qu'à vostre force il n'en est point d'égale,
Si contre l'infortune où le Ciel m'a fait choir,
Pouvant me secourir, vous manquez de pouvoir?
La Biche aux Cornes d'or, en fuyant si legere,
A ma poursuite en vain a voulu se soustraire.
Le Dragon vigilant que rien n'intimidoit
En vain m'a disputé les Pommes qu'il gardoit.
N'ay-je pas remporté dans les Champs de Bellone
Ce Baudrier fameux d'une illustre Amazone,
Mis de l'Hydre en fureur les cent testes à bas,
Et soûtenu le Ciel pour soulager Atlas?

Mais que n'ay-je point fait? C'est moi qui dans la
Du cruel Diomede ay confondu l'audace. (Thrace
Des membres palpitans d'hommes mis en morceaux
Ce Tyran detestable engraissoit ses chevaux.
Combien de sang humain servit à les repaistre,
Tant qu'ayant fait perir les chevaux & leur Maistre,
J'arrestay le carnage, & renversay les lieux
Où tant de barbarie avoit blessé mes yeux.
Qu'a pû, lors que ma main contre luy s'est armée,
Tout affreux qu'il estoit, le Lion de Nemée?
Qu'a pu ce Sanglier dont la longue fureur,
Ravageant l'Arcadie, y remplit tout d'horreur?
Cacus, ce Monstre horrible, à qui le Dieu du Tybre
Laissoit dans sa caverne une retraite libre,
N'a-t'il pas d'un pillage infame, detesté,
Receu par moy le prix qu'il avoit merité?
La jalouse Junon s'est bien plustost lassée
Des ordres où sa haine estoit interessée,
Qu'elle ne m'a veu las, par mille & mille maux,
De courir à la gloire en courant aux travaux,
Mais aprés avoir fait une penible guerre,
A cent Monstres divers dont j'ay purgé la terre,
J'en rencontre un nouveau qu'en vain j'ay combattu
Par l'effort redoublé de toute ma vertu,

C'en

C'en est fait, je le sens, il faut que je luy cede.
C'est une rage, un mal qui n'a point de remede,
Un brasier empesté, qui saisissant mon cœur,
Répand sur tout mon corps sa devorante ardeur.
Cependant Eurystée, à qui m'ont en esclave
Asservy les decrets du destin qui me brave,
Tandis que je languis, soufrant, persecuté,
Gouste l'heureux repos qu'il m'a toûjours osté:
Et l'on croiroit qu'au Ciel le Maistre du tonnerre
Prend soin que l'équité domine sur la terre?

En achevant ces mots, tel qu'un Taureau blessé
Qui court avec l'épieu dans sa playe enfoncé,
Et qui lors que du coup l'auteur fuit & se cache,
A le chercher par-tout avec fureur s'attache,
Hercule impatient dans ses vives douleurs
Va sur le mont OEta déplorer ses malheurs.
Tantost en fremissant de sa triste avanture,
Ses longs gemissemens marquent ce qu'il endure,
Tantost pour arracher ce qui couvre son corps,
Aux efforts déja faits il joint d'autres efforts.
Quelquefois en courant sa colere s'exerce
Sur des arbres entiers qu'il brise, qu'il renverse,
Et quelquefois confus de cét égarement
Il tend au Ciel les bras, & s'arreste un moment.

LYCHAS
CHANGE' EN ROCHER.
FABLE IV.

NFIN quand de sa mort l'instant fatal
approche,
Il apperçoit Lychas caché sous une
roche,
Et comme sa douleur qui s'augmentoit toûjours
A ses derniers transports donnoit un libre cours,

C'est donc toy qui me pers, luy dit-il, c'est toy, traistre,
Qui t'es chargé d'un don si funeste à ton Maistre ?
Lychas qui dans ses yeux voit regner la fureur,
Justifiant son zele accuse son erreur,
Et lors que tout tremblant du sort qui le menace,
Il se jette à ses pieds pour luy demander grace,
Hercule qui le prend, en l'air jusqu'à trois fois
Faisant tourner son corps en affoiblit le poids,
Et son bras, dont la force est encor sans seconde,
Plus viste qu'une pierre en sortant de la fronde
Jusqu'à la mer Eubée ayant poussé son corps,
Prévient, à le fléchir ce qu'il eust fait d'efforts.
Dans le temps qu'il s'éleve au dessus de la terre,
L'humeur qui l'animoit, s'endurcit, se resserre,
Et comme on tient qu'en l'air la pluye au Vent du Nord
Prend un corps plus épais qu'elle ne l'a d'abord,
Que la neige s'en forme, & qu'elle devient gresle
Au souffle de ce vent dont la froideur s'y mesle ;
Ainsi ce malheureux dont la crainte a glacé
Tout le sang que le cœur à vers luy ramassé,
Manquant d'humidité change en l'air de nature ;
Il tombe, & conservant sa premiere figure,

On le voit en Rocher élevé ſur les flots,
Qui donne de ſa cheute avis aux Matelots.
Ils le nomment Lychas, & dans ce nouvel eſtre,
Comme ſi le touchant ſa peine devoit croiſtre,
Dans la peur de luy nuire, il n'eſt point de Nocher
Qui parcourant ces Mers veuille s'en approcher.

MORT D'HERCULE.

FABLE V.

PRE'S cette victime offerte à sa vangeance,
Hercule dont le mal lasse la patience,
Pour oster au poison la gloire de sa mort,
Se resout par luy-mesme à terminer son sort.
De grands arbres qu'il coupe en ce moment funeste,
Luy forment un bucher, seul espoir qui luy reste.

Alors il prend ſon arc & ſon large carquois,
Les donne à Philoctete, & d'une triſte voix,
Emporte, luy dit-il, ces fléches ſans égales,
Que Troye entre mes mains éprouva ſi fatales,
Et qui contre elle encor doivent ſervir un jour
A vanger des malheurs qu'aura cauſez l'amour.
De ce preſent receu Philoctete ſoupire,
Et dans ſa fermeté plaint Hercule & l'admire.
Ce Heros qu'à la mort rien ne peut arracher,
Prend ſa peau de Lion, l'étend ſur le bucher,
S'y couche, & ſous ſa teſte ayant mis ſa maſſuë,
Voit la flame qu'en bas ce bucher a receuë
S'élever juſqu'à luy, du meſme œil dont jamais
D'un feſtin plein de joye il ait veu les appreſts.
Si-toſt que cette flame eut commencé d'atteindre
L'intrepide Heros qui l'attend ſans la craindre,
Les Dieux qu'intereſſoit ce Dompteur des Tirans
Plaignirent de ſon ſort les malheurs apparens.
Jupiter qui connoit qu'Hercule dans les flames
Cauſe le triſte effroy qui regne dans leurs ames,
D'un viſage content; Il faut vous l'avouër,
Voſtre crainte eſt ma joye, & je dois m'en louër,
Leur dit-il. Il m'eſt doux de voir dans voſtre zele
D'un cœur reconnoiſſant l'ardeur la plus fidelle,

Et que la dependance où le ſort vous a mis,
Vous faſſe prendre part au deſtin de mon Fils.
Ses grandes actions ont merité ſans doute
Les ſoucis inquiets que ſon malheur vous coute;
Je veux bien cependant me tenir aujourd'huy
Obligé de la crainte où vous eſtes pour luy;
Mais puis qu'il ne faut plus que je le diſſimule,
Moquez vous du bucher où vous voyez Hercule,
L'apparence vous trompe, & ces feux allumez
Tiennent en vain pour luy vos eſprits alarmez.
Il n'eſt point de combat au deſſus de ſon ame,
Et qui ſceut vaincre tout ſçaura vaincre la flame.
Contre elle ſon deſtin ne le rend impuiſſant
Qu'en ce que de ſa Mere il receut en naiſſant.
Tout ce qu'il tient de moy bravant ſa violence,
A droit de partager mon immortelle eſſence,
Rien n'en eſt periſſable, & la flame & la mort
Feront pour le détruire un inutile effort.
Ainſi quand dépoüillé de la maſſe groſſiere,
Hercule n'aura plus de terreſtre matiere,
L'élevant juſqu'à vous, pour prix de ſes exploits,
Je veux que dans le Ciel il ait vos meſmes droits,
Et j'eſpere qu'aucun de la Troupe immortelle
N'enviera les honneurs où ſa vertu l'appelle.

Que si chagrins d'ailleurs, il en est parmy vous
Qui regardent sa gloire avec des yeux jaloux,
Comme on ne peut douter que sa valeur insigne
Du rang que vous tenez ne l'ait sceu rendre digne,
Tout ce qu'à sa grandeur ils voudront opposer,
Ne m'empêchera pas de l'immortaliser.
A ce juste decret tous les Dieux applaudirent.
De la fiere Junon les transports s'adoucirent,
Et sans impatience elle écouta l'arrest
Qu'à Jupiter, du sang fit donner l'interest.
Non que ses derniers mots qui bravoient trop sa haine,
A son esprit altier ne fissent quelque peine,
Mais craignant de trop dire, elle crut faire mieux
De borner son chagrin au trouble de ses yeux.
Cependant le bucher de tous costez s'allume;
Tout ce qu'Hercule avoit de mortel, se consume,
La flame le devore, & n'y laisse aucun trait
Qui fasse reconnoistre un Heros si parfait.
Il n'a plus rien en luy de semblable à sa Mere;
Il garde seulement l'image de son Pere,
Prend un air tout auguste, & fait briller aux yeux
Ce que l'estre divin donne d'éclat aux Dieux.

De

De mesme qu'un Serpent qui se roule sur l'herbe,
Quittant sa vieille écaille, en devient plus superbe
Et semble avoir acquis un estre tout nouveau,
Lors qu'il s'est revestu d'une nouvelle peau,
Ainsi tout ce qui fut de l'homme dans Hercule
S'estant aneanti par le feu qui le brûle,
On le voit tout brillant de cette majesté
Qui marque la grandeur de la Divinité.
Par ce degré de gloire où ses vertus l'élevent
De son noble destin les grands projets s'achevent,
Et sans plus differer, le Souverain des Dieux
Sur un char éclatant l'enleve dans les Cieux.
Atlas qui les soûtient, du lourd fardeau qu'il porte,
Par ce poids ajouté, sent la charge plus forte,
Et reconnoist par là le supreme destin
Qui des travaux d'Hercule est le prix & la fin.

GALANTIS

CHANGE'E EN BELETTE.

FABLE VI.

Ependant Euryſtée à qui le ſang d'Alcmene
Paroiſt digne toûjours de ſa plus forte haine,
Tourne contre le Fils l'implacable courroux
Dont le Pere n'a plus à redouter les coups.

Alcmene déja vieille, & de soucis chargée,
Ne peut que par Iole en estre soulagée,
La voir, l'entretenir, est l'unique douceur
Qui malgré ses ennuis puisse toucher son cœur.
Tantost elle luy peint, par un recit fidelle,
L'amour que Jupiter eut autrefois pour elle.
Tantost elle luy fait un détail curieux
De ce qu'Hercule en terre a fait de glorieux.
Hillus, son Fils Hillus, sous les loix d'Hymenée
Avoit avec Iole uny sa destinée,
Et sa grossesse estant le fruit de leurs amours
Alcmene un jour l'aborde, & luy tient ce discours.
Puissent les Dieux, ma Fille, en tout temps exorables,
Dans vos moindres besoins vous estre favorables!
Sur-tout, puisse Lucine à vostre accouchement,
Quand vous l'appellerez, accourir promptement!
Combien, helas, combien me fut-elle contraire,
Lors qu'enfin son secours me devint necessaire?
Junon, pour qui j'estois un objet odieux,
Sur l'horreur de mes maux luy fit fermer les yeux.
Le dépit de sçavoir que de moy devoit naistre
Un Fils dont le grand nom se feroit trop connoître,

L'irritoit d'autant plus, que ſes tranſports jaloux
Le regardoient formé du ſang de ſon Epoux.
Le terme eſtoit remply; preſte à le mettre au monde
Je ſoufrois une peine à nulle autre ſeconde,
Et dans ce triſte eſtat, mes preſſantes douleurs
De la plus inſenſible auroient tiré des pleurs.
Lors que dans mon eſprit mes ſoupirs les rappellent,
Il ſemble qu'en effet elles ſe renouvellent;
Leur incroyable excés ne ſe peut ſoûtenir,
Et c'eſt ſoufrir encor que de m'en ſouvenir.
Ces douleurs, qui d'inſtant en inſtant redoublerent,
N'eurent aucun relâche, & ſept jours s'y paſſerent.
Tendant les mains au Ciel, mon unique recours
Fut d'appeller les Dieux, d'implorer leur ſecours.
Sans ceſſe dans mes cris Lucine eſtoit nommée.
Elle vient, mais Junon à ma perte animée
Ayant ſceu la corrompre, elle vient ſeulement
Pour donner plus de force à mon cruel tourment.
   Sur une pierre aſſiſe, en ces dures atteintes,
Au devant de ma porte elle écoute mes plaintes,
Met un genoüil ſur l'autre, entrelaſſe ſes doigts,
Et diſant quelques mots d'une ſecrette voix,
Telle en eſt la vertu, que contre ces paroles
On ne peut me donner que des ſecours frivoles.

Envain pour m'affranchir de mon pesant fardeau,
A mes premiers efforts j'en ajoute un nouveau,
Rien n'avance, & toûjours l'inflexible Lucine
Par son charme secret à me nuire s'obstine.
Mes cris se font par-tout entendre avec éclat;
Je nomme Jupiter barbare, lâche, ingrat,
Je souhaite la mort qui me paroist trop lente,
Et n'ayant plus enfin qu'une voix languissante,
Je me plains, je gemis, & peut-estre un rocher
Par mes gemissemens se fust laissé toucher.
On plaint mon infortune, & les Dames Thebaines
Qu'une tendre pitié fait entrer dans mes peines
Faisant au Ciel pour moy mille vœux impuissans,
Tâchent de soulager les douleurs que je sens.

Cependant Galantis, l'une de mes suivantes,
Pleine de zele en tout, & des plus diligentes,
Et qui pour me servir a toûjours prés de moy
Merité par ses soins le principal employ,
Commence à soupçonner que les maux que j'endure
Ne sont point un effet des loix de la Nature.
Elle croit que Junon par des ordres secrets
Prolongeant mon travail me fait souffrir exprés,
Et cõme, soit qu'elle entre, ou bien soit qu'elle sorte,
Elle trouve toûjours une Vieille à la porte

Qui tient ses doigts serrez contre un de ses genoux,
(Lucine paroissoit en Vieille aux yeux de tous)
Elle ne doute point, en la regardant faire,
Que dans cette posture il n'entre du mistere,
Et pour s'en éclaircir; O qui que vous soyez,
Mes vœux utilement viennent d'estre employez,
Dit-elle, & vous pouvez partager nostre joye.
Aux plus vives douleurs Alcmene estoit en proye,
Elle en est delivrée, & Mere d'un Enfant
Qui déja sur son front marque un air triomphant.
La fausse Vieille alors se leve de sa place,
Laisse tomber ses mains qu'elle des-entrelasse,
Et dans le mesme instant, par un effort leger
Du poids qui m'accabloit je me sens décharger.
On dit que Galantis, aprés ce tour d'adresse,
De son succés charmée, en railla la Déesse.
Lucine qui la voit au comble de ses vœux,
Dans le temps qu'elle rit, la prend par les cheveux,
La renverse par terre, où cette Infortunée
A devenir Belette est soudain condamnée.
Elle croit se pouvoir relever, & d'abord
Ses bras changez en pieds l'instruisent de son sort.
Sa mesme activité marque son caractere.
Ainsi qu'auparavant elle est prompte & legere;

Afin qu'on la connoisse encor dans son malheur,
Son poil de ses cheveux conserve la couleur.
Hantant dans nos maisons, elle a l'air peu farouche,
Et comme le mensonge échapé par sa bouche
M'a sceu faciliter la naissance d'un Fils,
C'est par la bouche aussi qu'elle fait ses Petits.

DRYOPE

CHANGE'E EN ARBRE.

FABLE VII.

E facheux ſouvenir d'une ſi rude peine
Arrache des ſoupirs à la ſenſible Alcmene.
Galantis luy fut chere, & c'eſt avec douleur
Qu'elle voit que ſon zele a cauſé ſon malheur.

Iole en est surprise, & ne pouvant s'en taire ;
Si vous plaignez ainsi le sort d'une Etrangere,
Que sera-ce, dit-elle, & de quel deplaisir
Le destin de ma Sœur ne va point vous saisir?
Helas! lors que je songe à sa triste avanture
Mes larmes aussi-tost font voir ce que j'endure,
Et pour un tel recit, déja plus d'une fois
J'ay manqué tout-à-coup & de force & de voix.
Dryope fut l'espoir unique de sa Mere.
J'estois d'une autre femme, & nous n'avions qu'un
Pere.
Dans toute l'OEchalie on n'avoit veu jamais
Un si brillant amas de graces & d'attraits.
Taille, teint, agrément, tout se trouvoit en elle.
Apollon sans l'aimer ne put la voir si belle,
Et les soins de ce Dieu marquerent hautement
Qu'il préferoit à tout le nom de son Amant.
Cet amour que son rang sceut rendre legitime,
Pour elle d'Andrémon n'affoiblit point l'estime.
A l'aimable Dryope il adressa ses vœux,
Et conclut un hymen qui le rendit heureux.
Sur les tranquilles bords d'un étang qu'environnent
Des Mirtes verdoyans qui par-tout le couronnent,

Se promenant un jour, elle ne sçavoit pas
Quel triste changement menaçoit ses appas.
Rien pour elle en ce lieu ne paroissoit à craindre,
Et ce qui doit encor la rendre plus à plaindre,
Aux Nymphes du Pays, qui virent ses malheurs,
Elle venoit offrir des Couronnes de fleurs.
Son Fils alors encor dans sa premiere année
Estoit un doux fardeau pour cette Infortunée.
Du soin de le nourrir se faisant un devoir,
Sans cesse entre ses bras elle vouloit l'avoir.
Dans cet endroit charmant, où venant avec elle
Je luy servois toûjours de compagne fidelle,
S'élevoit un Lotos, dont l'agreable fleur
Du rouge le plus vif effaçoit la couleur.
Comme à cent petits soins la Nature se porte,
Ma Sœur prend du Lotos la branche la moins forte,
L'arrache pour son Fils, & dans le mesme instant,
Afin de l'amuser j'en allois faire autant.
Quelle horreur, & combien me fut-elle impreveuë!
Je vois couler du sang de la branche rompuë,
Et comme si cet Arbre avoit du sentiment,
Ses branches font entendre un affreux tremblement.
De Priape autrefois, par une prompte fuite
Lotos, Nymphe champestre, évita la poursuite,

Et lors que sans espoir qu'on la pust secourir
Elle perdoit haleine à force de courir,
Déja preste à tomber, & n'ayant plus de force,
Elle sentit couvrir son visage d'écorce,
Fut changée en cet Arbre, à qui depuis, dit-on,
De Lotos pour sa gloire on a donné le nom.
C'est ce que du Pays un vieux Berger asseure.
Ma Sœur n'avoit jamais appris son avanture,
Et la frayeur qu'elle a de ce sang repandu,
Tient sur cet accident son esprit suspendu.
Aux Nymphes elle adresse une courte priere,
Et fait pour s'éloigner quelques pas en arriere;
Mais ses pieds tout-à-coup forcez de s'arrester
La retiennent au lieu qu'elle voudroit quitter:
A les rendre agissans en vain elle s'obstine.
Enfoncez dans la terre ils y prennent racine,
Et cette Infortunée, aprés cent vains efforts,
Ne peut plus se mouvoir que par le haut du corps.
Tout le bas est un tronc, dont l'écorce qui monte
Du destin qui l'attend luy fait sentir la honte.
Elle fremit, s'étonne, & dans cet embarras,
Il ne luy reste rien de libre que les bras.
Son desespoir contre elle aussi-tost les appreste.
Elle leve une main, & la porte à sa teste;

Mais elle a beau tirer, ce sont contre ses vœux
Des feüilles qu'elle arrache, & non pas des cheveux.
Sa teste en est couverte, & le blond qui s'efface
Au vert qui luy succede en un moment fait place.
Le petit Amphisus si tendrement aimé,
(Eurytus son Ayeul l'avoit ainsi nommé)
Comme je m'épouvante, & que d'abord j'oublie
Qu'il faut en ce peril prendre soin de sa vie,
Dans les bras de sa Mere, & couché sur son sein,
Pour en tirer du lait, y met la bouche en vain;
Dans ce qu'il croit sucer, & que sa langue touche,
Ce n'est plus que du bois que rencontre sa bouche.
Quelle douleur pour moy! Ma Sœur finit ses jours,
Je le vois, & ne puis luy donner de secours.
Dés que je m'apperçois que changeant de nature
D'un Arbre par les pieds elle prend la figure,
Et que déja son corps par l'écorce affermi,
S'il n'est tronc tout-à-fait, le paroist à demi,
Serrant entre mes bras ce tronc tel qu'il peut estre,
Autant qu'il m'est permis, je l'empesche de croistre,
Et souhaite cent fois, comme un heureux destin,
Sous cette mesme écorce avoir la mesme fin.

Dans ce fatal moment où je me desespere
Mes cris ont fait venir Andrémon & mon Pere:

Ils demandent Dryope ; en l'état où je ſuis
Leur montrer le Lotos eſt tout ce que je puis.
L'arbre voiſin les frape, & leur ame alarmée
Fremit de voir ma Sœur dans ſon tronc renfermée.
De ſon viſage encore ils diſtinguent les traits.
Déja le reſte eſt arbre, & caché pour jamais.
Accablez de ſa peine, & plaignant ſa diſgrace,
Ils s'approchẽt du tronc que l'un & l'autre embraſſe,
Et tandis qu'il conſerve un reſte de chaleur
Tous deux en le baiſant ſoulagent leur douleur.
De leur tendre amitié ce dernier témoignage
Coute à ma Sœur des pleurs qui moüillent ſon feüil-
lage,
Et comme elle eſt encore en pouvoir de parler,
Son amour par ces mots cherche à les conſoler.
S'il faut aux malheureux donner quelque cro-
yance,
J'ay toûjours conſervé ma premiere innocence.
J'en atteſte les Dieux qui ſçavent qu'en effet
Je n'ay pas merité le deſtin qu'ils m'ont fait,
Si je ne dis pas vray, puiſſe mon ſec branchage
Perdre ce qu'on luy voit aujourd'huy de feüillage,
Et mon tronc à grands coups par la hache coupé
De flames quelque jour périr envelopé.

Cependant tirez moy promptement de la crainte
Dont pour ce cher Enfant je me sens l'ame atteinte.
Ostez le des rameaux qui m'ont servy de bras,
Et qui long-temps encor ne le soûtiendroient pas.
Quoy qu'il perde beaucoup à changer de nourrice,
Plusieurs avec plaisir luy rendroient cét office.
Qu'on aille en choisir une, & pour me contenter
Que souvent sous mon arbre on le fasse teter.
Qu'il y vienne, s'y jouë, & lors qu'aidé de l'age
De la parole enfin il aura quelque usage,
L'amenant en ce lieu, faites qu'à mon aspect
Comme devant sa Mere il montre du respect,
Et qu'il dise, en plaignant ma triste destinée,
A vivre sous ce tronc ma Mere est condamnée,
Si j'en baise l'écorce on doit peu m'accuser,
C'est ma Mere que j'ay le plaisir de baiser.
Instruit par mon malheur dont il sçaura la cause
Qu'il craigne les Etangs plus que toute autre chose,
Si de quelque arbre en fleur on le fait approcher,
Que sa profane main se garde d'y toucher;
Qu'il traite de grand crime une branche arrachée,
Et qu'il croye en chaque arbre une Nymphe cachée.
Adieu, j'attens de vous & de vostre pitié
Tous les soins que me doit une tendre amitié.

Empêchez, s'il se peut, que le fer ne m'outrage.
Empêchez les troupeaux de ronger mon feüillage,
Et puis qu'il ne m'est plus permis de me baisser,
Vous élevant un peu, venez tous m'embrasser,
Et recevoir de moy ce que mon cœur me presse
De vous donner encor de marques de tendresse.
Abandonner mon Fils m'est une dure loy,
Avant ce coup fatal haussez le jusqu'à moy,
Et tandis que le Ciel soufre encor qu'on me touche,
Faites luy bien presser ma bouche de sa bouche.
Envain je me voudrois plus long-temps expliquer.
Je sens que tout-à-coup la voix me va manquer.
A couvrir mon visage enfin l'écorce est preste;
Elle monte, s'étend, & va cacher ma teste.
Ne vous preparez point à me fermer les yeux,
Vous estes dispensez de ce devoir pieux.
Afin que mon destin de tout point s'accomplisse,
L'écorce au lieu de vous me rendra cet office.
Pour attendrir le Ciel nos pleurs ont beau couler,
Dryope cesse d'estre en cessant de parler,
Et quelque temps encor chaque branche nouvelle
A la mesme chaleur qui luy fut naturelle.

IOLAS
RAJEUNI.
FABLE VIII.

ANDIS que racontant le destin de sa Sœur
Par ses larmes Iole étale sa douleur,
Et qu'Alcmene sensible à sa disgrace extréme
Ne peut s'en consoler qu'en pleurant elle-mesme,
Un objet étonnant dont chacun est surpris
Vient rendre tout-à-coup la joye à leurs esprits.

Iolas,

Iolas, qui déja dans l'extréme vieillesse
Pour la fin de ses jours faisoit craindre sans cesse,
A changé de visage, & de ses plus beaux ans
Contre l'ordre commun recouvré le printemps.
Il entre en cét estat dans la chambre d'Alcmene;
Où de sa Sœur Iole il soulage la peine.
Par le plaisir qu'elle a de le voir rajeuni,
De son cœur aussi-tost tout chagrin est banni.
Hebé, que dans le Ciel un heureux hymenée
Pour femme au grand Hercule a depuis peu donnée,
De la Jeunesse arbitre, avoit dans Iolas
Rappellé ce qu'elle a de plus brillans appas.
Pour le Frere d'Iole Hercule qui s'employe
Sçait que son Fils Hillus en aura de la joye,
Et lors qu'Hebé s'appreste à jurer que jamais
Elle n'accordera de semblables effets,
Themis l'en empêchant; Je voy déja, dit-elle,
La Discorde allumer une guerre cruelle.
A Thebes l'étendard est déja déployé,
L'arrogant Capanée y sera foudroyé.
Deux Freres qui voudront un combat detestable,
Perissant l'un par l'autre auront un sort semblable,
Et comme Amphiaras sçaura que le Destin
De ses jours, s'il s'éloigne, a resolu la fin,

Sur ſon refus d'aller attaquer cette Ville,
Il y ſera porté par ſa Femme Eriphile,
Qu'un Collier d'or offert ſçaura ſi bien gagner,
Qu'elle proteſtera de ne pas l'épargner.
Amphiaras, s'il meurt, ayant pour ſa vangeance
De ſon Fils Alcmeon imploré l'aßiſtance,
Sous ſes pas en chemin la terre s'ouvrira
Et dans ſon large ſein tout vif l'engloutira.
Ce Fils pour appaiſer les Manes de ſon Pere
Tournant cruellement ſon bras contre ſa Mere,
Par la meſme action, ſera conſideré
Comme Fils plein de zele & Fils dénaturé;
Puis toûjours ſur ſes pas trouvant une Furie,
Privé de ſa raiſon comme de ſa Patrie,
Sans repos, & par-tout ſe le voyant ravi,
De l'Ombre de ſa Mere il ſera pourſuivi.
Donnant ſon Collier d'or à ſa premiere Femme,
Par ce riche preſent il touchera ſon ame;
Mais de Calliroé dont il ſera l'Epoux
Pour ce meſme Collier il craindra le couroux,
Et pour la contenter l'oſtant à la premiere,
Aprés cette injuſtice il perdra la lumiere.
Les Freres s'armeront, & luy perçant le cœur
Laveront dans ſon ſang l'outrage de la Sœur.

Cette seconde Femme alors mettra sa gloire
A punir les auteurs d'une action si noire,
Et priera Jupiter, qu'en avançant le temps
Il rende hommes parfaits ses Fils encore enfans,
Afin que sa vangeance au plûtost assouvie
Luy laisse moins sentir les ennuis de sa vie.
Jupiter par des ans à leurs ans ajoûtez
Du Sort en leur faveur suivra les volontez.
 Themis dõt l'œil perçant est toûjours sans nuages,
D'une voix prophetique ayant fait ces presages,
On entend aussi-tost s'élever dans les Cieux
Un murmure secret qui partage les Dieux.
Par divers interests tous parlent, tous demandent
Que les mesmes faveurs jusqu'à d'autres s'étendent.
Cerés, qui se souvient de ses tendres amours,
Voudroit d'Iasion renouveler les jours.
Pour Titon son Epoux l'Aurore s'interesse,
Et plaint l'accablement où le met sa vieillesse.
Que ne dit point Vulcain, & d'Ericton son Fils
Avec combien d'ennuy voit-il les cheveux gris?
Venus mesme, autrefois pour Anchise empressée,
Regrette sa jeunesse entierement passée,
Et comme chaque Dieu soûtient avec éclat,
Selon ses interests, ce genre de combat,

Quelque desordre enfin dans le Ciel eust pû naistre,
Si Jupiter qui voit le tumulte s'accroistre,
S'expliquant d'un ton fier, n'eust promptemẽt calmé
Le couroux dont chacun paroissoit enflamé.

A quel indigne excés le chagrin vous emporte,
Leur dit-il? Est-ce là le respect qu'on me porte?
Vous estes Immortels, mais dans l'estre divin
Il n'est rien d'assez fort pour vaincre le Destin.
Luy seul de chaque chose est la regle éternelle.
Par luy seul d'Iolas l'âge se renouvelle,
Et de Calliroé les Fils avant le temps
Passeront par luy seul dans la fleur de leurs ans.
Sans qu'ils fassent agir force d'armes ny ligues,
La volonté du Sort leur tiendra lieu de brigues;
S'il vous paroist facheux d'en recevoir la loy,
Pour vous en consoler jettez les yeux sur moy,
Qui tenant parmi vous la puissance supréme,
Aux ordres du Destin me vois sujet moy-mesme.
Si j'avois le pouvoir de changer ce qu'il fait,
Les Fils que j'ay sur terre en sentiroient l'effet.
Rhadamante, Eacus reprendroient leur jeunesse;
Et Minos, aujourd'huy courbé sous la vieillesse,
Et dont par son trop d'âge on méprise les loix,
Pour se faire obéir seroit tel qu'autrefois.

Ce que dit Jupiter les touche, les contente,
Et voyant Eacus, Minos & Rhadamante
Sous le fardeau des ans à peine respirer,
Aucun des Immortels n'ose plus murmurer.
Tant que Minos fut jeune, il signala ses armes.
Le seul bruit de son nom mettoit tout en alarmes,
Mais abbatu, sans force, il faisoit voir alors
Que le cœur avoit pris la foiblesse du corps.
Milet, Fils d'Apollon, luy donnoit de l'ombrage,
Et quoy qu'il soupçonnast que fier de son bel âge,
Le mettant hors du trone, il voulust s'y placer,
Il le voyoit en Crete, & n'osoit l'en chasser.
Cependant sans avoir brigué le rang supréme,
Milet quittant sa Cour, la quitta de luy-mesme,
Vint faire dans l'Asie éclater son renom,
Y bastit une Ville, & luy donna son nom.
Ce fut là qu'il connut que son cœur estoit tendre.
Un jour il rencontra la Fille de Meandre,
De ce Fleuve fameux, qui par mille détours
Semble se fuir soy-mesme & se chercher toûjours,
Et cette aimable Nymphe ayant charmé son ame,
Il fit tout son bonheur de l'obtenir pour Femme.
Leur hymen fut fecond, & Biblis & Caunus,
Double fruit de leurs feux, ne sont que trop connus.

BIBLIS

CHANGÉE EN FONTAINE.

FABLE IX.

LES malheurs de Biblis doivent apprendre aux Belles
A ne brûler jamais de flames criminelles.
Sensible au doux plaisir d'estre aimée & d'aimer,
Biblis imprudemment se laissa trop charmer,

Et prenant pour Caunus une ardeur violente,
Pensant n'estre que Sœur, elle devint Amante.
D'abord elle ne trouve en tout ce qu'elle sent
Que le commun effet d'un panchant innocent.
Tout l'y porte, & le sang aidant à la seduire
La livre à ce panchant qui la fçait mal conduire.
De cette douce erreur ses sens trop prevenus
Excusent les baisers qu'elle donne à Caunus.
Elle les prend long-temps pour la marque sincere
De l'amitié que doit une Sœur à son Frere,
Et d'un amour qui prend l'appuy de sa raison,
Elle ne peut si-tost démesler le poison.
Mais insensiblement cét amour se declare.
Lors qu'elle attend son Frere elle s'orne, se pare,
Veut paroistre à ses yeux dans tout l'ajustement
Qui peut à sa beauté prester de l'agrément,
Cherche à se rẽdre aimable, & si quelque autre Belle
Se montrant à Caunus peut l'emporter sur elle,
Tout ce qu'elle luy voit de brillant & de doux
L'embarrasse, & fait peine à son esprit jaloux.
Inquiete, incertaine, elle n'a point encore
Dévelopé l'horreur du feu qui la devore.
Elle a beau sans reserve abandonner son cœur
A cette impitoyable & consumante ardeur.

De quelques maux par là qu'elle s'ouvre l'abîme,
Comme elle est sans desirs elle se croit sans crime,
Et ne peut concevoir qu'on la puisse blamer
De cherir dans Caunus ce qu'elle doit aimer.
Toutefois elle a peine à l'appeller son Frere.
Ce nom qui vient du sang commence à luy déplaire,
Et luy-mesme il luy fait sentir plus de douceur
En l'appellant Biblis qu'en l'appellant sa Sœur.
Jamais, tant qu'elle veille, elle ne s'autorise
A souffrir que ses sens luy fassent de surprise;
Mais lors que le sommeil s'est glissé dans ses yeux,
Elle voit aussi-tost ce qu'elle aime le mieux.
Quelquefois à Caunus, de trop libres carresses
Marquēt pendant ce temps quelles sont ses foiblesses,
Et quoy que sa raison alors ne puisse agir,
Elle ne peut pourtant s'empescher d'en rougir.
Si-tost que son reveil a dissipé ce songe,
Elle ose en rappeller l'agreable mensonge,
Se plaist par cette idée à troubler son repos;
Resve, & de cent soupirs accompagne ces mots.

Malheureuse Biblis, helas! de quel presage
Du songe que j'ay fait m'est la flateuse image?
Quel amour m'a surprise? Ah, veüillent pour jamais
Les Dieux en détourner les coupables effets!

Caunus eſt beau, bien fait ; l'œil le moins favorable,
Fuſt-il d'un Ennemy, le trouveroit aimable.
Sa douceur, ſon eſprit, l'eſtime où je le voy,
Sa grace, tout enfin le rend digne de moy,
Et mon cœur, d'un Amant ayant le choix à faire,
Ne pourroit mieux choiſir s'il n'eſtoit pas mon Frere ;
Mais le ſang nous ſepare, & j'ay pour mon malheur
Avec luy contre moy la qualité de Sœur.
Cette nuit en dormant je l'avois oubliée.
N'importe ; ſi le jour je ſuis juſtifiée,
Si toûjours en veillant la vertu me conduit,
Puiſſe un ſonge pareil m'arriver chaque nuit.
Les témoins ne ſont point à craindre dans les ſonges,
Et quoy que leurs douceurs ne ſoient que des menſonges,
Tout ce qui ſçait alors amuſer nos deſirs,
Dans ſes illuſions reſſemble aux vrais plaiſirs.
O toy, par qui ſans doute à mon ame enflamée
S'eſt offert le faux bien dont elle eſt ſi charmée,
Amour, que tu m'as fait dans ces heureux momens
Gouſter de vifs tranſports, de doux raviſſemens !
Rien ne vaut les erreurs où je me ſuis trouvée,
Et quoy que mon reveil m'en ait trop toſt privée,

Et que contre mes vœux prompte à s'évanouïr
La nuit m'ait envié la douceur d'en jouïr,
Le souvenir charmant qui sans cesse m'engage
A m'offrir cette chere & dangereuse image,
Quelque vain qu'il puisse estre, a pour moy plus d'appas,
Qu'un bien vrayment solide où l'amour n'entre pas.
C'est luy seul qui me touche. Ah, Caunus, ô mon Frere,
Que ne puis je changer & de nom & de Pere !
Comme il me seroit doux d'estre la Bru du tien,
Quel bonheur que l'hymen te fist Gendre du mien !
Si les Dieux m'exauçoient, leur supréme puissance
Nous rendroit tout cõmun; hors la mesme naissance,
Et pour me donner plus à recevoir de toy,
Ils te feroient d'un Sang plus illustre que moy.
Quoy donc, une Etrangere, une je ne sçay quelle,
Moins portée à t'aimer, & peut-estre moins belle,
Doit avoir de ta Femme & le nom & le rang,
Et moy, qui jointe à toy par les liens du sang,
T'ay connu, t'ay chery si-tost que je fus née,
A n'estre que ta Sœur je me vois destinée ?
Ce qui sert à mes feux d'un obstacle importun,
C'est tout ce que jamais nous aurons de commun ?

Que dois-je donc penser de ce songe agreable
Qui m'a fait voir un Frere à mes vœux favorable.
Par les plus doux transports son amour éprouvé....
Mais rien est-il plus vain, que ce qu'on a resvé?
Un Frere! quelle horreur! Ah, foibles que nous sommes!
Les Dieux ne sont-ils pas plus sages que les hommes?
Cependant on les voit, s'unissant à leurs Sœurs,
Autoriser en nous de pareilles ardeurs.
L'Ocean pour Tethis sentit la mesme flame
Opis est de Saturne & la Sœur & la Femme,
Et du grand Jupiter le destin le plus doux
Est d'estre de Junon & le Frere & l'Epoux.
Mais que dis-je insensée? à quelle extravagance
Me porte de mes feux la coupable esperance?
Les Dieux nos Souverains sont Maistres de leurs droits.
Leurs seules volontez leur tiennent lieu de loix,
Et ce que dans les Cieux leur puissance autorise
N'en rend pas aux Mortels la liberté permise.
Eteignons donc un feu dont la honteuse ardeur
Outrage la Nature, & blesse ma pudeur;
Ou si de cet effort je me trouve incapable,
Mourons pour étoufer cette ardeur detestable.

Mon Frere voudra bien, en me fermant les yeux,
Joindre quelques baisers à ses derniers adieux,
Car enfin quand mon cœur trop sensible & trop tendre
A ses brûlans transports seroit prest de se rendre,
Pourrois-je me flater qu'un mesme égarement
Feroit prendre à Caunus le mesme aveuglement?
Ce qu'un excés d'amour me peindroit legitime,
A l'aspect d'une Sœur luy paroistroit un crime;
Il n'y verroit que honte, il n'y verroit qu'horreurs.
Mais quoy, les Fils d'Eole ont épousé leurs Sœurs.
Malheureuse, est-ce à moy d'avoir la connoissance
De cette abominable & funeste alliance,
Et m'oublierois-je assez pour vouloir en ce jour
Sur ce fatal exemple appuyer mon amour?
Non, j'abhorre à jamais ces unions affreuses.
Loin de moy, feux maudits, ardeurs incestueuses.
Mon Frere offre à mes yeux tout ce qui peut charmer,
La Nature m'engage elle-mesme à l'aimer,
Mais je ne l'aimeray, quoy qu'il m'ait trop sçû plaire,
Que comme une Sœur aime ou doit aimer un Frere.
Si pourtant accablé d'un semblable tourment
Il m'avoit prevenuë, & parle comme Amant,

Je ne sçay si Biblis, pour luy trop disposée,
A ses tendres ardeurs se seroit opposée.
Que craindre donc? pourquoy ne luy pas demander
Le secours qu'à sa flame il m'eust veuë accorder.
Sous le poids du secret languiray-je sans cesse?
Quoy, lache; tu pourras découvrir ta foiblesse,
Et lors que tu rougis toy-mesme de ton feu,
Ta bouche s'ouvrira pour en faire l'aveu?
L'amour m'y contraignant, je parleray sans doute;
Ou si cette pudeur que trop long-temps j'écoute,
M'empêche d'expliquer l'estat où je me voy,
Une Lettre au besoin l'expliquera pour moy.

Pour se tirer du trouble où Caunus la fait vivre
Ce party luy paroist le moins facheux à suivre.
Elle resout d'écrire, & preste à commencer,
S'appuyant sur sa table; Ah, c'est trop balancer,
Dit-elle, tout me porte à rompre le silence.
De mes folles amours donnons luy connoissance.
Qui souffre autant que moy n'a rien à menager.
Mais vois-je assez le gouffre où je vais me plonger?
Quel amour! quelle flame! Une Sœur pour un Frere?
Elle resve un moment, balance, delibere,

Et du fatal billet dont dépend son repos
D'une tremblante main trace les premiers mots.
Sa pudeur en murmure, & ces mots luy font peine.
Elle n'ose poursuivre, & demeure incertaine.
Elle écrit, change, efface, & presque au même instant
Remet ce que d'oster elle trouve important.
Elle lit & relit, approuve, craint, espere,
Condamne malgré soy ce qui vient de luy plaire,
Et toûjours prompte à prendre un esprit different,
Vingt fois quitte la plume, & vingt fois la reprend.
Elle se perd, s'égare, & toûjours inquiete
Ne sçait ny ce qu'elle est ny ce qu'elle souhaite.
Par le doux nom de Sœur elle avoit commencé,
L'amour s'en indignant ce nom est effacé.
L'audace dans ses yeux est meslée à la honte.
Elle sent des remords, leur cede, les surmonte,
Et voulant voir enfin son destin éclairci
Dans un nouveau billet elle s'explique ainsi.

BIBLIS A CAUNUS.

CELLE qui vous écrit, triste & timide Amante,
Que du Ciel poursuit le couroux,
Vous souhaitant heureux, ne peut vivre contente
Si son bonheur ne vient de vous.

Son nom vous ſurprẽdra, je tremble à vous le dire,
Et voudrois que ſans le ſçavoir
Vous ſceuſſiez ce que ſouffre un cœur qui ne reſpire
Que le ſeul plaiſir de vous voir.

Helas ! en vous aimant que ne ſuis-je aſſeurée
Que vous répondrez à mes vœux,
Avant que de Biblis la honte déclarée
Vous revolte contre ſes feux !

Ouy, Caunus, il eſt vray, c'eſt Biblis qui vous aime,
Biblis à qui le nom de Sœur
N'a pû faire affoiblir la paſſion extréme
Qui regne pour vous dans ſon cœur.

Mes yeux baignez de pleurs, mes regards tout de flame,
Sur vous avidement tendus,
Vous expliquoient aſſez le ſecret de mon ame
Si vous les euſſiez entendus.

Quãd ſurpris des ſoupirs que je pouſſois ſans ceſſe
Vous m'en demandiez le ſujet,
Mon trouble vous faiſant l'aveu de ma foibleſſe
N'en découvroit-il pas l'objet ?

Combien aux vifs transports, qui vous faisoient pa-
Tout le desordre de mon cœur, (roistre
Ay-je joint de baisers que vous pouviez connoistre
Plus tendres que ceux d'une Sœur ?

Cependant, quelque ardeur qu'une trop tendre image
M'ait pû contraindre de nourrir,
Les Dieux m'en sont témoins, j'ay tout mis en usage
Pour l'étouffer, pour en guerir.

J'ay long-temps à l'Amour disputé la victoire,
Et cherchant à me l'asseurer, (re
J'ay cent fois plus souffert que vous ne sçauriez croi-
Qu'une Fille puisse endurer.

Enfin forcée à rompre un funeste silence
Qu'eust suivi la fin de mes jours,
Vous montrant de mon mal toute la violence,
J'ose implorer vostre secours.

Le Ciel tient sous vos vœux ma fortune asservie,
C'est à vous à regler mon sort.
Deux mots de vostre bouche asseureront ma vie,
Ou feront l'arrest de ma mort.

Ce choix dépend de vous ; avant que de le faire,
Songez que celle qui l'attend,
Ne voulant desormais vivre que pour vous plaire,
Merite ce qu'elle prétend.

Il ne luy suffit pas qu'une mesme naissance
Par le sang l'ait unie à vous.
Pour remplir ses desirs, combler son esperance,
Elle voudroit des nœuds plus doux.

Laissons examiner ce qui passe pour crime
A ceux que le nombre des ans,
Sur ce qu'on doit tenir injuste ou legitime
A fait devenir clairvoyans.

Ce n'est qu'avec le temps, aprés un long usage,
Qu'on peut amortir ses desirs,
Et trop de retenuë est mal-propre à nostre âge
Qui n'est fait que pour les plaisirs.

Comme nous ignorons ce que les loix permettent,
Croyons que tout nous est permis.
Les Dieux ; tout Dieux qu'ils sont, à l'amour se soûmettent.
Ainsi qu'eux soyons luy soûmis.

Nul obstacle facheux ne pourra nous contraindre;
Tout nostre amour peut éclater, (dre,
Et pourveu qu'en effet nous veuillions ne rien crain-
Nous n'avons rien à redouter.

La presence d'un Pere aux Amans importune
N'aura rien de cruel pour nous,
Et nous pourrons gouster nostre heureuse fortune
Sans nous attirer de jaloux.

De cent larcins d'amour à toute heure capables
Nous en sçaurons seuls la douceur,
Et nous les cacherons, ces larcins agreables,
Sous les noms de Frere & de Sœur.

Vous & moy, nous pouvons déja, quand bon nous semble
Joüir d'un secret entretien,
Et mesme devant tous nous badinons ensemble
Sans que personne en dise rien.

Nous nous abandonnons à d'aimables carresses,
Moins douces pour vous que pour moy.
Pour laisser le cours libre à nos tendres foiblesses
Il faudroit nous donner la foy.

Ne blamez pas, de grace, un aveu trop ſincere
Du mal dont je ne puis guerir.
Je vous l'aurois caché ſi j'avois pu le faire,
Mais il faut parler, ou mourir.

Serez-vous ſans pitié pour une malheureuſe
Qui vous rend Maiſtre de ſon ſort,
Et croirez-vous qu'il ſoit d'une ame genereuſe
D'eſtre la cauſe de ma mort?

Ces mots eſtant écrits, elle quitte la plume,
Et lors que ſon cachet, du feu qui la conſume
Confirme en s'imprimant les honteuſes ardeurs,
Un reproche ſecret luy fait verſer des pleurs.
Auſſi-toſt un des ſiens qu'elle connoiſt fidelle,
Et dont en le flattant elle excite le zele,
Montrant à la ſervir un eſprit diſpoſé;
Ce que je veux de toy, luy dit-elle, eſt aiſé.
Va porter cette lettre à mon.... Elle differe
A prononcer le reſte, & puis ajoute, Frere.
Ce nom à ſon tranſport la faiſant ſuccomber,
Elle luy tend la lettre, & la laiſſe tomber.
Un ſi facheux augure étonne ſon courage,
Mais ſon amour plus fort ſe moque du preſage.

C'eſt trop languir, il faut que ſes feux ſoient connus.
Le Porteur prend ſon temps pour parler à Caunus.
Caunus reçoit la Lettre, & ſur le caractere,
Croyant n'y rien trouver qui ne luy doive plaire,
Il en rompt le cachet d'un viſage content,
Ouvre, commence à lire, & preſque au meſme inſtant,
Dans l'horreur que luy cauſe un aveu ſi funeſte,
Déchirant le billet ſans avoir leu le reſte,
Peu s'en faut qu'au Porteur il ne faſſe ſentir
Qu'une coupable audace attire un repentir.
O le plus ſcelerat que le Soleil éclaire,
Tandis que tu le peux, évite ma colere,
Luy dit-il. Si ta mort ne mettoit pas au jour
Les affreuſes ardeurs d'un deteſtable amour,
Déja, traiſtre, déja de ta lache inſolence
Par ton ſang répandu j'aurois tiré vangeance.
Le Porteur que ces mots ont rendu tout tremblant,
Va conter à Biblis ce refus accablant.
Elle en pâlit de honte, & la ſecrete rage
Où la met tout-à-coup un ſi ſenſible outrage,
La laiſſant interdite, il ſemble en ce moment
Qu'elle ait avec la voix perdu le mouvement.

Enfin elle respire, & rappellant sa flame,
A ses premiers transports abandonne son ame.
Son desordre est extréme, & ces mots mal formez
Par sa vive douleur sont à peine exprimez.
Ah, je merite bien qu'il m'ait ainsi traitée?
A quel indigne excez l'amour m'a-t'il portée?
Falloit-il en aveugle, & sans précaution
Exposer à ses yeux ma folle passion? (taire
D'un tourment que la honte à toute autre eust fait
Falloit-il au papier confier le mistere?
Non, je devois d'abord d'un air tendre & flateur
Essayer son esprit, étudier son cœur,
Par des mots ambigus luy découvrant mon ame
Menager dans la sienne une entrée à ma flame,
Et ne me livrer pas ainsi mal-à propos,
Sur une mer peu seure, à la mercy des flots.
Maintenant sans secours, surprise de l'orage,
Au milieu des écueils je cours faire naufrage.
Les vents pour m'abîmer font un commun effort,
Et je suis hors d'estat de regagner le port.
De quel égarement ay-je eu l'ame frapée?
Ma Lettre en la donnant de mes mains échapée
Ne devoit-elle pas m'estre un signe certain
Que le Ciel indigné condamnoit mon dessein?

Ah, pour te declarer il falloit, insensée,
Choisir un autre jour, ou changer de pensée.
Moy, changer de pensée ! éteindre mon amour !
Non, non, il suffisoit de prendre un autre jour.
Le Dieu qui me contraint de suivre son empire
Me montroit le peril d'oser trop-tost écrire,
Et si j'eusse eû d'erreur l'esprit moins prevenu,
A mes pressentimens je l'eusse assez connu.
Pourquoy, timide Amante, employer une Lettre ?
Quel secours, quel succés ay-je pû m'en promettre ?
Il falloit, resoluë à ne luy rien celer,
Me montrer à ses yeux, moy-mesme luy parler.
Il eust vû mes transports, mon desespoir, mes larmes.
Peut-être ma langueur eust eû pour luy des charmes.
Du moins j'eusse plus dit par le seul mot d'aimer,
Que cent Lettres jamais ne peuvent exprimer.
Malgré luy, par l'excés de mon amour forcée,
J'eusse pû l'embrasser, & s'il m'eust repoussée,
Abatuë, & tombant mourante entre ses bras,
Je l'eusse conjuré d'empescher mon trepas.
Enfin pour le gagner, pour fléchir son courage,
J'eusse mis en parlant cent moyens en usage.
Si chacun, de son cœur n'eust pû rien arracher,
Ces moyens, tous ensemble, auroient pû le toucher.

Que sçait-on, quand ma Lettre est ainsi rejettée,
S'il n'en faut point blâmer celuy qui l'a portée?
Peut-estre, comme il est de malheureux instans,
Pour la rendre agreable il a mal pris son temps.
Quand aux yeux de Caunus se pressant de paroistre
Il a parlé de moy, peut-estre alors, peut-estre,
De quelque coup facheux Caunus souffroit l'ennuy.
Il n'en faut point douter, voilà ce qui m'a nuy;
Car enfin pour pouvoir mépriser ma tendresse,
Il faudroit que Caunus fust né d'une Tigresse,
Que du plus dur rocher son cœur eust esté fait,
Ou que d'une Lionne il eust sucé le lait.
Ne perdons point courage, il y va de ma gloire.
La longueur de mes soins obtiendra la victoire,
Et tant que je vivray, cet amoureux projet,
Sans que rien le demente, en doit estre l'objet.
Je sçay qu'il eust fallu me faire violence,
Imposer à mes feux un éternel silence.
J'ay tort, & je voudrois n'avoir point commencé,
Mais puis que l'on ne peut revoquer le passé,
Poursuivons jusqu'au bout,& pour vaincre un rebelle,
Faisons contre son cœur une attaque nouvelle.
J'ay tenté sa conqueste; aprés ce premier pas
Il me seroit honteux de ne l'emporter pas.

Quand je me resoudrois à quitter l'entreprise,
Oubliera-t'il l'ardeur dont il m'a veue éprise,
Ou ne croira-t'il pas, puisque j'auray changé,
Que j'eus le cœur pour luy foiblement engagé?
Mesme il m'accusera d'avoir voulu connoistre
Quels sentimens en luy le crime feroit naistre,
Et dira qu'en feignant cet amour emporté,
Je tendois une embusche à sa credulité.
Du moins, s'il croit de luy que j'aye esté touchée,
Voyant si promptement ma flame relâchée,
Il n'imputeroit pas cette brûlante ardeur
Au Dieu dont le pouvoir tirannise mon cœur;
Il la regarderoit comme une ardeur brutale,
Qui pour se satisfaire en cherchoit une égale,
Et qui par le refus se laissant refroidir,
A perdu la chaleur qui la sceut enhardir.
Enfin de quelque effort que mon cœur soit capable,
J'auray toûjours commis un crime detestable.
Ma main en écrivant en a signé l'aveu,
Je n'ay pu resister, j'ay declaré mon feu;
J'ay pressé l'union la plus illegitime.
Si l'effet ne suit pas, le desir fait le crime.
Quand je viendrois à bout de ne rien ajoûter
A ce que ce desir m'a déja fait tenter,

Jamais,

Jamais, quelque remords, quelque ennuy que j'en
sente;
Je ne puis esperer de paroistre innocente.
Ce qu'il me reste à faire aprés ce que j'ay fait,
Est beaucoup pour l'amour, mais peu pour le forfait.
Elle parle, soupire, & dans ce trouble extréme,
Elle se sent si peu d'accord avec soy-mesme,
Que dans ce mesme temps qu'un reste de pudeur
Luy fait de ses desirs desavouër l'ardeur,
Elle resve, examine, & resout de tout faire
Pour mettre ses transports dans le cœur de son
Frere.
Contre tous ses mépris son espoir se soûtient;
Elle prie, elle presse, & rien ne la retient.
Son Frere oppose envain les loix de la Nature,
Les efforts qu'elle fait passent toute mesure.
Elle croit toûjours vaincre, & son amour confus
S'expose chaque jour à de nouveaux refus.
Enfin Caunus plaignant le mal qui la possede,
Par son éloignement en cherche le remede,
Et detestant le crime où l'on veut l'engager,
Choisit pour sa demeure un climat étranger.
Là, ne pouvant souffrir un repos inutile,
Il applique ses soins à bastir une ville,

En fait tous ses plaisirs, & croit que de sa Sœur
Son absence & le temps gueriront la fureur.
Mais loin de l'adoucir sa fuite la redouble,
Sa raison n'agit plus, son esprit n'est que trouble,
Et faisant par ses cris éclater son ennuy,
Le cœur plein de son Frere, elle court aprés luy.
Telles parmy les champs sont les fieres Bacchantes
Quand le Tirse à la main, de tous costez errantes,
De leurs voix jusqu'aux Cieux portant les sons aigûs,
Elles vont celebrer les Festes de Bacchus.

Biblis ayant d'abord parcouru la Carie,
Voit Lymire, Cragus, & toute la Lycie,
Vient sur les bords de Xanthe, & traverse le Mont
Où l'effroyable Monstre, en feux toûjours fécond,
Lion, Bouc & Serpent, qu'on appelloit Chimere,
Fit autrefois, dit-on, sa retraite ordinaire.
Il n'est dans tous ces lieux antre, rocher ny bois,
Où sa vive douleur ne fasse ouïr sa voix.
Lasse & n'en pouvant plus, elle est enfin forcée
De donner quelque treve à sa course insensée.
Elle s'étend par terre, & les cheveux épars
(Les feüilles commençoient à choir de toutes parts)
Pour prendre du repos quand ses forces succombent,
Elle se fait un lit de ces feüilles qui tombent.

Les Nymphes du Pays qui l'entendent parler,
Apprenant ſon malheur, viennent la conſoler.
Toutes en la plaignant luy conſeillent d'éteindre
Ce violent amour dont elle a tout à craindre ;
Mais comme pour ſon cœur il n'eſt point d'autre bien,
Quoy qu'on luy puiſſe dire, elle n'écoute rien.
Sans ceſſe de ſes pleurs, ſans plus ouvrir la bouche,
Elle arroſe à grands flots les herbes qu'elle touche.
Envain de ſes chagrins on cherche à la tirer,
Elle ne répond point ; & ne ſçait que pleurer.
Les Naiades voyant que dans les ſeules larmes
Son cruel deſeſpoir luy fait trouver des charmes,
Des veines de ſon corps qui commence à perir,
Forment des ſources d'eau que rien ne peut tarir.
Que pouvoit leur pitié pour eſtre officieuſe
Accorder de plus doux à cette malheureuſe,
Qui ſe conſumant toute en regrets ſuperflus,
Languit, devient ſans force ; & ne vit preſque plus ?
Soudain comme d'un Pin la gomme répanduë
Sort de l'arbre auſſi-toſt que l'écorce eſt fenduë,
Ou comme du Soleil les rayons éclatans
Fondent l'épaiſſe glace au retour du printemps ;

Ainsi l'on voit Biblis dans sa douleur plongée,
A force de pleurer, en Fontaine changée.
Elle garde son nom, & par divers canaux
Dans les valons voisins fait serpenter ses eaux.

IPHIS CHANGÉE EN GARÇON.

FABLE X.

E deplorable abisme où son amour la jette,
Comme par-tout ailleurs, auroit fait bruit en Crete,
Si ses Peuples alors saisis d'étonnement,
N'eussent esté frappez d'un autre évenement.

Dans Pheste, un de ses Bourgs d'assez peu d'apparence,
Lygdas, homme sans biens ainsi que sans naissance,
Mais dont chacun vantoit l'exacte probité,
Vivoit dans une basse & douce obscurité.
Quoy que la pauvreté qu'il éprouvoit extréme
Ne luy parust pas rude à souffrir pour luy-mesme,
Il la craignit d'ailleurs, & ne put s'en cacher.
Ainsi sa Femme estant sur le point d'accoucher,
Telethuse, dit-il, si les Dieux pitoyables
A mes ardens souhaits se montrent favorables,
D'un facile travail l'heureux & prompt effet,
En te donnant un Fils, me rendra satisfait.
Pour qui n'a jamais eu la fortune riante
La charge d'une Fille est trop dure & pesante.
Sans bien, sa garde expose à de terribles soins,
Et comme nous vivons dans de pressans besoins,
Si l'Enfant que de toy le Ciel veut que j'attende
Est d'un sexe contraire à ce que je demande,
Je l'ordonne à regret; Maistresse de son sort,
Fais qu'en voyant le jour il rencontre la mort.

Ce rigoureux arrest que l'indigence excuse,
Fait soupirer Lygdas ainsi que Telethuse.

Par tout ce qu'une Mere a de tendre & d'humain
L'infortunée essaye à rompre son dessein.
Lors qu'il craint sa misere, elle luy fait connoistre
Que la bonté des Dieux pour tous aime à paroistre,
Et qu'il doit esperer que dans ses embarras
Leur secours, s'ils sont grands, ne luy manquera pas;
Mais elle a beau prier, il est inexorable.
Juste en tout, pour son sang il veut estre coupable.
Telethuse en ressent un ennuy sans égal,
Et déja d'accoucher touchoit le temps fatal,
Lors qu'auprés de son lit, sous l'image d'un songe
Que forment les erreurs où le sommeil la plonge
Elle voit, ou croit voir au milieu de la nuit
Isis dans l'appareil dont la pompe la suit.
De mille épis dorez sa teste couronnée,
D'un Croissant sur le front estoit d'ailleurs ornée.
Avec elle venoient l'aboyant Anubis,
Bubastis sa Compagne, & le fameux Apis.
Harpocrate, ce Dieu, qui le doigt sur la bouche
Fait connoistre combien le silence le touche,
Aussi-bien qu'Osiris qu'on ne peut trop chercher,
Estoit dans un éclat difficile à cacher.
Pour achever la pompe, à distances égales
D'un & d'autre costé paroissoient des cimbales,

Et jusques au Serpent en Egypte adoré,
D'une vive lueur tout estoit éclairé.
Alors d'un air riant, comme si Telethuse
Eust tout veu clairement, sans image confuse,
Et qu'elle eust du sommeil dissipé les pavots,
La Déesse s'approche, & fait ouïr ces mots.
O toy, qui sans relache occupée à me plaire
Par mille honneurs rendus m'as toûjours esté chere,
Cesse d'estre inquiete, & ne t'étonne pas
Des ordres inhumains d'un injuste trépas.
Attens tout de mes soins pour toy dans ta famille,
Et si le Ciel te fait accoucher d'une Fille,
En trompant ton Mari, seure de mon secours,
Dissimule son sexe, & conserve ses jours.
Propice aux malheureux j'écoute qui me prie,
Et si toûjours de toy ma grandeur est cherie,
Tu ne te plaindras point dans tes besoins pressans
Qu'une ingrate Déesse ait receu ton encens.
Isis avec sa suite à ces mots se retire.
Pleine d'un doux espoir Telethuse respire,
S'abandonne à la joye, & d'un zele pieux
Elevant & son cœur & ses mains vers les Cieux,
Grande Divinité, soyez-moy favorable,
Dit-elle, & faites voir mon songe veritable.

Le

Le temps fatal arrive, elle accouche ſans bruit,
Et d'un leger travail une Fille eſt le fruit.
Auſſi-toſt qu'elle eſt née, une adroite Nourrice,
Qui de la tromperie eſt la ſeule complice,
Du ſexe que l'on craint éloignant le ſoupçon,
L'envelope, & la fait paſſer pour un Garçon.
Le Mary luy donnant une entiere croyance
Marque aux Dieux & ſon zele & ſa reconnoiſſance :
Et dés ce meſme jour, charmé d'avoir un Fils,
Du nom de ſon Ayeul le fait nommer Iphis.
Ce nom plaiſt à la Mere, il ne trompe perſonne,
De meſme qu'aux Garçons, aux Filles il ſe donne,
Et cache heureuſement le veritable ſort
D'un Enfant dont ſon Pere avoit conclu la mort.
Iphis eſtant entrée en cet âge d'enfance,
Où l'habit propre au ſexe en fait la difference,
On l'éleve en Garçon ; elle croiſt, & le temps
Rend ſes traits chaque jour plus vifs, plus éclatans.
La Nature a pris peine à former ſon viſage,
Et la douceur y regne avec tant d'avantage,
Que ſoit Fille ou Garçon, faite pour tout charmer,
On n'auroit pû la voir, & ne la pas aimer.

A peine elle ſortoit de ſa treiziéme année
Qu'à ſes vœux par ſon Pere Iante eſt deſtinée.

Des plus rares Objets qui respirent le jour
Aucun ne pouvoit mieux meriter son amour.
D'un panchant mutuel toutes deux prevenuës,
Dés leurs plus tendres ans elles s'estoient connuës.
Par les mesmes leçons on avoit entrepris
D'imprimer la vertu dans leurs jeunes esprits.
Leur âge estoit égal & leur beauté semblable ;
Et chacune à l'envy se rendant toute aimable,
Il n'est pas surprenant qu'à force de se voir,
Leurs cœurs eussent déja prevenu leur devoir.
Mais comme leurs Parens autorisent la flame
Que ce premier panchant alluma dans leur ame,
Comme Iphis y connoit un obstacle fatal,
Si l'amour est pareil, l'espoir n'est pas égal.
D'un souci different chacune partagée,
Souhaite ou craint le temps de se voir engagée.
Iante, à qui l'hymen n'offre rien que de doux,
Regarde Iphis de l'œil dont on voit un Epoux.
Iphis qui ne sçauroit posseder ce qu'elle aime,
Se fait de son amour une infortune extréme,
Et s'accuse en secret de rechercher un bien
Dont ses brûlans desirs ne luy promettent rien.
Ces desirs sans effet, cette dure impuissance
Redouble de son mal la triste violence,

Et malgré sa raison qui la veut secourir,
Fille, elle aime une Fille, & n'en sçauroit guerir.
L'œil en pleurs, Sçay-je bien ce que j'attens, dit-elle ?
Iante est toute aimable, elle est jeune, elle est belle,
Mais quand le mesme sexe est commun entre nous,
En luy donnant ma foy, puis-je estre son Epoux ?
Quel amour ! En a-t'on jamais veu de semblable ?
Jamais un autre cœur s'en trouva-t'il capable ?
Et dans tout ce qu'on a d'exemples étonnans
Entre-t'il des transports qui soient si surprenans ?
Sous ce trompeur habit où je fus élevée,
Par quelle cruauté les Dieux m'ont-ils sauvée ?
Ah, pour me faire grace, ils devoient endurer
Qu'en me mettant au monde on me fist expirer,
Ou si mon innocence à leurs regards offerte
Engageoit leur justice à détourner ma perte,
Ils ne devoient, ces Dieux, faire naistre en mon cœur
Que ce que la Nature eust pû voir sans horreur.
Est-ce qu'à des Jumens une Jument s'attache ?
Une Vache jamais aima-t'elle une Vache ?
Quel malheur m'a fait prendre un amour singulier ?
La Biche suit le Cerf, la Brebis le Belier.

Tous les Oiseaux entr'eux gardent le mesme usage,
Et si les Animaux ont un instinct sauvage,
Cet instinct, quand sur eux l'amour soûtient ses
droits,
Soûmis à la Nature, on observe les loix.
Ah, que ne suis-je morte, avant que dans mon ame
L'amour eust allumé cette inutile flame!
J'estois donc reservée à faire qu'en ces lieux
Des prodiges nouveaux étonnassent les Dieux?
Par là Pasiphaé vit sa gloire tachée;
Mais quand pour son malheur un Taureau l'a tou-
chée,
Du moins sa passion dont l'objet nous surprend,
Cherchoit un animal d'un sexe different.
Plus injuste, plus folle, & plus aveugle qu'elle,
Je cours sans rien pretendre où la fureur m'appelle.
Les desirs qui sur elle eurent tant de pouvoir
Estoient fortifiez de quelque ombre d'espoir.
Dans l'ardeur de ses feux elle en estoit flatée,
Et par l'heureux secours d'une image empruntée,
De quelque trait honteux que son cœur fust frapé,
Ce Taureau qu'elle aima pouvoit estre trompé.
Mais quand contre mon mal l'ingenieux Dédale,
Luy qu'en rare industrie aucun autre n'égale,

Employeroit ce grand art qui ſceut la ſecourir,
En vain en l'épuiſant il voudroit me guerir.
Son adreſſe pour moy deviendroit impuiſſante.
Changeroit-il le ſexe, ou d'Iphis, ou d'Iante,
Et pourroit-il, pour plaire à mes bizarres feux,
Corriger la Nature en l'une de nous deux ?
Rentre, rentre en toy-meſme, Amante infortunée,
A ton aveugle ardeur ſois moins abandonnée,
Et pour te dégager d'un ſi mortel poiſon,
Sur ton cœur, ſur tes ſens fais agir ta raiſon.
Pour ne te plus tromper tâche de te connoiſtre.
Songe à ce que le Ciel t'a voulu faire naiſtre,
Et bornant tes ſouhaits à ce qui t'eſt permis,
A ſon ordre éternel montre un eſprit ſoûmis.
Si ton panchant t'entraîne, & te rend trop ſenſible,
Ne cherche, ne pourſuy que ce qui t'eſt poſſible,
Et dans l'ordre commun te laiſſant enflamer,
Aime ce qu'une Fille a couſtume d'aimer.
L'eſperance en amour eſt ce qui nous deſarme;
C'eſt elle qui nous prend, c'eſt elle qui nous charme.
Tu le ſçais; & quel fruit penſes-tu retirer
D'un feu que tu nourris ſans pouvoir eſperer ?
Dans ton attachement tu n'as rien de contraire.
On te permet de voir celle qui t'a ſceu plaire.

Tu n'as à redouter la garde ou le couroux
Ny d'un Pere ennemi, ny d'un Mary jaloux.
Ta Maistresse elle-mesme, & tendre & favorable,
Tâche pour estre aimée à te paroistre aimable,
Et malgré tout l'excés qui suit sa passion
Tu ne sçaurois pretendre à sa possession.
Ouy, dans le fol amour où tes vœux s'embarrassent,
Quoy que pour toy les Dieux, quoy que les hommes fassent,
Tout leur pouvoir uni ne sçauroit t'élever
A ce bonheur supréme où tu veux arriver.
Sous quel astre cruel le Sort m'a-t'il fait naistre?
Mes souhaits sont remplis autant qu'ils peuvẽt l'estre,
Et le Ciel indulgent & propice à mes feux,
Sur tout ce qu'il pouvoit a prevenu mes vœux.
Il n'est rien où pour moy mon Pere ne consente.
J'ay gagné les Parens comme le cœur d'Iante;
Mais quand pour mon bonheur tout paroist concerté,
La Nature s'oppose à ma felicité.
Plus forte que les Dieux & les hommes ensemble,
D'un nœud que je souhaite elle fait que je tremble.
Déja le jour s'approche où ce nœud tout charmant
Semble offrir à ma flame un doux soulagement.

Iante a tout l'amour dont un cœur eſt capable,
Et cette meſme Iante, aimée autant qu'aimable,
Elle qui fait ma joye & mon unique bien,
Se donnant toute à moy ne me donnera rien.
Dans le milieu des eaux, une impuiſſance égale
Nous va faire éprouver le tourment de Tantale.
O Dieu de l'hymenée, ô puiſſante Junon,
Dont lors qu'on ſe marie on invoque le nom,
Vous pourrez vous trouver aux appreſts d'une Feſte
Qui fait que d'une Fille une autre eſt la conqueſte?
Vains appreſts, vain Hymen, où chacune de nous
Ne peut eſtre qu'Epouſe, & manquera d'Epoux!
Tandis qu'Iphis ſoûpire, & que ſa juſte crainte
La fait à tous momens recourir à la plainte,
Iante que poſſede un violent amour,
Voudroit que de la noce on avançaſt le jour.
De ce funeſte hymen Telethuſe inquiete
En craint autant l'effet qu'Iante le ſouhaite,
Et pour le reculer, elle cherche toûjours
Un ſpecieux pretexte, & d'apparens détours.
Tantoſt un ſonge affreux, tantoſt quelque preſage,
Sur le point de conclurre, étonne ſon courage,
Et lors que tout eſt preſt, une fauſſe langueur
Luy fait encor traîner les choſes en longueur.

Enfin lors qu'elle voit ſon adreſſe épuiſée,
Qu'à contenter Ligdas Iante eſt diſpoſée,
Et que le temps choiſi pour payer ſon amour
Juſqu'au jour de l'hymen ne laiſſe plus qu'un jour,
Dans le Temple d'Iſis, de pleurs toute baignée
Elle court s'enfermer d'Iphis accompagnée.
Là, les cheveux épars, au pied de ſes Autels;
O toy, qui reverée entre les Immortels
Te rens propice aux vœux que l'Egypte t'adreſſe,
Dit-elle, prens pitié de l'ennuy qui me preſſe,
Et mettant quelque obſtacle à l'hymen que je crains,
Sur la Mere & la Fille acheve tes deſſeins.
Souviens-toy que déja dans une rude épreuve
J'ay receu de tes ſoins une ſenſible preuve,
Lors que tu vins un jour ſoulager mon ſoucy
Dans le meſme appareil où je te vois icy:
Ta viſite en ce temps me combla d'une gloire
Que rien ne peut jamais bannir de ma memoire.
De tes ordres receus me faiſant une loy,
J'épargnay ce qu'un Pere euſt fait perir ſans toy.
Si ſous un ſexe feint Iphis fut conſervée,
C'eſt par toy qu'elle vit, c'eſt toy qui l'as ſauvée,
Ne l'abandonne pas, & dans de tels malheurs
Preſte nous le ſecours que demandent nos pleurs.

A ces mots, ſur l'Autel un mouvement viſible
Fait connoiſtre qu'Iſis à leurs maux eſt ſenſible.
Un feu, de tous les feux le plus vif, le plus beau,
Répand ſur ſa ſtatuë un éclat tout nouveau.
Auprés de ſon Croiſſant mille rayons s'aſſemblent.
Le Temple eſt ébranlé, toutes ſes portes tremblent,
Et ſans que l'on y touche, on ne peut deviner
Par quel art on entend les Cimbales ſonner.
Quoy que de ſon bonheur Telethuſe incertaine
N'oſe encor s'aſſeurer qu'on finira ſa peine,
Malgré le trouble obſcur de ſon eſpoir flotant,
Lors qu'elle ſort du Temple elle a l'eſprit content.
Elle reſve à l'augure, en cherche le miſtere.
Iphis la ſuit d'un pas plus grand qu'à l'ordinaire.
Son teint, dont la blancheur ne pouvoit ſe ternir,
Perd ſa délicateſſe, & commence à brunir.
Son viſage eſt plus maſle, & les traits s'en groſſiſſent.
Sans treſſes & ſans nœuds ſes cheveux s'accourciſſent,
Et dans ce que le Ciel luy conſerve d'appas,
Se meſle une vigueur qu'une Fille n'a pas.
En effet, ſes deſirs ne trouvent plus d'obſtacle.
Iſis en ſa faveur vient de faire un miracle,
Elle a changé ſon ſexe, & dans ſa chere Iphis
Telethuſe charmée embraſſe & trouve un Fils.

Ils ne craignent plus rien ; leur foy pour la Déesse
Leur a fait meriter que leur embarras cesse.
Par des dons solemnels dans son Temple portez
Leur zele impatient reconnoist ses bontez,
Et pour faire en tous lieux que le bruit s'en répande,
Ces Vers marquant leur cause accompagnent l'offrande :

D'UNE admirable façon,
D'Isis la puissance brille.
Ce qu'Iphis a promis Fille,
Iphis l'acquitte Garçon.

A peine le Soleil qui s'est caché dans l'onde
Se montrant de nouveau rend sa lumiere au monde,
Que suivi de Junon & des plus gais Amours
Hymen vient aux Amans promettre son secours.
Pour leurs cœurs enflamez l'union est charmante.
Iphis reçoit la foy de son aimable Iante,
Et le prompt changement qui remplit tous ses vœux,
Des Epoux fortunez le rend le plus heureux.

Fin du neuviéme Livre.

LIVRE X.

LA DESCENTE D'ORPHE'E AUX ENFERS.

FABLE I.

YMEN quitte la Crete, & volant vers la Thrace,
Appellé par Orphée, il va prendre sa place,
Où ce Chantre fameux par des mots solemnels
Doit livrer sa franchise à des nœuds éternels.

Il y vient, mais helas ! quelle triste semonce !
De ces mots solemnels aucun ne se prononce.
Ce Dieu qui n'est suivi ny des Ris ny des Jeux
N'apporte à cette noce aucun présage heureux.
De la torche qu'il tient la flame qui petille
Est un feu qui consume, & non un feu qui brille.
Cette torche s'éteint, & commence à fumer,
Sans qu'aucun mouvement la puisse rallumer.
Ce qui suit est funeste, & répond au presage.
Orphée aime Euridice, & comme elle est d'un âge
Qui luy fait rechercher mille innocens plaisirs,
Il ne refuse rien à ses jeunes desirs.
Un jour que se donnant entiere aux promenades
Elle court, & badine avec quelques Naiades,
Elle foule un Serpent, qui sous l'herbe caché
Prepare son venin dés qu'il se sent touché.
Il la mord au talon ; elle tombe, elle expire.
Orphée au desespoir pleure, gemit, soûpire,
Et rien n'estant capable, aprés un tel malheur,
De soulager l'excés de sa vive douleur,
Il se resout enfin d'aller parmi les Ombres
Implorer le secours des Divinitez sombres.
Il descend aux Enfers, & sans trop s'étonner
Des Fantômes errans qui vont l'environner,

Il penetre jusqu'où Pluton & Proserpine
Font rendre ce qu'on doit à leur Grandeur divine.
Là, son Lut de sa voix soûtenant les concerts,
Du ton le plus touchant il leur chante ces Vers.

Dieux du noir & profond Empire,
Où l'inflexible Mort tour-à-tour nous attire,
Daignez prester l'oreille à mes tristes accens.
Je ne vous diray rien qui ne soit veritable,
Mais si je veux vous faire un recit pitoyable,
Je vous diray ce que je sens.

Dans ces lieux d'horreur & de peine
Un desir curieux n'est point ce qui m'amene,
De tout ce qui s'y fait je ne viens rien troubler.
Je n'y viens point poussé d'une ardeur temeraire
Chercher à mettre aux fers le monstrueux Cerbere,
Dont les aboyemens font trembler.

Euridice, mon Euridice,
Qui fit toute ma joye, & qui fait mon supplice,
Est l'unique sujet qui porte icy mes pas.
Au plus beau de son âge, & malgré la Nature,
D'un Serpent ennemi la funeste morsure
A precipité son trepas.

Accablé d'ennuis pour ſa perte
J'ay voulu la ſouffrir, je l'ay meſme ſoufferte
Sans trop faire éclater mon juſte deſeſpoir.
Mais l'Amour me contraint à ce que j'oſe faire.
Et quels cœurs ont jamais refuſé de luy plaire,
Qu'il n'ait ſoûmis à ſon pouvoir?

Ce Dieu qu'une éternelle guerre
Rend ſi craint dans le Ciel, ſi connu ſur la Terre,
Dans vos ſombres Etats ne ſçauroit l'eſtre moins:
Si d'un raviſſement qui vous couvrit de gloire
Le temps nous a laiſſé la veritable hiſtoire,
C'eſt l'Amour ſeul qui vous a joints.

Par cet Amour qui vous aſſemble,
Par ce Royaume affreux où devant vous tout tremble,
Par ces noiraſtres eaux dont il eſt abbreuvé;
S'il ſe peut que jamais la pitié vous flechiſſe,
Laiſſez revoir le jour à l'aimable Euridice
Dont la mort m'a trop-toſt privé.

La perdrez-vous pour me la rendre?
Voſtre Empire par-tout a ſceu toûjours s'étendre,

Icy bas, toſt ou tard, chacun doit arriver.
C'eſt noſtre inévitable & derniere retraite,
Et dans quelque dégouſt que ſon ſéjour nous jette,
Perſonne ne s'en peut ſauver.

Sujette à cet ordre ſupréme
Vous verrez revenir Euridice elle-meſme,
Aprés qu'un juſte terme aura rempli ſes jours.
Tout ce que je demande eſt le ſeul avantage
De voir, ſi de ſes ans vous luy rendez l'uſage,
La Nature en regler le cours.

Si les Deſtins impitoyables
Veulent que ma douleur vous trouve inexorables,
Tout vivant que je ſuis, je renonce au retour.
Auprés d'elle aux Enfers Euridice m'appelle.
Gardez-la, gardez-moy, je l'adore, & ſans elle
Je ne veux jamais voir le jour.

De ſes triſtes ennuis les ſenſibles atteintes
Sur des tons ſi touchans luy font former ſes plaintes,
Que les Ombres qu'en foule ils ont l'art d'attirer,
Trouvent, quoy que ſans corps, des larmes pour pleurer.
Surpris d'un chant ſi doux l'infortuné Tantale
Oublie en ce moment cette ſoif ſans égale,

Qui luy fait à toute heure avidement chercher
L'eau, qui le fuit si-toſt qu'il s'en veut approcher.
Suſpendant leur travail les triſtes Danaïdes
Different à remplir leurs vaiſſeaux toûjours vuides.
Dans ſa rouë Ixion, ſans la faire tourner,
Des accords qu'il entend ne peut trop s'étonner.
Ces Oiſeaux affamez que rien ne raſſaſie
Ceſſent quelques moments de déchirer Titie;
Et ſur ſa Pierre aſſis, afin d'écouter mieux,
Siſiphe tout ravi croit eſtre dans les Cieux.
On tient meſme qu'alors ces Sœurs impitoyables,
Qu'une aveugle fureur rend toûjours implacables,
Se laiſſant attendrir aux charmes de ſa voix,
Répandirent des pleurs pour la premiere fois.
Orphée a ſceu toucher Pluton & Proſerpine.
Ses concerts ont pour eux une vertu divine;
Ils plaignent ſon malheur, & pour le conſoler,
Il demande Euridice, ils la font appeller.
Son Ombre encor recente erroit parmy les Ombres
Dont depuis peu la mort a peuplé ces lieux ſombres.
Elle vient, & boitant fait connoiſtre à ſon pas
Qu'un accident funeſte a cauſé ſon trépas.
A ſon fidelle Epoux cette Epouſe eſt renduë,
Mais vers elle en marchant s'il détourne la veuë
Avant

Avant qu'il ſoit ſorti de l'infernal ſéjour,
Pour jamais, quoy qu'il faſſe, il la perd ſans retour.
Que ne promet-on point pour avoir ce qu'on aime ?
Il jure d'obeir à cette loy ſupreme,
Et dans ces lieux couverts d'une éternelle nuit,
Il marche le premier, Euridice le ſuit;
Par un ſentier fâcheux qui monte & ſe reſſerre,
Ils eſtoient déja preſts de regagner la terre,
Quand l'amoureux Orphée, apprehendant toûjours
Qu'Euridice égarée en ces obſcurs détours
Ne trompe en ſe perdant un amour ſi fidelle,
Impatient de voir, tourne les yeux vers elle;
Soudain pour avancer faiſant de vains efforts,
Elle redevient Ombre, & demeure ſans corps.
Il tend les mains, la cherche, & telle eſt ſa diſgrace,
Que croyant l'embraſſer c'eſt de l'air qu'il embraſſe.
Pour avoir de Pluton mal obſervé les loix,
Il la tuë, elle meurt une ſeconde fois;
Mais cette courte vie auſſi-toſt étouſée
Ne l'autoriſe point à ſe plaindre d'Orphée:
Et quelle juſte plainte auroit-elle à former,
D'un Mary qui la perd pour ſçavoir trop aimer?
Par un dernier adieu, dit du ton le plus tendre,
Mais prononcé ſi bas qu'il a peine à l'entendre,

Elle marque ſa flame ; & ſe laiſſe engloutir
Dans l'abiſme profond dont elle alloit ſortir.
De cette double mort l'aſſaſſinante image
Comblant ſon deſeſpoir, luy glace le courage.
Il demeure immobile ; & tel que ce Berger
Qu'autrefois la frayeur en pierre fit changer,
Quand Hercule vainqueur du Chien à triple teſte
Luy fit voir dans les fers ſon affreuſe conqueſte.
Il eſt ſans voix, ſans force, & ſon accablement
Semble l'avoir reduit à ſon dernier moment.

OLENE ET LETHÉE EN ROCHERS.

FABLE II.

EN ce funeste estat qui découvre sa peine,
On diroit qu'il attend le triste sort d'Olene.
Olene par l'hymen avec Lethée uni,
Du trop d'orgueil qu'elle eut fut autrefois puni.

Fiere de sa beauté, cette indiscrete Epouse,
La vantant en tous lieux s'en montra si jalouse,
Qu'elle la préferoit aux charmes glorieux
Que les Divinitez font briller dans les Cieux.
Cet oubli d'elle-mesme animoit leur vangeance.
Olene de sa Femme entreprit la défense,
Il la fit innocente, & pour mieux l'excuser
Prenant sur luy son crime, il osa s'accuser.
Ces deux Infortunez par le mesme supplice
Eprouverent des Dieux la severe justice,
Et ce sont deux Rochers qui sur le mont Ida
Marquent le châtiment dont le Ciel décida.
Orphée au desespoir parle, prie, & pour grace
Demande que Caron aux Enfers le repasse ;
Mais comme la douleur étouffe cette voix
Dont le charme déja l'a sceu vaincre une fois,
Ce rude Nautonnier prenant son humeur fiere,
D'un air dur & hautain rejette sa priere.
Ainsi sept jours entiers cent projets differens
D'Orphée aux bords du Styx portent les pas errans.
Les larmes qu'il répand sur cette rive obscure
Sont pendant tout ce temps sa seule nourriture.
Enfin las de se plaindre, & voyant sa langueur
Inutile à flechir l'infernale rigueur,

Revenu ſur la Terre il ſe retire en Thrace ;
Et là, toûjours rempli de ſa triſte diſgrace,
Il gemit, ſe conſume en regrets ſuperflus,
Ou ſur le mont Rhodope, ou ſur le mont Emus.

LES ARBRES
ATTIREZ PAR LA VOIX D'ORPHEE.
FABLE III.

L passe ainsi trois ans, sans que d'aucune femme
Le charme le plus vif puisse rien sur son ame.
Ennemi du beau sexe il en fuit l'entretien,
Et soit qu'il ait promis de n'aimer jamais rien,

Soit que de ſon amour la fin infortunée
Luy faſſe pour toûjours deteſter l'hymenée,
Quelque brillant Objet qui cherche à le gagner,
Il n'en reçoit les ſoins que pour les dédaigner.
Meſme ces chants ſi doux qui raviſſent les ames,
Quoy que fort ſouhaitez, ne ſont plus pour les Femmes,
Et s'il les fait ouïr, c'eſt dans les ſeuls vergers
Où ſans nulle Bergere il trouve des Bergers.
Au haut d'une colline eſt une verte Plaine
Où ce Chantre affligé tous les jours ſe promene.
C'eſtoit un lieu ſans ombre, & qui trop découvert
Aux rayons du Soleil eſtoit par-tout ouvert.
Auſſi-toſt que ſa voix y ſeconde ſa Lire,
Les Arbres qu'à l'envi ce doux concert attire,
Etendant tout autour leurs branchages épais,
Donnent à cette Plaine & de l'ombre & du frais.
On y voit attentifs à ſa plainte amoureuſe
Le Peuplier, le Cheſne, & l'Erable, & l'Yeuſe,
Le Saule, le Tilleul, le Sapin, le Cormier,
Le Heſtre, le Lotos, le Freſne, le Palmier,
Le Laurier & le Mirte, & le Plane & le Lierre,
Le Coudrier, la Vigne & l'Ormeau qu'elle ſerre,

Le Pin, arbre cheri de la Mere des Dieux.
Atis, qui de son Prestre eut l'employ glorieux,
Lors que par une triste & funeste avanture
Trop aimé d'une Nimphe il changea de figure,
Sous cette dure écorce essuya le chagrin
D'avoir à se soûmettre aux ordres du Destin.

CYPARISSE
CHANGE' EN CYPREZ.
FABLE IV.

LE Cyprez, qui dans l'air s'éleve en Pyramide,
Cede en faveur d'Orphée au charme qui le guide.
Il vient aussi l'entendre, & de sa voix flaté,
Dans cette mesme plaine on le voit transplanté.

Cét Arbre estoit jadis le jeune Cyparisse.
Apollon qui l'aimoit luy fut toûjours propice,
Et s'il eust creu ce Dieu, son triste desespoir
Sur son ame abatuë eust eu moins de pouvoir.

Dans Cée, Isle fameuse, & l'une des Cyclades,
Un grand Cerf des Chasseurs bravoit les embuscades.
Comme aux Nimphes de l'Isle il estoit consacré,
Sans craindre aucune attaque il erroit à son gré.
Son bois où brilloit l'or, s'élevant par ramage,
Fournissoit à sa teste un spatieux ombrage,
Et son col, à l'envy par chaque Nimphe orné
D'une chaîne de prix estoit environné.
Deux perles en éclat comme en grosseur pareilles,
D'un & d'autre costé pendoient à ses oreilles,
Et les nœuds bien serrez d'un ruban voltigeant
Arrestoient sur son front une houpe d'argent.
Ce Cerf avoit banni cette frayeur mortelle
Qu'à tous les autres Cerfs on voit si naturelle.
Il hantoit les maisons, & sans s'effaroucher,
Aux plus inconnus mesme il se laissoit toucher.
Chacun le carressoit. Mais sur-tout Cyparisse
Faisoit d'en prendre soin son plus cher exercice.
Conduit toûjours par luy jamais il ne beuvoit
Qu'où des plus claires eaux la source s'élevoit.

Les lieux estoient choisis, & dans chaque village
S'il entendoit parler d'un nouveau pasturage,
Quelque éloigné qu'il fust, sans rien examiner,
Son plaisir aussi-tost estoit de l'y mener.
A faire des bouquets tantost ses mains sçavantes
Entrelassoient son bois des fleurs les plus brillantes.
Tantost se reprochant un indigne repos,
En Ecuyer habile il sautoit sur son dos,
Et tournant un cordon qui luy servoit de bride
En cent lieux differens il se faisoit son guide.
   Un jour, que le Soleil au milieu de son cours
Forçoit contre le chaud à chercher du secours,
Ce Cerf las de courir dans une vaste plaine,
Appercevant de l'ombre, y vint reprendre haleine,
Et se roulant sur l'herbe, il gouftoit à longs traits
Le ravissant plaisir que peut causer le frais.
Cyparisse qui passe en ce lieu-là s'arreste,
Et découvrant le Cerf qu'il croit une autre beste,
Il décoche sur luy les plus forts de ses dards,
Le perce, & fait sortir son sang de toutes parts.
Il accourt; mais helas! quel desespoir l'accable,
Lors qu'il voit de quel crime il s'est rendu coupable!
Odieux à soy-mesme il ne se peut souffrir,
Et quand le Cerf expire il veut aussi mourir.

Apollon qui connoit ses ennuis par ses plaintes,
Tâche d'en affoiblir les sensibles atteintes,
Et luy peint, pour calmer ses trop vives douleurs,
La perte d'une Beste indigne de ses pleurs.
Mais en vain il le croit guerir de sa foiblesse.
Cyparisse gemit, & s'afflige sans cesse,
Et s'adressant aux Dieux, les ose conjurer
De luy fournir toûjours des larmes pour pleurer.
Il pleure, & dans ses pleurs versez en abondance
Tout son sang qui se mesle épuise sa substance.
Le vert qui tout-à-coup se repand sur son corps
Le fait Arbre, & finit ses douloureux transports.
De ses cheveux flotans les extremitez jointes
Forment divers rameaux qui s'élevent en pointes,
Et qui ne luy laissant aucuns traits de Garçon
Ont d'une Pyramide & l'ordre & la façon,
Apollon d'un tel sort n'ayant pû le défendre;
O toy, que j'ay cheri d'une amitié si tendre,
Reçois mes pleurs, dit-il, & sois seur qu'à jamais
Pour funebre ornement on prendra le Cyprez.
Ceux qu'une dure perte aura reduits aux larmes,
A t'en rendre témoin trouveront quelques charmes;
Et lors qu'on portera quelqu'un dans le cercueil
Tu seras pour sa mort une marque de deüil.

GANIMEDE

RAVI PAR JUPITER EN AIGLE.

FABLE V.

ORPHÉE autour de luy par ſes Chanſons charmantes
Attiroit tous les jours les Arbres & les Plantes,
Et mille & mille Oiſeaux qui vouloient l'imiter,
Tâchoient en l'écoutant d'apprendre à mieux chanter.

Un jour, aprés qu'il eut employé son adresse
A donner à sa Lire une entiere justesse,
Sa voix continuant ses aimables concerts
Avec de doux accords fit entendre ces Vers.
Divine Calliope à qui je dois la vie,
Toy qui de bien chanter m'as fait naistre l'envie,
Si j'ay dans ce grand art pris d'heureuses leçons,
Fais moy par Jupiter commencer mes Chansons.
De ce Maistre des Dieux toutes choses dépendent,
Les plus fiers Souverains à ses ordres se rendent,
Chaque estre le redoute, & j'ay pris mille fois
Pour sujet de mes chants le pouvoir de ses loix.
Par eux j'ay celebré la fameuse victoire
Qui luy fit autrefois acquerir tant de gloire,
Quand par sa foudre enfin les Geans terrassez
Tomberent sous les monts qu'ils avoient entassez.
Pour ce que je veux dire aujourd'huy, je dois prẽdre
Un ton moins élevé, mais plus doux & plus tendre.
Chantons les Jeunes Gens que l'amitié des Dieux
A jadis élevez dans un rang glorieux,
Et pour servir d'avis & d'exemple aux familles,
Chantons en mesme temps l'aveuglement des Filles,
Qui d'un feu criminel ayant trop creu l'appas,
Ont fait durer leur honte au delà du trépas.

Jupiter trop charmé du jeune Ganimede,
Dans le mal qu'il souffrit eut besoin de remede,
Et les cuisans soucis dont il fut déchiré
Luy firent voir un sort, qu'il auroit preferé
A l'honneur éclatant d'avoir sur les Dieux mesmes
Le droit de faire agir ses volontez suprémes.
Quelque forme pourtant que selon son desir
Il eust pour se cacher liberté de choisir,
Il ne put se resoudre à venir sur la terre,
Qu'en celle de l'Oiseau qui porte son tonnerre.
Il la prend, se fait Aigle, & d'un vol captieux
Fondant sur Ganimede il le transporte aux Cieux,
Où malgré le dépit dont Junon est saisie,
A la Table celeste il luy sert l'Ambrosie.

HYACINTE
CHANGE' EN FLEUR.
FABLE VI.

Pollon dans le Ciel par un tendre souci
A l'aimable Hyacinte eust donné place aussi,
Si de ses tristes jours la course infortunée
Dés ses plus jeunes ans n'eust pas esté bornée.

Du moins autant qu'il peut, ce ſenſible Immortel
Fait voir l'ardeur qu'il a de le rendre éternel,
Et lors que l'Hiver cede au Printemps qui le chaſſe,
Hyacinte auſſi-toſt repare ſa diſgrace,
Et renaiſſant en Fleur, ſemble dans nos Jardins
Sur une verte tige inſulter les Deſtins.
Dans le temps qu'il vêcut, ſa brillante jeuneſſe,
Sa grace, ſa beauté portoient à la tendreſſe;
Mais ſi chacun l'aimoit Apollon plus que tous
Se faiſoit de ſa veuë un plaiſir des plus doux:
Pour mieux joüir d'un bien pour luy ſi deſirable,
Quittant Delphes, ce Dieu s'en fit inſeparable,
L'alla trouver à Sparte, & marcha ſur ſes pas
Lors qu'il le vit hanter les rives d'Eurotas.
Ses fléches & ſon Lut dont il faiſoit ſa gloire
Par cét attachement ſont hors de ſa memoire.
En tout ſans Hyacinte il trouve de l'ennuy,
Et s'oubliant ſoy-meſme il ne ſonge qu'à luy.
S'il luy faut en chaſſant percer quelque montagne,
Traverſer des rochers, par-tout il l'accompagne,
Et ne dédaigne point dans les ſombres Foreſts
Ny de tenir ſes chiens, ny de porter ſes rets.
Ainſi par une longue & trop forte habitude
Il entretient pour luy ſa tendre inquietude,

Et l'aimant cherement, ses plus ardens desirs
Sont de pouvoir aider luy-mesme à ses plaisirs.
Le Soleil fournissoit sa plus haute carriere
Lors qu'un jour animez par sa vive lumiere,
Se défiant l'un l'autre, ils songent aux combats
Qui peuvent exercer la force de leurs bras.
Dans l'ardeur où tous deux ce défi les engage
Le Palet est le jeu qui leur plaist davantage.
Ils quittent leurs habits l'un & l'autre, & d'abord
Apollon à pousser fait un si grand effort,
Que la force du coup avec art soustenuë
Semble faire égarer son Palet dans la nuë.
Aprés qu'il s'est en l'air perdu quelques instans,
Il paroist, descend, tombe, & dans le mesme temps
Hyacinte emporté par l'éclatante gloire
De pouvoir contre un Dieu disputer la victoire,
Court où le Palet tombe, & veut le relever,
Mais d'un funeste coup il ne peut se sauver.
Le Palet, au moment qu'à le prendre il s'appreste,
Rebondit par le poids, & le frappe à la teste.
Apollon de ce coup aussi pasle que luy,
Le voyant chanceler, se preste pour appuy.
Il le soustient, l'embrasse, & tout tremblant essaye
De retenir son sang en essuyant sa playe.

Par les herbes qu'il voit que ce lieu-là produit,
Il voudroit retenir son ame qui s'enfuit,
Mais il employe envain leur vertu naturelle,
Elles ne peuvent rien, la blessure est mortelle.
Comme dans un jardin où vous voyez éclos
Pour le plaisir des yeux des Lis & des Pavots,
Si passant au travers quelqu'un qui les néglige
En foule un, & le rompt par le bas de sa tige,
Cette tige rompuë en fait pancher la fleur
Qui regarde la terre, & change de couleur,
Ainsi fermant déja les yeux à la lumiere,
Le mourant Hyacinte abaisse sa paupiere,
Et sa teste sans force, & qui n'a plus d'appuy,
Tombant sur son épaule, est un fardeau pour luy.

Quoy, s'écrie Apollon, la Parque inexorable,
Forcée à m'épargner, par ta perte m'accable?
Elle exerce sur toy ses barbares fureurs.
Malheureux, tu ne fais que de naistre, & tu meurs.
Est-il rien de pareil à ma triste avanture?
Je voy, je voy mon crime en voyant ta blessure.
En vain je chercherois à m'en justifier.
La douleur que j'en ay ne le peut expier.
J'ay causé tout le mal; ta mort précipitée
Peut estre avec justice à mon bras imputée.

Quelle faute pourtant en peut tomber sur moy ?
Estoit-ce un crime, helas, de jouër avec toy ?
Et d'avoir en t'aimant fait voir un cœur capable
D'aimer ce que le Ciel forma de plus aimable ?
Que ne m'est-il permis dans de si doux liens
D'abandonner mes jours pour racheter les tiens,
Et lors que la lumiere à tes yeux est ravie,
Par quelle cruauté me laisse-t'on la vie ?
Mais puisque du Destin qui te laisse perir
Telle est la dure loy que je ne puis mourir,
Tu vivras dans mon cœur, où ma plus forte gloire
Sera de conserver à jamais ta memoire.
Ton nom en mille lieux sans cesse repeté
Passera par ma bouche à la posterité.
Ma Lire & mes Chansons ne se feront entendre
Que pour vanter ta grace en un âge si tendre,
Et tu seras enfin une nouvelle Fleur
Qui marquera toûjours ma peine & ma douleur.
Il viendra mesme un temps, où reglant toutes choses
Le Sort, qui comme il veut fait les Metamorphoses,
Transformant un Heros d'un éternel renom
Sur cette mesme Fleur fera lire son nom.
Tandis qu'Apollon parle, & qu'il fait cette plainte,
Le sang dont tout autour il voyoit l'herbe teinte

Se changeant tout-à coup brille plus en couleur
Que ne fait l'écarlate, & produit une Fleur.
A sa forme on croiroit voir un Lis veritable
Si la couleur de l'une à l'autre estoit semblable,
Mais comme cette Fleur est une Fleur de sang,
Elle en garde le rouge, & le Lis est tout blanc.
Cet honneur qu'Apollon fait rendre à ce qu'il aime,
Ne peut encor suffire à sa tendresse extréme.
Les feüilles de la Fleur qui naist si promptement,
Portent écrit *Ai*, *Ai*, voix de gemissement,
Et que les affligez ont toûjours à la bouche
Lors que sensiblement quelque perte les touche.
Sparte imite Apollon, & cherche à faire voir
Qu'à l'égard d'Hyacinte elle sçait son devoir.
Comme il est né chez elle, elle croit de sa gloire,
Tout cedant à l'oubli, de sauver sa memoire.
Ainsi dans tout l'éclat d'un appareil pompeux
Elle établit pour luy des Festes & des Jeux,
Et pour ce cher Enfant tous les ans renouvelle,
Encor mesme aujourd'huy, ces marques de son zele.

LES CERASTES
CHANGEZ EN BOEUFS.
FABLE VII.

UE si dans l'autre Sexe on veut examiner
Les exemples honteux que je pourrois donner,
Qu'on parle, qu'on demande aux Peuples d'Amatonte
Si leur Ville autrefois a veu naistre sans honte

Ces impudiques Sœurs, dont le déréglement
De tous les lieux voisins causa l'étonnement.
Ces Peuples répondront que pour les Propetides
On eust la mesme horreur, que pour ces Gens perfides
Qui naissant sur le front de deux cornes armez,
Par là furent connus & Cerastes nommez.
Ces cruels qu'animoit une aveugle furie,
En poussoient les effets jusqu'à la barbarie.
Jupiter, comme Dieu de l'hospitalité,
Eut chez eux un Autel toûjours ensanglanté ;
Mais rien aux Etrangers ne découvroit leurs crimes.
Ils croyoient que ce sang fust le sang des Victimes
Que ce Peuple à l'envy, par un zele pieux,
Offroit en sacrifice au Souverain des Dieux ;
Cependant sans respect des Puissances supremes,
Ils répandoient celuy de ces Etrangers mesmes,
Qui dans leur Temple entrez pour le considerer,
Perissoient sur l'Autel qu'ils venoient reverer.

Venus, à qui ces noirs & sanglans sacrifices
Dans un lieu si cheri tenoient lieu de supplices,
Vouloit, pleine d'horreur pour tant d'affreux forfaits,
Quitter l'Isle de Cypre, & n'y rentrer jamais.

Mais elle eut bien-tost pris un ſentiment contraire.
Pourquoy fuir d'un ſéjour ſi digne de me plaire,
Dit-elle, & que m'ont fait ces Villes qui toûjours
Ont imploré ma grace, & cherché mon ſecours?
Tournons, tournõs plûtôt le couroux qui m'enflame
Contre ces Inhumains, contre ce Peuple infame,
Et ne balançons point dans ce juſte tranſport
A choiſir pour les perdre ou l'exil ou la mort.
S'il eſt un chaſtiment, qui rude, long, penible,
Sans eſtre exil ny mort, leur ſoit aſſez ſenſible,
Employons-le contr'eux; mais quel milieu trouver?
Ils ont l'eſtre de l'homme, il faut les en priver.
Tandis qu'en elle-meſme elle cherche, examine
En quoy doit conſiſter ce qu'elle leur deſtine,
Leurs Cornes tout-à-coup ayant frappé ſes yeux,
Elle triomphe, & croit ne pouvoir faire mieux,
Puiſqu'il eſt reſolu qu'ils changent de figure,
Que d'achever en eux ce qu'a fait la Nature.
Sa vangeance le veut, & le Ciel y conſent.
Ils ont tous apporté des Cornes en naiſſant.
Telles qu'ils les avoient elles leur ſont laiſſées,
Et pour punir enfin leurs fureurs inſenſées,
Vanger tant d'Etrangers lâchement égorgez,
En des corps de Taureau leurs grands corps ſont changez.

LES

LES PROPETIDES CHANGE'ES EN ROCHER.

FABLE VIII.

CETTE peine qui rend tous les autres timides,
Ne peut épouvanter les fieres Propetides.
Loin de craindre Venus, leur noire impieté
Soûtient qu'elle n'est pas une Divinité,

Mais comme on n'a jamais par crime ou par manie
Fait une injure aux Dieux qui n'ait esté punie,
Venus pour se vanger allume dans leurs cœurs
Tout ce qu'ont de brûlant les lascives langueurs.
Aussi-tost on les voit par de sales pratiques
Prostituer leurs corps dans les places publiques.
Leur front dans cette infame & detestable ardeur
S'accoustume à la honte, & perd toute pudeur,
Et l'endurcissement qui les porte à poursuivre
Le commerce odieux où l'amour les fait vivre,
Passant du cœur au corps, à qui les veut toucher
Ne laisse plus sentir qu'un solide Rocher.

PIGMALION AMOUREUX DE SA STATUE.

FABLE IX.

LORS que Pigmalion de ces Filles lubriques
Eut veu dans leur excés les flames impudiques,
Confus de cette aveugle & brutale fureur,
Il prit pour tout le Sexe une invincible horreur,

Et leur déreglement luy peignant chaque Femme
Capable de tomber dans ce desordre infame,
Il voulut vivre libre, & sans faire aucun choix
Long-temps de l'hymenée il rejetta les loix.
Cependant la Sculpture exerça son adresse.
Dans tout ce que cet Art a de delicatesse
Il fit une Statuë, avec des traits si doux
Que l'honneur qu'il en eut luy fit mille jaloux.
De l'ivoire employé la blancheur surprenante
Luy donnoit tout l'éclat d'une Fille vivante,
Et parmi le beau Sexe on n'avoit jamais veu
Aucun aimable Objet de tant d'attraits pourveu.
D'un Art ingenieux la sçavante imposture
A sceu si bien en elle imiter la Nature,
Qu'on diroit à ses yeux qu'elle semble rouler,
Que la seule pudeur l'empesche de parler.
De ses rares beautez chacun rend témoignage.
Pigmalion luy mesme admire son ouvrage,
Et du plus tendre amour ne se peut garantir
Pour ce qu'il n'a point fait capable d'en sentir.
Il doute quelquefois, malgré ce qu'il doit croire,
Ou si c'est un vray corps, ou si c'est de l'ivoire,
Et pour s'en éclaircir il la touche, & dément
Sur ce qu'il a touché son propre sentiment.

Plus charmé chaque jour il trouve en sa Statuë
Ce qui flate les sens, ce qui plaist à la veuë,
Et la brûlante ardeur qu'il ne peut appaiser,
Le portant à la voir sans cesse, à la baiser,
Telle est la douce erreur où son cœur s'abandonne,
Qu'il croit qu'elle luy rend les baisers qu'il luy donne;
Il luy parle, il l'embrasse, & dans ce vif transport
Il craint de la meurtrir s'il l'embrasse trop fort.
Tantost, pour satisfaire à l'ardeur qui le presse,
En des termes touchans il luy peint sa tendresse.
Tantost sa passion, à ses soins complaisans,
Comme pour la gagner, ajoûte des presens.
Il choisit ce qui fait l'amusement des Filles,
Luy porte des Oiseaux, luy donne des Coquilles,
Des Perles, des grains d'Ambre, & des plus belles Fleurs
Fait sur elle éclater les brillantes couleurs.
D'un magnifique Habit la galante parure
Orne pendant le jour cette aimable Figure.
Un superbe Collier, dont pour elle il fait choix,
Répond aux Diamans dont il orne ses doigts,
Et les Boucles de prix qu'il met à ses oreilles
Jettent un vif éclat qui les rend sans pareilles.

Chaines d'or, Nœuds, Rubans, il ne luy manque rien.
Avec des traits finis tout ornement sied bien ;
Mais quoy qu'elle en reçoive une grace nouvelle,
Quand elle est sans habits, elle n'est pas moins belle.
Il l'appelle sa Femme, & luy fait, loin du bruit,
Dresser un lit pompeux pour y passer la nuit.
Là, dans la folle ardeur du feu qui le consume,
Il la pose, il l'étend sur la plus molle plume,
Comme si par ce soin elle devoit sentir
Que d'un repos mal seur il la veut garantir.
Tandis que cette erreur l'agite & le tourmente,
Il voit venir le jour d'une Feste éclatante,
Où pour rendre à Venus des honneurs solemnels
Toute l'Isle de Cypre est devant ses Autels.
L'encens fumoit par-tout, & le sang des Victimes
Interessoit les Dieux pour les vœux legitimes,
Lors que Pigmalion qui veut se marier,
Songeant à sa Statuë, & n'osant les prier
D'employer leur pouvoir à la rendre animée,
Dieux, dit-il, d'une voix timide & mal formée,
Si l'hymen doit remplir mes desirs amoureux,
Comme vous pouvez tout, faites qu'il soit heureux,
Et daignez m'accorder dans ma flame inquiete
Une Femme semblable à celle que j'ay faite.

Venus, qu'à cette Feste où chacun l'adoroit
De tant d'honneurs rendus le spectacle attiroit,
Penetre à quels souhaits sa passion l'engage,
Et pour luy faire voir par quelque heureux presage
Que de son assistance il peut tout esperer,
Cette grande Déesse aime à se declarer.
Une flame qui jette un éclat qui l'étonne,
S'allume tout-à-coup, s'avance, & l'environne.
Le spectacle à ses yeux en est trois fois offert.
Elle s'éleve en pointe, elle brille, & se perd.
Soudain l'ame de crainte & d'espoir combatuë,
Pigmalion retourne auprés de sa Statuë,
S'assied au bord du lit, la baise avec ardeur,
Et croit en la baisant sentir quelque chaleur.
Tout surpris il remet sa bouche sur sa bouche,
Redouble ses baisers, luy prend la main, la touche,
Luy soûleve le corps à moitié hors du lit,
Et par-tout sous ses doigts l'yvoire s'amollit.
C'est ainsi que la cire au Soleil exposée
Perdant sa dureté, devient traitable, aisée,
Et prend, en se laissant tourner & retourner,
La forme que la main se plaist à luy donner.

Tandis qu'en ce succés sa juste défiance
Tient son espoir en trouble, & sa joye en balance,

Et qu'en touchant toûjours, par ce sensible essay
Il cherche à s'asseurer si son bonheur est vray,
De l'Objet si cheri qui fait toutes ses peines,
En luy tenant le bras, il sent battre les veines,
Et ne peut plus douter que d'un corps animé
Dans ce qui fut Statuë il n'ait le cœur charmé.
Alors plein d'une joye à nulle autre pareille
Il rend grace à Venus d'une telle merveille,
Et commence à baiser, non comme auparavant
Un visage formé par un Art decevant,
Mais une aimable Fille, en qui l'Amour étale
L'éclat d'une beauté qui n'eut jamais d'égale.
L'heureux Pigmalion ravi de l'embrasser,
Luy marque sa tendresse, & ne s'en peut lasser.
Par la prompte rougeur qui sur son front prend pla-
ce,
Elle marque d'abord qu'elle sent qu'on l'embrasse,
Et haussant vers le Ciel les yeux timidement,
Dés qu'elle voit le jour, elle voit son Amant.
Venus fait leur hymen, & s'y trouve presente,
Et le Ciel qui consent à remplir leur attente,
D'un Fils aprés neuf mois leur accorde le don.
Il est nommé Paphus, & l'Isle en prend le nom.

MIRRA.

MIRRA
CHANGÉE EN ARBRE.
FABLE X.

E fut de ce Paphus qu'on vit naiſtre Cinyre
Qui de Cypre avec gloire ayant tenu l'Empire
N'auroit eû que des jours heureux & triomphans,
Si le Deſtin jaloux l'euſt laiſſé ſans enfans.

Ce que je vais chanter est le plus grand des crimes.
Peres, qui detestez les feux illegitimes,
Et vous, Filles, pour qui l'honneur a des appas,
Fuyez, éloignez-vous, & ne m'écoutez pas:
Ou si de fuir mes chants vous estes incapables,
Ce que vous entendrez, prenez-le pour des Fables.
Du moins, si mon recit fait sur vous quelque effet,
Croyez le chastiment en croyant le forfait;
Si pourtant des horreurs qui sont sans apparence
Trouvent dans la Nature aucune vray-semblance.
O Thrace, ô ma Patrie, ô Terre où je suis né,
Combien doit-on tenir ton Climat fortuné,
D'estre éloigné des lieux où l'on a veu paroistre
La plus honteuse ardeur qui jamais ait sceu naistre!
Si c'est pour l'Arabie un destin glorieux
De se voir si feconde en Arbres pretieux,
A produire l'Encens si toûjours elle est prompte,
La Mirre qu'elle porte est pour elle une honte,
Et cet Arbre nouveau, fust-il le plus vanté,
Ne vaut pas le forfait qu'on sçait qu'il a cousté.
Ne dy point, ô Mirra, que l'Amour pour te nuire
Employa contre toy tout ce qui peut seduire:
Ces detestables feux, dont ton cœur est charmé,
Viennent d'un noir tison dans l'Enfer allumé.

Tisiphone sans doute a versé dans ton ame
L'inceſtueuſe ardeur qui rend ton nom infame,
Et ses affreux Serpens t'ont souflé le poiſon
Dont la vapeur maligne a troublé ta raiſon.
C'eſt un crime, il eſt vray, que de haïr ſon Pere,
Le ſang qui le déféd veut qu'on cherche à luy plaire,
On doit le reverer, on luy doit obéir,
Mais l'aimer comme toy, c'eſt plus que le haïr.
Cent Princes dont tu peux faire la deſtinée
Viennent de toutes parts briguer ton hymenée;
Et dans tout l'Orient les plus grands Potentats
Font vanité de rendre hommage à tes appas:
Illuſtres en merite auſſi-bien qu'en naiſſance
Ils t'offrent à l'envy la ſupréme puiſſance,
Prens l'un d'eux pour Epoux; ayant à t'enflamer
Ton Pere eſt-il le ſeul que tu puiſſes aimer?
Mirra, du feu ſecret dont l'ardeur la ſurmonte
Gouſte à peine l'appas, qu'elle en connoit la honte.
Elle combat, reſiſte, & fremiſſant d'horreur;
Où va, dit-elle, où va mon aveugle fureur?
Dieux, qui voyez combien l'innocence m'eſt chere,
Et vous, ſacré reſpect que l'on doit à ſon Pere,
Soûtenez ma vertu qui preſte à ſuccomber
Me montre un goufre ouvert, & m'y laiſſe tomber.

J'ay beſoin de ſecours ſur le bord de l'abiſme
Où m'entraîne un flateur, mais deteſtable crime,
Si pourtant c'en eſt un que d'avoir de l'amour
Pour celuy dont le ſang nous a donné le jour.
Cet amour qu'en naiſſant mit en nous la Nature,
Pour eſtre au plus haut point, peut-il luy faire injure,
Et ce qu'aux Animaux elle a laiſſé permis,
Doit-il eſtre un forfait s'il eſt par nous commis?
Conduits par un inſtinct qui de tout les diſpenſe,
Ils n'ont à reſpecter aucuns droits de naiſſance.
Les Oiſeaux font de meſme, & l'amour les touchant,
S'ils ont quelques deſirs, ils ſuivent leur panchant.
Qu'ils ſont heureux, helas, de pouvoir ſans contrainte,
S'abandonner aux traits dont ils ſentent l'atteinte!
Par quel bizarre ſort, les Hommes à leur choix
Se ſont-ils aviſez de s'impoſer des loix?
Le bien qu'offre à leurs vœux la Nature facile,
La rigueur de ces loix nous le rend inutile.
Il eſt pourtant, dit-on, des Peuples éloignez
Chez qui nuls droits jamais ne furent épargnez.
Là, par les nœuds du ſang l'amour plus ſeur de plaire
Joint le Pere à la Fille, & le Fils à la Mere.

Ah, que n'ay-je pû naiſtre en ce climat heureux
Qui ſouffre un libre éclat aux deſirs amoureux !
Les miens n'oſent paroiſtre, & je m'en vois geſnée
Par l'uſage fatal des lieux où je ſuis née.
Mais à quoy m'arreſtay-je, & par quel mouvement
Oſay-je retomber dans mon égarement ?
Sortez de mon eſprit, eſperances honteuſes.
Je n'ay que trop receu vos amorces flateuſes :
J'y renonce, & mon cœur pour les vaincre eſt armé.
Celuy qui fait ma peine eſt digne d'eſtre aimé ;
Mais quoy qu'un vray merite en luy m'ait trop ſceu plaire,
Je ne le dois aimer que comme on aime un Pere.
Donc je pourrois joüir du deſtin le plus doux,
M'unir au grand Cinyre, & l'avoir pour Epoux,
Si l'honneur de me voir la Fille de Cinyre
Ne mettoit pas obſtacle au bonheur où j'aſpire ?
Cet honneur m'eſt funeſte, & la jalouſe loy
Qui me fait eſtre à luy, l'empeſche d'eſtre à moy.
En vain des nœuds étroits font que je luy ſuis chere.
Je pourrois plus ſur luy ſi j'eſtois étrangere,
Et quand de ſon hymen je ſuis l'unique fruit,
Si c'eſt un bien pour moy, c'eſt un bien qui me nuit.

Fuy, malheureuse Amante, & quittant ta Patrie,
Avant que de ton nom la gloire soit flétrie,
Va te mettre à couvert d'un crime à detester.
Ce n'est qu'en t'éloignant que tu peux l'éviter.
Mais comment fuiras-tu, si ta flame inquiete
Forme pour t'arrester une chaîne secrete?
En vain contre l'Amour ta vertu se soûtient,
Cette chaîne en ces lieux malgré toy te retient.
Tu veux y voir ton Pere, & luy parler sans cesse.
Tu veux, pour contenter ton indigne foiblesse,
Chercher auprés de luy des baisers superflus,
S'il ne t'est pas permis d'obtenir rien de plus.
Mais que peux-tu jamais esperer davantage?
Ne sens-tu pas à quoy ta passion t'engage,
Et que de la Nature affoiblissant les loix
Elle t'en fait confondre & les noms & les droits?
Veux-tu donc, te faisant Rivale de ta Mere,
Servir honteusement de Maistresse à ton Pere?
Veux-tu donc devenir par ces feux inouïs,
La Mere de ton Frere, & la Sœur de ton Fils?
Crains, lâche, crains pour toy ces affreuses Furies
Qui fecondes toûjours en noires barbaries,
Les serpens à la teste, & la torche à la main
S'offrent aux criminels, & leur rongent le sein.

Garde pour la Nature un respect legitime,
Et tandis que ton corps est encor pur du crime,
Soûmise aux justes loix que le sang te prescrit,
Défens-toy, si tu peux, de souiller ton esprit.
Quand ton Pere voudroit ce que tu peux prétendre,
Effrayé du forfait il sçauroit s'en défendre.
De quelque vive ardeur qu'il se vist combatu,
Pour m'aimer comme Amante, il a trop de vertu.
O vertu qui me perd & qui me desespere!
Que ne puis-je inspirer mes transports à mon Pere,
Et quand ma passion devient fureur, pourquoy
Ce que je sens pour luy ne l'a-t'il pas pour moy?

Dans le temps que Mirra, douteuse, embarassée,
Roule ces mouvemens dans sa triste pensée,
Que sa raison se perd dans l'horreur de ses feux,
Son Pere qui la voit l'Objet de mille vœux
De tant de Pretendans qui luy rendent hommage,
Demande en les nommant qui luy plaist davantage.
D'abord elle se taist, & ses yeux imprudens
Trahissent son secret par des regards ardens,
Que tout autre qu'un Pere eust trouvez pleins de charmes;
Elle ne luy répond qu'en répandant des larmes.

Ces pleurs accompagnez d'une vive rougeur,
De l'aveugle Cinyre attendrissent le cœur.
Comme il croit que toûjours un projet d'hymenée
Fait paroistre timide une Fille bien née,
Trompé par le motif qui l'oblige à pleurer,
Il l'embrasse, & par là cherche à la rasseurer.
Mirra sur ces baisers fait éclater sa joye,
Et les termes flateurs qu'avec elle il employe,
La forçant de parler sur le choix d'un Epoux;
J'en souhaiterois un qui fust fait comme vous,
Dit-elle. Il louë, admire, & s'imagine entendre
Ce qu'un sens ambigu l'empesche de comprendre.
Ainsi dans tous les vœux qui pourront te flater,
Puisse toûjours, dit-il, ta sagesse éclater.
Elle baisse les yeux à ce mot de sagesse,
Et quand de son forfait le dur remords la presse,
Elle a honte de voir imputer à vertu
Le coupable souhait d'un feu mal combatu.
La nuit chez les Mortels déja fort avancée
Tenoit leurs soins bannis & leur peine effacée,
Et le sommeil par-tout repandant ses pavots,
Les plus infortunez goustoient quelque repos.
Mirra que fait veiller sa triste inquietude
Rend contre son amour le combat le plus rude,

Et des vœux insensez que forme sa fureur
Dans leur plus noire image, elle revoit l'horreur.
Tantost desesperant de pouvoir estre heureuse
Elle veut étouffer sa flame incestueuse.
Tantost elle resout de la faire sentir,
Et la honte aussi-tost la porte au repentir.
Enfin dans ses desirs à soy-mesme contraire,
Pour adoucir sa peine elle est preste à tout faire,
Et cent projets divers amusant son espoir,
Elle doute, & ne sçait ce qu'elle doit vouloir.
Comme un arbre sappé par plusieurs coups de hache
Fait craindre tout autour l'instant qu'il se détache,
Et douter, quand par-tout sa cheute peut tourner,
De quel costé son poids est prest de l'entraîner.
Ainsi Mirra chancelle, & toûjours incertaine
Entre les mouvemens où son panchant la mene,
Passe de l'un à l'autre, & pleine d'embarras,
Veut en un mesme temps ce qu'elle ne veut pas.
Cependant elle a beau vouloir bannir la flame
Qui malgré sa raison tirannise son ame.
Rien contre cet amour ne la peut secourir,
Et la mort elle seule a droit de l'en guerir.
Succombant aux ennuis dont elle est poursuivie
Elle resout enfin d'abandonner la vie.

Un seur moyen s'en offre, & luy frape l'esprit.
Elle pend sa ceinture au plus haut de son lit,
Et preparant un nœud ; Puisqu'il faut que j'expire,
Adieu, dit-elle, adieu, trop aimable Cinyre.
Puisse ma triste mort t'apprendre mes malheurs,
Et qu'en quittant le jour, c'est pour toy que je meurs.
A ces mots elle songe à finir son supplice,
Et le bruit qu'elle fait éveillant sa Nourrice,
Qui dans un lieu voisin, pour luy rendre ses soins,
Se tenoit chaque nuit preste à tous ses besoins,
Cette Nourrice accourt, & la porte entr'ouverte
Luy laissant découvrir l'appareil de sa perte,
Elle fremit, s'écrie, & par un prompt secours
Arrache la ceinture, & conserve ses jours.
La funeste pâleur qui couvre son visage,
Reduit la Vieille aux pleurs, & glace son courage.
Elle embrasse Mirra, luy parle, & veut sçavoir
Quel malheur tout-à-coup cause son desespoir.
Mirra gardant pour elle un silence tranquille
Attache contre terre un regard immobile,
Et se plaint en secret de la rigueur du Sort
Qui prolonge sa peine en retardant sa mort.
La Nourrice s'obstine, & par sa vigilance,
Par ses soins assidus donnez à son enfance,

Par tout ce qu'elle croit capable de toucher,
Elle presse Mirra de ne luy rien cacher.
La Princesse qu'aigrit une telle priere
Vers elle avec dédain tourne un regard severe,
Et sa vive douleur de moment en moment
Tire de sa poitrine un long gemissement.
La Vieille continuë, & rien ne la rebute.
Elle combat Mirra, prie, exhorte, dispute,
Et pour venir à bout d'arracher son secret,
C'est peu de l'asseurer qu'elle a l'esprit discret.
Quelque pressant que soit le mal qui la posse-
de,
Elle offre, elle répond d'en trouver le remede.
Ne croyez pas, dit-elle en la voyant rougir,
Que mon âge vous nuise, & m'empesche d'agir.
Il suffit que pour vous ma tendresse est extréme.
Quoy qu'il faille entreprendre on peut tout quand
on aime.
Si quelque passion trouble vostre repos,
Je puis vous en guerir en disant quelques mots.
Si par enchantement quelqu'un vous a sceu nuire,
Tout charme par un autre est facile à détruire;
Enfin comme l'orgueil suit souvent la beauté,
Si le Ciel vous punit d'avoir trop de fierté,

Un ſacrifice offert d'un zele ardent, ſincere,
Quelque irrité qu'il ſoit, deſarme ſa colere.
Voila ce qui pour vous me ſemble à redouter.
Quel ſouci vous pourroit d'ailleurs inquieter ?
Le ſang dont vous ſortez a tous les avantages
Dont la gloire ait jamais flaté les grands courages.
La paix regne en ces lieux, l'Eſtat eſt floriſſant,
Tout vous rit ; voſtre Pere eſt heureux & puiſſant.

La Princeſſe ne peut ouïr nommer ſon Pere
Sans qu'à ce nom trop cher ſon viſage s'altere.
Elle pouſſe un ſoupir, qui ne fait que trop voir
Que quelque amour ſecret ſur elle à tout pouvoir ;
Mais quoy que cet amour par ce ſoupir s'exprime,
La Nourrice l'apprend ſans y croire de crime,
Et la preſſe toûjours d'oſer luy découvrir
Le redoutable mal qui la fait tant ſouffrir.
Pour vaincre ſes refus elle ſe ſert d'adreſſe,
La prend ſur ſes genoux, la flate, la carreſſe,
Et liſant ſon ſecret dans ſes yeux enflamez,
Je ne le voy que trop, dit-elle, vous aimez.
Ne craignez point ; l'amour n'eſt pas ſi condamnable.
S'il vous y faut ſervir, j'en dois eſtre capable.
J'ay de l'experience, & j'agiray ſi bien
Que voſtre Pere enfin n'en ſoupçonnera rien.

A ce mot, furieuſe, interdite, troublée,
Mirra ſe leve, fuit de douleur accablée,
Se jette ſur ſon lit, & tremblante d'effroy,
Epargnez ma pudeur, dit-elle, laiſſez-moy,
Ou ſi vous penetrez ce que je n'oſe dire,
Ne me demandez point pour qui mon cœur ſoupire.
L'amour que je vous cache eſt un forfait ſi grand,
Que ſon aveugle ardeur moy-meſme me ſurprend.
Ce diſcours, qu'accompagne un long torrent de larmes,
Fait fremir ſa Nourrice, & la remplit d'alarmes.
Des maux de la Princeſſe elle ſe ſent troubler,
Et luy tendant les mains que ſes ans font trembler,
A ſes pieds ſuppliante elle met en uſage
Tout ce qu'a d'engageant le plus flateur langage.
Son ſilence obſtiné continuant toûjours,
D'une adroite menace elle prend le ſecours,
Et jure qu'elle va, ſans garder de meſure,
Des appreſts de ſa mort publier l'avanture,
A moins que ſon ſecret mis avec elle au jour,
Ne luy donne moyen de ſervir ſon amour.
La Princeſſe, qu'étonne une telle menace,
Forcée à s'expliquer, ſe confond, s'embarraſſe.

C'eſt en vain qu'elle veut découvrir ſes malheurs.
D'abord pour s'exprimer elle n'a que des pleurs.
Preſte à faire l'aveu du mal qui la ſurmonte
Vingt fois elle commence, & ſe retient de honte.
Enfin pour déclarer ce feu prodigieux,
Baiſſant un peu la teſte, & ſe cachant les yeux,
D'un ton bas; Quel bonheur, dit-elle, pour ma Mere
D'avoir pris un Mari ſi digne de luy plaire!
Un ſoûpir ſuit ces mots, & c'eſt en dire aſſez.
La Vieille en a d'horreur les cheveux heriſſez.
Elle tremble, ſon ſang ſe glace dans ſes veines,
Et quoy qu'elle ait promis de ſoûlager ſes peines,
Elle n'a des conſeils, que pour la detourner
D'un crime que le ſang ne peut luy pardonner.
Elle expoſe à ſes yeux les ſuites effroyables
Qu'auront dans leur ſuccés des feux ſi deteſtables.
Mirra les voit comme elle, & tout ce qu'elle dit
Eſt entré dans ſon ame, a frapé ſon eſprit;
Mais ce funeſte amour eſt né pour ſon ſupplice.
S'il n'eſt pas ſatisfait il faut qu'elle periſſe.
La mort dont ſes ennuis trouveront le moment,
Etoufant cét amour, finira ſon tourment.
La Nourrice qui craint dans ſa douleur mortelle
Ce que ſon deſeſpoir a pû déja ſur elle,

Aprés avoir encor combatu quelque temps ;
Vivez, dit-elle, enfin vos vœux seront contens,
Et vous posséderez ... Son trouble la fait taire,
Sans qu'elle ose à ces mots ajouter, vostre Pere.
Sa promesse à Mirra cause un plaisir charmant,
Et pour la confirmer elle y joint le serment.
La Feste de Cerés, en Cypre reverée,
Estant par toute l'Isle en ce temps célébrée,
Les Femmes à l'envy portoient sur ses autels
Les premices des fruits qu'elle donne aux mortels.
Chacune en habit blanc, pendant neuf nuits entieres,
Assistoit comme Fille à ses sacrez mysteres,
Et tout ce qu'aux Maris l'hymen veut qu'il soit deu,
Tant que duroit ce temps, leur estoit défendu.
La Femme de Cinyre à la Feste préside,
Sa retraite, en son lit laisse une place vuide,
Et comme il couche seul en son appartement,
La Vieille qui l'épie, & cherche un seur moment,
Ayant un jour connu, comme elle est appliquée,
Que sa raison estoit par le vin offusquée,
L'aborde, & luy vantant un Objet plein d'appas,
Luy peint un cœur touché qui ne se défend pas.
Par un nom supposé son ame estant déceuë,
La declaration avec joye est receuë,

Et le Roy, de la Belle épris en un moment,
S'informe de ſon nom, & de ſon agrement.
En dons de la Nature, en brillant de Jeuneſſe,
Elle peut, dit la Vieille, égaler la Princeſſe.
Cinyre à ſes deſirs ſe laiſſant entrainer,
La renvoye, & luy donne ordre de l'amener.
Elle rejoint Mirra; Nous avons la victoire,
Luy dit-elle, & j'ay fait plus que vous n'oſiez croire.
Pour vous ſur mon rapport Cynire eſt plein d'amour.
Mirra de ſa Nourrice attendoit le retour,
Mais malgré ſon ſuccez en ce qu'elle ſouhaite,
Elle ne peut ſentir qu'une joye imparfaite.
Son cœur qui ſe confond, & murmure tout bas,
Luy preſage un malheur qu'elle ne connoit pas.
Cependant au milieu de ces dures alarmes,
Ce qui la fait trembler a pour elle des charmes,
Tant dans ce qu'elle veut ſon eſprit diviſé
Se trouve en ce moment à luy-meſme oppoſé.

La nuit vient, tout ſe taiſt, Mirra court à ſon crime.
La Lune fuit d'effroy par l'horreur qu'il imprime.
Aux coupables effets d'un amour deteſté
Les Aſtres obſcurcis refuſent leur clarté.

La

La nuit perd de ſes feux le brillant aſſemblage.
Icarius tremblant ſe couvre le viſage,
Et ſa Fille Erigone aprés un long ennuy
Placée enfin au Ciel ſe cache comme luy.
Pour rappeller Mirra tout s'explique contre elle.
Trois fois dans le chemin ſon pied mal ſeur chancelle,
Et trois fois d'un hibou les effroyables cris
Luy font tout redouter du deſſein qu'elle a pris.
Elle marche pourtant malgré ſes cris funebres.
Son reſte de pudeur ſe perd dans les tenebres.
Elle tient d'une main la Vieille qu'elle ſuit,
Et prend l'autre pour guide où l'amour la conduit.
Elle arrive à la chambre, elle en pouſſe la porte,
Elle entre, & c'eſt alors qu'elle ſe ſent moins forte.
Tout ſon ſang retiré commence à ſe glacer,
Et ſes genoux tremblans refuſent d'avancer.
De ce qu'elle a voulu plus le moment s'approche,
Et plus de la Nature elle entend le reproche.
Son crime l'épouvante, & preſte à l'achever
Elle écoute un remords qui l'en voudroit ſauver.
Sa fermeté s'ébranle, & s'il eſtoit poſſible,
Elle fuiroit d'un lieu pour elle ſi terrible;
Mais la Vieille voyant qu'elle arreſte ſes pas,
Pour la faire avancer la tire par le bras,

Et la forçant d'entrer dans le lit de son Pere ;
Voila l'Objet à qui vous avez trop sceu plaire,
Luy dit-elle, & qui fait son plaisir le plus doux
De l'avantage heureux de se donner à vous.
Ce Pere infortuné que trompe cette Infame,
Reçoit sa Fille ainsi qu'il eust receu sa Femme,
Et remarquant en elle une timidité
Dont le trouble s'oppose à sa felicité,
Il prend pour l'affoiblir le plus tendre langage.
Peut-estre en ces momens autorisé de l'âge
Qui luy met dans la bouche ainsi que dans le cœur
Ce qu'une jeune Amante inspire de flateur,
Il l'appella sa Fille, & par là crut luy plaire.
Peut-estre aussi tout bas luy dit-elle, mon Pere,
Comme s'il eust manqué quelque chose au forfait,
Si l'un & l'autre nom ne l'eust rendu parfait.
Par le couroux du Ciel armé pour son supplice,
Mirra retourne grosse auprés de sa Nourrice,
Et porte dans ses flancs le fruit incestueux
Qui doit faire éclater le crime de ses feux.
Ce mesme crime encor quelques nuits continuë,
Quand Cinyre ennuyé d'aimer une Inconnuë,
Veut sçavoir quelle Belle, en se cachant le jour,
A voulu luy donner tant de marques d'amour.

L'ardeur de s'éclaircir sur toute autre l'emporte,
Et la clarté qu'enfin tout-à-coup on apporte,
Luy faisant voir sa Fille, offre à son desespoir
L'image d'un forfait qu'il n'auroit pû prévoir.
De quel étonnement a-t'il l'ame frapée?
Il en perd la parole, & court à son épée.
Mirra, pleine elle-mesme & de trouble & d'horreur,
A la faveur de l'ombre échape à sa fureur,
Va gagner l'Arabie, où vagabonde, errante,
Elle mene une vie odieuse & pesante.
Aprés avoir par-tout sans nul soulagement
Porté long-temps sa honte, & traîné son tourment,
Ne pouvant plus suffire au fardeau qui l'accable,
Triste fruit d'un amour infame, abominable,
Par le travail vaincuë elle s'arreste enfin.
La Sabée est le lieu qui fixe son destin.
Là, toûjours d'elle-mesme implacable ennemie,
Douteuse en ses souhaits, en tout mal affermie,
Sentant également dans un si rude sort
Le dégoust de la vie, & la peur de la mort,
Elle s'adresse aux Dieux, & par cette priere
Leur montre en soûpirant son ame toute entiere.

O vous, dont le pouvoir n'est jamais limité,
Dieux, s'il est parmi vous quelque Divinité

Propice aux malheureux, qui touchez de leur crime
Sçavent qu'en souffrant tout leur peine est legitime,
J'ay merité la mienne, & s'il se peut trouver
Un supplice plus grand, je veux bien l'éprouver.
Continuez sur moy vostre juste vangeance,
Mais afin que jamais ma funeste presence,
Aprés ce qu'on a veu de mes affreux transports,
N'offence les vivans, ni ne blesse les morts,
S'il se peut que mes vœux soient conformes aux vô-
tres,
Daignez me separer & des uns & des autres,
Et ne me laissez point ny descendre aux Enfers,
Ny servir en vivant d'opprobre à l'Univers.
Pour me punir toûjours au gré de vostre envie,
Sans me donner la mort, privez moy de la vie,
Et faites, en changeant ce qu'autrefois je fus,
Et que je sois encore, & que je ne sois plus.
Elle acheve, & les Dieux par des marques visi-
bles
Montrent que son remords les a trouvez sensibles.
La terre au mesme instant, contrainte de s'ouvrir
Enferme de son corps ce qu'elle en doit couvrir.
Ses pieds qui tout autour en racines s'étendent,
Forment le ferme appuy que les arbres demandent.

Ses os, devenus bois, gardent l'eſtre vivant,
Et conſervent leur moële ainſi qu'auparavant.
Son ſang perd ſa couleur dans ſes veines roulantes,
Et ce n'eſt plus qu'un ſuc qui fait vivre les plantes.
En grands & longs rameaux on voit ſes bras changez,
En d'autres plus petits ſes doigts ſont partagez,
Et ſa peau qui reçoit une nouvelle force,
Prend en s'endurciſſant une forme d'écorce.
L'Arbre croiſt, & des Dieux rempliſſant le deſſein
Il s'éleve, & déja luy monte juſqu'au ſein.
De ſon trop de lenteur Mirra s'impatiente,
Et s'offrant d'elle-meſme au bois qui ſe preſente,
Elle enfonce ſa teſte, & toute entiere enfin
Sous l'écorce plongée, accomplit ſon deſtin.
Quoy que l'Infortunée, en ceſſant d'eſtre Femme,
Perde le ſouvenir de ſa brutale flame,
Pour expier toûjours ſon crime & ſes malheurs,
Elle ne laiſſe pas de répandre des pleurs;
Mais lors qu'à les verſer elle eſt encor ſi prompte,
Ce ne ſont plus des pleurs qui coulent à ſa honte.
Pour les faire eſtimer, les pitoyables Dieux,
Touchez de ſon remords, les rendent prétieux.
Ils les changent en gomme, & ſous le nom de Mirre,
Cette gomme eſt un bien qu'en tous lieux on deſire,

On va la recueillir, & ses heureux effets,
Quoy que puissent les ans, ne s'oublieront jamais.
Malgré ce changement qu'a produit leur colere,
L'Enfant vit dans le tronc qui renferme sa Mere,
Et lors que les neuf mois achevent d'expirer,
Sa prison le gesnant, il cherche à s'en tirer.
L'Arbre par le milieu fait paroistre une enfleure,
Qui pour se décharger a besoin d'ouverture.
Les douleurs que toûjours cause l'accouchement,
Se font enfin sentir, & pressent vivement;
Mais dans ce triste estat ce sont douleurs muettes,
Qui manquent de parole, & n'ont point d'interpre-
tes,
Et celle qui les souffre en laisse agir le cours
Sans pouvoir appeller Lucine à son secours.
On diroit toutefois que cet Arbre s'efforce
De pousser le fardeau que cache son écorce.
Il se courbe, & le bruit que fait ce mouvement,
Redoublé plusieurs fois, tient du gemissement.
Ces pleurs qui ne sortant d'abord que goute à goute
Pour couler librement sembloient manquer de rou-
te,
Par le penible effort dont il est travaillé,
Tombant en abondance, il en est tout mouillé.

Tandis qu'il fait paroiſtre une douleur preſſante,
Auprés de ſes rameaux Lucine ſe preſente,
Paſſe ſa main ſur l'Arbre, & prononce les mots
Qui font au dur travail ſucceder le repos.
Le tronc rompt ſon écorce, & commence à ſe fendre.
Un Enfant qui ſe montre alors ſe fait entendre.
Les Naiades ſoudain par un pieux devoir,
Accourant à ſes cris viennent le recevoir.
Afin que ſa peau ſoit & plus douce & plus claire,
Elles l'oignent des pleurs qu'a répandus ſa Mere,
Le nomment Adonis, & ſe chargent du ſoin
Des ſecours aſſidus dont l'enfance a beſoin.
Adonis eſtoit tel que l'envie elle-meſme
Euſt trouvé dans ſes traits une juſteſſe extréme.
Ces Amours qu'à nos yeux expoſent les tableaux
Qui nous les montrent nuds, ſont à peine auſſi beaux.
Entre eux & cet Enfant ſi pour la reſſemblance
On n'y veut laiſſer voir aucune difference,
Il faut dans le printemps qui commence ſes jours,
Luy donner un Carquois, ou l'oſter aux Amours.
Le temps coule, s'échape, & fuit ſans qu'on y penſe.
Son vol précipité trompe noſtre eſpérance,
L'âge vient, & telle eſt la viſteſſe des ans
Qu'ils ſont preſque paſſez auſſi-toſt que préſens.

Cet admirable Enfant dont la Sœur est la Mere,
Qui cherchant son Ayeul le trouve dans son Pere,
Que les Dieux indignez du sang qui l'a formé
Semblent tenir encor dans un arbre enfermé,
Qui ne vient que de naistre, & dont la tendre enfance
Est presente à tous ceux qui sceurent sa naissance,
Il croist, il devient homme, & plus beau que jamais,
Eblouït, charme tout par ses brillans attraits,
Il plaist à Venus mesme, & sur cette Déesse
Vange ce qu'eut Mirra de honteuse foiblesse.

HIPPOMENE

HIPPOMENE ET ATALANTE

CHANGEZ EN LIONS.

FABLE XI.

N jour qu'en folâtrant l'Amour baisoit Venus,
Un des traits que par-tout ce Dieu rend si connus,
Sans qu'il y prenne garde échapé de sa trousse,
Contre elle à l'impourveu de luy-mesme se pousse.

Il atteint la Déesse, il la perce, & soudain
En éloignant son Fils elle y porte la main.
Comme elle n'a senti qu'une foible piqure,
Elle espere aisément guerir de sa blessure,
Mais plus qu'on n'auroit cru le trait estoit entré,
Et donnant jusqu'au cœur il l'avoit penetré.
Ainsi pour Adonis qui possede son ame,
Elle sent les ardeurs de la plus vive flame,
Et sa beauté faisant le charme de ses yeux,
Elle en garde l'image, & la porte en tous lieux.
Le desir empressé de le voir, de luy plaire
L'engage à renoncer à l'Isle de Cythere.
Sans Adonis pour elle il n'est plus de repos,
Elle abandonne Gnide, Amatonte & Paphos;
Et de sa passion telle est la tirannie
Que s'ennuyant au Ciel elle s'en est bannie.
De ce divin sejour les brillans infinis
Luy semblent au dessous des beautez d'Adonis.
Elle le tient, l'embrasse, & sans luy ne peut vivre
En quelque lieu qu'il aille, elle est preste à le suivre,
Elle y court; ce n'est plus cette Divinité
Qui se tenant à l'ombre aimoit l'oisiveté;
Et qui par mille soins mettoit tout en usage
Pour devenir plus belle, & plaire davantage.

Exposée au Soleil on la voit quelquefois
Dans le plus chaud du jour courir de bois en bois.
A travers les rochers elle passe, repasse,
Et telle que Diane, à qui toûjours la chasse
A paru des plaisirs le plaisir le plus doux,
La robe retroussée au dessus des genoux,
Vers son cher Adonis tournant les yeux sans cesse,
Elle appelle ses chiens, les anime, les presse,
Et se plaist avec luy, les fleches dans les mains,
A poursuivre les Cerfs, les Lievres & les Dains.
Mais quand pour cette chasse elle se montre ardente,
Celle des Sangliers la gesne, l'épouvante,
Et dans chaque forest elle fuit les détours
Qui peuvent enfermer les Lions & les Ours.
Ces Bestes, qui toûjours d'un naturel sauvage
Se repaissent de sang, & vivent de carnage,
Peuvent mettre Adonis dans un mortel danger.
A les craindre, à les fuir elle veut l'engager.
Contre les Animaux que la peur toûjours presse,
Exerce, si tu veux, ta force & ton adresse,
Dit-elle, mais évite, & jamais ne combats
Ceux qui bravent l'attaque, & ne reculent pas.
La nature a pris soin de leur fournir des armes
Dont le plus intrepide a de justes alarmes,

Et si le dard en main tu les peux approcher,
Peut-estre que leur mort te coustera bien cher.
Renonce à cette gloire, & si tu veux me plaire,
N'expose point contre eux tes jours en téméraire.
Envain de ta jeunesse, envain de ta beauté
Il t'est permis de prendre une noble fierté.
S'ils pouvoient dans ton sang satisfaire leur rage,
Ils ne respecteroient ta beauté ny ton âge,
Et ce qui pour Venus a des charmes si forts
Feroit pour les fléchir d'inutiles efforts.
Les affreux Sangliers, si prompts dans leurs vangeances,
Portent, quand on les presse, un foudre en leurs Défenses.
Le seul aspect des Ours donne de la terreur,
Et l'on ne voit jamais les Lions sans fureur.
Je hay ces animaux, & si tu veux connoistre
D'où vient l'aversion que je te fais paroistre,
Je vais te raconter de quel crime chargez
Deux ingrats en Lions furent jadis changez.
La memoire jamais n'en doit estre effacée.
Mais le trop d'exercice à la fin m'a lassée.
Je vois un Peuplier dont le feüillage épais
Forme une ombre étenduë, & nous offre du frais.

Pour nous bien reposer l'herbe y paroist commode.
Ils y vont ; d'un gazon Adonis s'accommode,
Il y prend place, & là, Venus auprès de luy
Trouvant sur ses genoux un agréable appuy
Commence par ces mots l'histoire surprenante
Du criminel oubli qui perdit Atalante,
Et par mille baisers donnez avidement
Interrompt le recit de cét evénement.

Sans doute on t'a parlé d'une Fille admirable
Qu'une adroite vigueur rendit incomparable.
Tout ce que l'on a dit de sa legereté,
Quoy que presque incroyable, est une verité.
L'homme qui dans la course estoit le plus à craindre,
Quelque agile qu'il fust, ne la pouvoit atteindre,
Et ceux qui s'exposoient à tenter ce combat,
D'un triomphe asseuré luy préparoient l'éclat.
Ce talent n'estoit pas son unique avantage.
Les charmes les plus doux brilloient sur son visage,
Et peut-estre on ne sçait qui l'auroit emporté,
Ou sa rare vistesse, ou sa rare beauté.
Si-tost qu'elle se voit dans ces belles années
Où le choix d'un Epoux tient les Filles genées,
Elle va consulter l'Oracle pour sçavoir
Quel bonheur dans l'Hymen peut flater son espoir.

Fuy, luy répond le Dieu, fuy l'Hymen, Atalante,
Renonçant à l'amour cherche à vivre contente.
Un Epoux t'est fatal, tu dois le redouter.
Cependant ton sort est de ne pas l'éviter,
Et sans perdre la vie, à soufrir reservée,
Tu dois te voir un jour de toy-mesme privée.
La menace l'effraye, & pour la prevenir,
Du commerce du monde elle veut se bannir.
Resoluë à donner tout son temps à la chasse,
Elle vit dans les bois, & jamais ne s'en lasse.
Ce plaisir seul la touche, & pour rompre l'effet
Des vœux de mille Amans que sa beauté luy fait;
Aucun ne doit, dit-elle, esperer ma tendresse,
Qu'il ne m'ait devant tous surmontée en vistesse.
Je me donne au Vainqueur, pourveu que le trépas
Soit la peine de ceux qui ne me vaincront pas.
Si quelqu'un à ce prix veut tenter ma conqueste,
On ouvrira le champ, qu'il vienne, je suis preste.
La loy pour les Vaincus a de la dureté,
Mais quel pouvoir n'a pas la parfaite beauté?
Pour disputer le cœur de l'aimable Atalante,
Une foule d'Amans à l'envy se presente.
Tous préferent la mort au reproche honteux
De n'oser la choisir pour l'objet de leurs vœux.

Parmi les Spectateurs qu'attire cette audace,
La lice estant ouverte, Hippomene prend place,
Et voyant à regret exposez à perir
Tant de jeunes Amans qui sont prests à courir;
Quelle aveugle fureur, dit il? Est-il possible
Qu'un cœur à la beauté devienne si sensible,
Que cherchant une Femme, on veuille l'acheter
Par les plus grands perils qu'on puisse redouter.
Atalante paroist lors qu'il tient ce langage;
Il n'avoit point encore observé son visage,
Si-tost qu'il voit ces traits, ce vif brillant d'appas,
Tels que je les possede, & tels que tu les as,
Si déguisant le sexe où le Ciel t'a fait naistre
Avec tout leur éclat tu les faisois paroistre,
Charmé, tout ébloui, levant les mains aux Cieux,
Vous, dont je condamnois l'espoir audacieux,
Pardonnez-moy, dit-il, si j'ay dans ma surprise
De fol emportement traité vostre entreprise.
Le prix dont vostre cœur se trouve prevenu,
Ce prix, ce digne prix ne m'estoit pas connu.
Dans l'amour qu'il sent naistre en loüant cette Belle,
Il porte envie à ceux qui vont mourir pour elle,
Et tremble que quelqu'un, par un bonheur trop grand,
Ne soit assez leger pour la vaincre en courant.

Mais pourquoy, reprend-il aussi-tost en luy-mesme,
Ne montreray-je pas que je sçay comme on aime ?
Quoy que par ce combat mes jours puissent finir,
Osons pour Atalante, osons le soûtenir.
Ce Dieu qui luy soûmet mes plus tendres hommages
Favorise souvent les genereux courages.
Tandis qu'à son amour il cherche à s'immoler,
Elle passe, ou plûtost elle semble voler.
Un trait qu'avec effort pousse la main d'un Scythe
Vers le but proposé ne peut aller plus viste.
Mais quoy qu'il n'ait alors qu'un moment pour la voir,
Sa beauté sur son cœur augmente son pouvoir.
Qui pourroit refuser de luy rendre les armes ?
On diroit qu'elle court aprés de nouveaux charmes,
Et que pour en trouver, chaque pas qu'elle fait
Ajoûte à ses appas un éclat plus parfait.
Ses cheveux que le vent en arriere éparpille
Voltigent sur le dos de cette aimable Fille.
Par l'effort de la course un trait vif de rougeur,
S'imprimant sur son corps, se mesle à sa blancheur.
Tel paroist un mur blanc, tel il frape la veuë
Lors qu'une toile rouge au devant est tenduë ;

La toile reflechit, & fait que le mur prend
Une couleur semblable à l'ombre qu'elle rend.
  Hippomene ravi des beautez qu'il admire,
Cede pour Atalante à l'ardeur qui l'inspire,
Et d'un regard avide observant tous ses pas,
Boit le poison secret qu'ont pour luy ses appas.
Plusieurs courses se font, & toûjours la premiere
Atalante se trouve au bout de la carriere.
On couronne sa teste, & selon leur accord
La honte des Vaincus s'efface par leur mort.
Le malheur qui les perd & qui la rend si vaine,
Ne peut de son dessein détourner Hippomene.
Resolu de perir ou de la meriter,
Au milieu de la lice il va se presenter.
Il aborde Atalante, & d'un air plein de grace
Qui mesle à son respect une loüable audace;
Ces indignes Amans qu'on a privez du jour,
N'ont pû pour vous, dit-il, avoir assez d'amour.
Ils vous connoissoient mal, & leur triste défaite
Ne vous fait acquerir qu'une gloire imparfaite.
Combattez contre moy, dont le cœur enflamé
Sçait plus aimer luy seul qu'ils n'ont ensemble aimé.
Si le Ciel, si l'Amour veut que je vous surmonte,
Un Vainqueur tel que moy vous fera peu de honte.

Fils du grand Megarée, il peut m'estre permis
D'aspirer au bonheur que je me suis promis.
De son illustre sang la gloire est peu commune,
Orcheste fut son Pere, & son Ayeul, Neptune.
Ainsi du Dieu des eaux j'ay l'honneur de sortir,
Et j'espere aujourd'huy ne le pas démentir.
Que si, quoy que mon cœur réponde à ma naissance,
Le succez du combat trompe mon espérance,
Hippomene vaincu sera par son trépas
Avec assez d'éclat triompher vos appas.

Tandis qu'il parle ainsi, la superbe Atalante
Sent en le regardant un charme qui l'enchante,
Et ne sçait quel parti la doit le plus flater,
Ou d'en estre vaincuë, ou de le surmonter.
Quel Dieu pour la beauté peut avoir tant de haine
Qu'il le fasse courir à sa perte certaine,
Dit-elle, & le contraigne à venir rechercher
Un Hymen dont l'espoir luy doit couster si cher?
Ce merite qu'en moy le bruit commun suppose,
Ne vaut pas le peril où son amour l'expose.
Ce ne sont ny ses traits, ny son air, ny son port
Qui me font déplorer le malheur de son sort.
Je n'examine point si sa personne charme,
Mais sa jeunesse enfin me touche, me desarme,

Et je vois à regret que dans ſes plus beaux jours
Il veüille de ſes ans précipiter le cours.
Quand je me cacherois ce qu'on doit à ſon âge,
Compteray-je pour rien ſa vertu, ſon courage,
Cette intrepide ardeur qu'il étale à mes yeux,
Et la gloire qu'il a d'eſtre du ſang des Dieux?
Compteray-je pour rien qu'il m'eſtime, qu'il m'aime,
Que pour luy mon hymen eſt un bonheur ſupréme,
Qu'il m'immole ſa vie, & cherche à la finir
Si pour prix de ſa flame il ne peut m'obtenir?
Tandis qu'encor du choix la liberté te reſte,
Fuy, charmant Etranger, fuy d'un lieu ſi funeſte.
Si j'ay pû t'inſpirer un feu ſi violent,
Songe que mon hymen eſt un hymen ſanglant,
Et que cette alliance où tant de gloire éclate,
Eſt un piege fatal à tous ceux qu'elle flate.
Le Ciel, en quelques lieux que tu veuilles aimer,
Te ſera favorable, il t'a fait pour charmer.
Porte ailleurs tes ſoupirs; ailleurs on fera gloire
D'emporter ſur ton cœur une aimable victoire,
Et pour ſe faire un ſort qui n'ait rien que de doux,
La plus ſage te peut ſouhaiter pour Epoux.
Mais d'où me vient ce ſoin que je prens de ſa vie,
Quand je la vois ſans peine à tant d'autres ravie?

Au destin qui l'attend pourquoy m'interesser ?
Quelque peril qu'il coure, est-ce à moy d'y penser ?
Ce sont ses interests, j'y consens, qu'il perisse,
Puisque de tant d'Amans le triste sacrifice
N'est pas dans leur disgrace un avis assez fort
Pour retenir ses pas lors qu'il court à la mort ?
S'il hait si fort la vie, il faut qu'il se contente,
Il mourra. Que dis-tu, trop cruelle Atalante ?
Hippomene mourra ! Par quelle injuste loy
Perdre un Amant qui veut ne vivre que pour toy ?
Quoy, ses jours immolez à ta fiere vangeance
Seront d'un feu si beau l'indigne recompense,
Et tu pourras le vaincre, afin que ton amour
Gouste le dur plaisir de luy ravir le jour ?
Non, non, je ne veux point d'un triomphe semblable.
Ce qu'il a d'inhumain me rendroit detestable,
Il armeroit l'envie, & dans tout l'avenir
Un renom odieux suivroit mon souvenir.
Mais à des loix qu'on sçait la course estant ouverte,
Quel crime pourra-t'on me faire de sa perte ?
Helas ! & pleust aux Dieux qu'il voulust renoncer
Au combat qu'avec luy je tremble à commencer,
Ou si sa passion est tout ce qu'il veut croire,
Que ne peut-il sur moy remporter la victoire ?

Avec tout ce brillant dont le charme ſurprend
Vit-on jamais un air & ſi noble & ſi grand?
Trop aimable Hippomene, où t'engage ma veuë?
Faut-il pour ton malheur que je te ſois connuë?
Tu meritois de vivre, & ſi le ſort jaloux
Ne me défendoit pas de choiſir un Epoux,
Si pour m'en empêcher la colere celeſte
N'attachoit à ce choix rien de dur, de funeſte,
Libre dans mes deſirs, je ne verrois que toy
Digne de poſſeder & mon cœur & ma foy.
 Ces divers ſentimens roulant dans ſa penſée,
Atalante paroiſt rêveuſe, embarraſſée.
Comme ſur elle encor l'Amour n'avoit jamais
Eſſayé ſon pouvoir ny fait agir ſes traits,
Dans ce trouble inquiet qui la trompe elle-meſme,
Quoy qu'elle aime en effet, elle ignore qu'elle aime,
Et ſon cœur qui s'émeut ſans s'en appercevoir,
Perdant ſa liberté, la croit encore avoir.
Le Peuple cependant, auſſi-bien que ſon Pere,
Se plaint que trop long-temps le combat ſe differe,
Et plein d'impatience il preſſe à haute voix
Le ſpectacle fatal qu'il a veu tant de fois.
C'eſt alors qu'ébloui du prix d'une victoire
Qui doit ſi bien remplir ſon amour & ſa gloire,

Pour forcer le peril qui menace ses jours
Par ces mots Hippomene implore mon secours.
O toy, qui dans Cythere, à nos vœux indulgente,
Reçois avec plaisir l'encens qu'on te presente,
Déesse, accorde moy le succés desiré,
Et soûtiens le beau feu que tu m'as inspiré.
Il faut te l'avouër ; de son respect flatée
A faire son bonheur je me sentis portée,
Et selon ses souhaits voulant en prendre soin,
Je pressay le secours dont il avoit besoin.
En Cypre on trouve un Champ, mon ancien domai(ne
Que ses vieux Habitans nommerent Damasene.
A me combler d'honneurs leur zele accoûtumé
Me consacra ce champ que j'ay toûjours aimé.
Un Pommier au milieu s'étend à long branchage.
Les Pommes en sont d'or ainsi que le feuillage.
J'en revenois alors, & tenois en ma main
Trois des fruits de cet Arbre emportez sans dessein.
J'imagine par eux un moyen qui sans peine
Doit faire triompher l'amoureux Hippomene.
Je m'approche en secret, luy promets mon appuy,
Et sans me laisser voir à personne qu'à luy,
De cet appuy promis je luy laisse pour gage
Ces Pommes, dont tout bas je luy marque l'usage.

L'un & l'autre ayant pris un avantage égal,
La trompette s'entend, on donne le ſignal,
Ils partent, & tous deux en quittant la barriere
D'un eſſor ſi leger commencent la carriere,
Qu'il ſemble, lors qu'à peine ils impriment leurs pas,
Qu'ils volent ſur la terre, & ne la touchent pas.
Qui verroit leur vîteſſe à nulle autre ſeconde,
Croiroit que d'un pied ſec ils pourroiēt friſer l'onde,
Et que ſur des épis, ſans les faire baiſſer,
Tout un champ leur ſeroit facile à traverſer.
Les ſouhaits que l'on forme en faveur d'Hippomene
De mille cris aigus font retentir la Plaine.
Chacun dans ſon deſtin aime à s'intereſſer,
Haſtez-vous, luy dit-on, il eſt temps d'avancer.
Tout ce qu'on a de force eſt icy neceſſaire,
Courage, vous vaincrez, faites ce qu'il faut faire.
Ces diſcours obligeans qui chatouillent ſon cœur
N'ont pas pour Atalante une moindre douceur.
Dans ce qu'a pris l'amour d'empire ſur ſon ame,
C'eſt un ſujet de gloire à ſa naiſſante flame
Que pour luy conſerver un Amant qui luy plaiſt,
D'Hippomene contre elle on prenne l'intereſt.
Elle-meſme en ſecret, ſans qu'elle s'en explique,
Joint ſes propres ſouhaits à la faveur publique.

Trop legere, & sur luy craignant de l'emporter,
Combien de fois exprés la voit-on s'arrester?
Comme de son visage où mille Amours se cachent,
Ses regards enflamez avec peine s'arrachent,
Elle aime mieux courir avec moins de vigueur,
Que de perdre des yeux ce qui charme son cœur.
L'attendre est son plaisir. Cependant Hippomene,
Quelque force qu'il ait, commence à perdre haleine.
Le but qu'il faut qu'il touche estant fort loin de luy,
L'espoir qu'il garde encore est tout en mon appuy.
Ainsi sur mes avis ménageant sa fortune,
Des trois Pommes qu'il tient il en fait tomber une.
Atalante sur l'or ayant jetté les yeux,
Se détourne, & ramasse un fruit si pretieux.
Pendant qu'elle s'arreste Hippomene la passe,
Et gagne devant elle un assez long espace.
Le Peuple qui déja croit qu'on luy doit le prix,
Applaudit à sa course, & remplit l'air de cris;
Mais regagnant ce temps plus viste qu'on ne pense,
Atalante l'atteint, & bien-tost le devance.
Il jette une autre Pomme, & le brillant de l'or
L'oblige pour la prendre à s'arrester encor.
Pour la seconde fois poursuivant sa carriere,
Elle passe Hippomene, & le laisse derriere.

L'espace

L'espace qui restoit estoit court à fournir ;
Elle avançoit toûjours, & pour la retenir
Hippomene inquiet ; C'est maintenant, Déesse,
Que j'attens, me dit-il, l'effet de ta promesse.
Fay qu'un succés fameux, & digne de ma foy
Suive l'heureux present que j'ay receu de toy.
La Pomme qui luy reste à ces mots est jettée ;
Mais afin qu'à la prendre Atalante arrestée,
Profite un peu plus tard de sa legereté,
Pour gagner plus de temps il la jette à costé.
Sur ce qu'elle doit faire on la voit qui balance,
Et tout l'or de ce fruit eust manqué de puissance,
Si quand je m'apperçois qu'elle veut s'en priver,
Je ne l'eusse contrainte à l'aller relever.
C'est peu dans ces momens que ce qu'elle hazarde.
J'imprime sur la Pomme un poids qui la retarde,
Et qui d'un pas si prompt l'empêchant de courir,
Favorise l'Amant que je veux secourir.
Que te diray-je enfin ? Pour finir cette histoire,
Quand tu vois le combat fini par la victoire,
Hippomene l'emporte, & dés ce mesme jour
Atalante est le prix qu'on donne à son amour.
Ne meritois-je pas, aprés cette assistance,
Quelque effet éclatant de sa reconnoissance ?

Ne meritois-je pas que ses vœux éternels
Fissent fumer par-tout l'encens sur mes Autels ?
Mon souvenir le gesne, il le perd sans scrupule.
Aucun encens de luy sur mes Autels ne brule,
Et quand il me doit tout, ses trop fiers sentimens
Ne peuvent s'abaisser à des remercimens.
Je ne le cache point, ce me fut un coup rude
Qu'une si surprenante & noire ingratitude,
Aussi pour m'en vanger, j'écoute avec plaisir
Le violent couroux dont je me sens saisir,
Et pour ne craindre pas que d'un pareil outrage
Contre moy l'avenir puisse prendre avantage,
D'un chastiment severe enfin je me resous
A donner pour exemple & l'Epouse, & l'Epoux.
Dans un Bois fort épais où pour en bannir l'ombre
Le Soleil ne répand qu'une lumiere sombre,
Echion, dont la gloire est connuë en tous lieux,
A fait bastir un Temple à la Mere des Dieux.
Un jour que fatiguez d'un voyage assez rude,
Ils avoient jusque-là traîné leur lassitude,
Pour prendre du repos aprés un long chemin,
Ils choisissent un lieu de ce Temple voisin.
Ce lieu, fait comme un antre, est sacré, redoutable
Par la Religion qui le rend venerable.

Les Prestres de Cybele y tenoient enfermez
Les plus antiques Dieux avec du bois formez.
Dans cet antre Hippomene ayant conduit sa Femme,
Sent tout à-coup pour elle une brûlante flame.
C'est moy qui tout exprés l'allume dans son cœur.
Il n'en peut soûtenir la violente ardeur,
Et veut, puisqu'aussi-bien l'ombre le favorise,
Prendre des libertez que l'hymen autorise.
Sa passion l'aveugle ; attaqué fortement
Il suit de ses desirs l'indiscret mouvement,
Et pour les contenter, d'un lieu que l'on revere,
Sans respect pour les Dieux souille le Sanctuaire.
Ces Dieux, quoy que de bois, semblent saisis d'horreur,
Et détourner les yeux d'une telle fureur.
Cybele jusqu'au vif sent ce cruel outrage,
Et dans les eaux du Styx, sans tarder davantage,
Elle voudroit éteindre & leurs jours & leurs feux,
Mais un tel chastiment seroit trop doux pour eux.
Il faut, pour effacer la grandeur de l'injure,
Qu'ils se sentent punir, & que leur peine dure.
Leur corps sur le devant presque tout ramassé
Se couvre d'un poil roux sur leur col dispersé.

Il en fait l'ornement ; chaque épaule plus large
Commence de ce corps à soûtenir la charge.
Leurs mains devenus pieds s'abaissent sous ce poids.
Des ongles faits en griffe y tiennent lieu de doigts ;
Et lors que de Lion ils ont la forme entiere,
On voit leur longue queuë essuyer la poussiere.
La fureur dans leurs yeux éclate à tous momens ;
Pour paroles ils n'ont que des rugissemens.
Les Bois sont leur retraite, & quoy qu'ils soient à
craindre,
Par le sang où leur rage est forcée à s'éteindre,
Ils respectent Cybele, & tremblant sous sa main,
S'il faut tirer son char, ils reçoivent le frein.
Fuy, mon cher Adonis, fuy ces farouches bestes
Qu'à défendre leur vie on trouve toûjours prestes,
Et qui sans vouloir fuir, trouvant des aggresseurs,
Attendent fierement les plus hardis Chasseurs.
Contre elles tu ne peux essayer ton courage,
Qu'aux plus vives frayeurs ton peril ne m'engage.
Epargne à mon amour ces combats hazardeux,
Qui funestes pour toy, le seroient pour tous deux.

F. Ertinger in. Sc.

ADONIS

CHANGE' EN FLEUR.

FABLE XII.

ENus parle, conſeille, & ſi-toſt qu'elle acheve
Par ſes Cygnes tirée, en l'air elle s'éleve.
Ses conſeils ſont fort bons, mais pour y déferer
L'intrepide Adonis ne ſe peut moderer.

Ses Chiens, dont en cherchant l'adresse est infail-
lible,
Font sortir de sa bauge un Sanglier terrible;
Il paroist hors du bois. Adonis qui le voit
Luy lance un dard qu'au front le Sanglier reçoit.
Soudain en secoüant son effroyable hure,
Il tire, il fait tomber le dard de sa blessure,
Et tournant ses efforts contre Adonis qui fuit,
Tout rempli de fureur, il court, il le poursuit,
L'atteint, luy fait entrer ses Défenses sous l'aine,
Et le laisse mourant étendu sur la plaine.
Adonis qui s'agite en ses derniers momens
Fait aller jusqu'au Ciel de longs gemissemens.
Venus voloit vers Cypre, elle en suivoit la route
Quand de ses cris frapée, elle s'arreste, écoute,
Et de son Adonis reconnoissant la voix,
Elle revient en haste, & le trouve aux abois.
A ce funeste objet, de douleur accablée,
Sautant hors de son char, inquiete, troublée,
Elle se bat le sein, s'arrache les cheveux,
Accuse les Destins pour luy trop rigoureux,
Et detestant cent fois leur bizarre caprice;
Non, non, dit-elle, non, malgré vostre inju-
stice,

Adonis tout entier ne sera point soumis
Au barbare pouvoir qui vous rend tout permis.
Les Festes que je veux établir à sa gloire
De l'injure du temps sauveront sa memoire,
Et feront, en peignant ma sensible douleur,
Renaistre tous les ans ma peine, & son malheur.
Cependant l'Anemone ayant à prendre l'estre,
Du sang qu'il a versé va commencer de naistre.
Proserpine autrefois, *jalouse de Pluton*,
Fit de la Nymphe Menthe une herbe de son nom.
Cette Metamorphose à leur amour fatale
L'affranchit du chagrin d'avoir une Rivale.
Et moy, je ne pourrois m'accorder la douceur,
Lors que j'aime Adonis, de le changer en Fleur?
A ces mots, sur le sang qui sort de sa blessure
Elle met du Nectar l'essence la plus pure.
Il s'enfle au mesme instant, tel qu'une ampoule d'eau
Que la pluye en tombant forme dans un ruisseau.
Le reste suit. Une heure est à peine écoulée
Que de cette liqueur avec le sang mêlée,
La secrete vertu fait éclorre une Fleur
Qui d'un fruit de Grenade imite la couleur.

Sa beauté marque assez quelle est son origine ;
Mais foible & sans soustien peu de temps la ruine,
Et dés le moindre vent qui contre elle combat,
Son souffle en est le maistre, il l'ébranle, & l'abat.

Fin du dixiéme Livre,
& du second Tome.